『강원도 영동지역의 방언』
정오표

쪽과 줄	×	O
22쪽 밑6줄	〈지도 3〉	〈지도 2-1〉
25쪽 밑3줄	〈지도 4〉	〈지도 2-2〉
26쪽 14줄	〈지도 5〉	〈지도 2-3〉
26쪽 19줄	〈지도 3〉	〈지도 2-1〉
26쪽 20줄	〈지도 6〉	〈지도 2-4〉
27쪽 7줄	〈지도 3〉	〈지도 2-1〉
33쪽 15줄	타라락	탈락
147쪽 밑2줄	국어국문하과	국어국문학과
154쪽 밑2줄	국어국문하과	국어국문학과

강원도 영동지역의 방언

박 성 종

제이앤씨

▓ 머리말 ▓

 강원도 영동지역과의 만남은 꽤 오래 전부터였다.

 고등학교 2학년 여름방학 때 덩치보다 더 크다싶은 무거운 배낭을 메고 일주일 남짓한 설악산 등반을 마치고 강릉을 거쳐 갔을 때부터였다. 장맛비와 폭염 그리고 힘든 일정 속이었으나, 언뜻언뜻 보이는 영동(嶺東)의 산과 바다와 마을은 하나하나가 아름다운 한 폭의 풍경화 그대로였다. 그 풍광(風光)을 흠뻑 들이키고 또 그곳에 스며들고 싶은 욕심은 이태 후 한겨울의 도보여행으로 이어졌다.

 대학 1학년 겨울방학 때였다. 통행금지 시간이 해제되지도 않은 한밤중에 내린 정선역 주변은 칠흑 같은 어둠을 함박눈이 그득히 수놓으며 쏟아지고 있었다. 그로부터 꼬박 3박4일간의 도보여행은 저자의 뇌리에 깊이 박혀 있는 추억의 장면들이다. 정선역을 출발하여 여량을 지나 명주군 성산마을 버스정류장에 이르기까지 자동차라고는 어쩌다 마주친 지프차 두어 대랑 제설차 한 대뿐인, 온통 눈으로 뒤덮인 산야(山野)를 괴나리봇짐만한 작은 배낭을 멘 홀몸으로 헤쳐 나갔다. 예전에 버스가 다녔던 옴폭 패인 곳을 따라 발목과 무릎까지 빠지는 눈길을 걷고 또 걸었던 여행이었다. 눈꽃의 화사함과 현란함, 그 무게에 짓눌려 오롯이 주저앉은 나뭇가지들, 초가집 처마를 뒤덮은 눈, 문설주와 문설주를 잇는 새끼줄의 의미, 소매를 파고드는 매서운 눈바람, 그 중에서도 특히 시내를 끼고 엄청나게 높은 깎아지른 절벽 위에 자리 잡은 장군바위의 위용(偉容)은 지금도 눈에 선하다.

 도보여행에서 만난 영동지역 주민들과 그 느낌 ― 정선경찰서에 끌려 온 무지렁이 총각의 훗훗함, 윗목에서 눈망울을 굴리는 어린 자식들 한 무더기 앞에서 강냉이밥을 권하던 젊은 가장(家長)의 인정, 아침상을 차려 주던 아주머니의 자상함, 화롯불을 선뜩 내주시던 노부부의 온정 등은 따스한 감촉으로 남아 있다. 그 분들이 쓰던 말씨와 생소한 어휘들은 관심과 흥미의 한 대상이었다.

 그 후 우연의 행운이라고나 할까 이곳 강릉에 위치한 관동대학교에 부임하게 되었고, 그 이래 버스 안에서, 시장 바닥에서, 길거리에서, 식당에서 마주치고 스쳐 가는 영동지역 주민들의 사투리를 틈틈이 적고, 때로는 학생들과 이곳저곳 답사를 하고, 또 방언론을 강의한 일들이 오늘의 이 책을 펴내게 된 밑거름이 되었다.

 그러나 좀더 직접적인 동기는 영동지역 주민들은 물론, 학생들과 이 분야에 관심을 가진 일반인 그리고 더 나아가 연구자들에게 언어학적인 관점에서 도움을 줄 수 있는 책을 펴내고 싶었던 것이다. 비유하자면, 자동차의 작동 원리와 구조를 모른다고 해서 운전을 못하진 않겠지만 그런 것들이 뒷받침된다면 훨씬 더 효율적이고 자신 있는 운전이 되지 않을까 싶어서였다. 또한 이 책이 현재 시점에서 각 지역의 방언 자료들을 수집 채록하고 보존하는 일이 얼마나 필요하고 의미 깊은 것인가를 깨닫는 계기가 된다면 하는 기대감도 있다. 이 일은 어느 한 지역의 방언과 방언사를 살피는 데 머무르지 않고 우리나라 말의 실제와 그 변천 양상을 살피는 데에도 크게 이바지할 것이기 때문이다.

　선학(先學)들의 지혜와 노고가 이 책의 근본 바탕임은 두 말할 나위 없다. 특히, 강릉 토박이이면서 한국방언학을 선도해 오신 원로 이익섭(李翊燮) 선생님의 가르치심과 주옥같은 연구논저들은 이 책의 곳곳에 배어 있다. 그리고 학부와 석사 과정에서 저자에게 배웠으며 여러 방면에서 삶의 동반자로서의 도움을 충분히 주고 있는 전혜숙(全惠淑) 박사의 연구성과도 옹골지게 들어 있다. 제7장 사회방언은 현재 베트남대학교에 초빙교수로 재직 중인 전혜숙 박사의 손을 빌린 것이다.

　책을 엮고 보니 아쉬움과 모자람을 많이 느낀다. 이것은 앞서 언급한 직접적인 동기에 말미암은 것이긴 하나, 좀더 많은 사례들의 제시 및 깊이 있는 천착이 모자라고 다른 지역방언들과의 대비 또한 있었더라면 하는 점 등이다. 영동지역 안에서 방언권 별로 따로 밀도 있는 논의를 전개하고, 다른 한편으로는 방언권 별로 사전을 펴내고 이들을 한데 묶어 강원도 영동지역 방언의 튼실한 종합사전을 펴낼 날을 꿈꿔 본다. 이 중의 몇은 후학(後學)들의 몫이 되리라 여긴다.

　그다지 매력적인 것도 아닌 이 책을 어려운 출판 환경에도 아랑곳없이 선뜻 출간을 허락해 준 제이앤씨 출판사의 사장님과 편집부 여러분께 깊은 감사를 드린다.

　이 책을 강원도 영동지역에서 살았던, 살고 있으며, 앞으로 살아 갈 모든 이들에게 삼가 바치는 바이다.

2008년　9월　어느 날
강릉 임영서재(臨瀛書齋)에서
저자　박 성 종

▓ 차 례 ▓

■ **지도 차례**

■ **그림 차례**

▣ 표 차례

제1장
방언이란?

1.1. 표준어와 방언
1.2. 방언의 종류

<지도 1> '가위'의 방언 분포도

제1장 방언이란?

1.1. 표준어와 방언

방언의 개념

한 언어 안에서 발음·어법·의미 등이 서로 다르며 그 나름대로의 체계를 가진 말을 방언이라 한다. 언어란 완전히 고정되어 있을 수도 없고 완전히 단일할 수도 없다. 쓰는 집단이 다르고 쓰이는 지역이 다르면 어쩔 수 없이 크든 작든 얼마간의 분화를 일으키게 된다. 이러한 분화가 일어남으로써 그 언어의 나머지 말들과 구별되는 언어 특징을 갖는 말, 그것이 곧 방언(方言, dialect)이다. 방언은 달리 말하자면 한 언어를 구성하는 여러 하위언어(下位言語)들을 가리킨다고 할 수 있다. 그런데, 한 언어에 속하는 여러 방언들은 상호간에 차이점 못지 않게 많은 공통점을 보이는 것 또한 사실이다.

서양의 경우 이미 희랍(希臘, Greece) 시대에 방언에 대해 인식하고 있었다. 헤로도투스(Herodotus, B.C. 484?-425?)는 『역사(Historia)』라는 책을 희랍의 이오니아(Ionia) 지방어로 썼는데, 같은 희랍인이면서 다른 지방에 사는 사람들은 이오니아어를 알지 못하면 읽을 수가 없었다고 한다. 따라서, 언어는 자연발생적이며, 지역에 따라 분화되었다고 할 수 있다. 그러나, 다른 한편 서양에서는 인간의 언어를 하느님이 창조하셨을 뿐만 아니라, 바벨탑의 이야기에서 드러나 있듯이 신의 뜻에 따라 서로 의사소통이 되지 않는 언어들로 분화되었다는 설도 전하고 있다. 또 한편으로는 성령(聖靈)의 강림으로 인하여 자기 자신도 모르게 나오는 말을 가리켜 방언(方言)이라고도 한다.

동양에서도 이미 전한(前漢) 시대에 양웅(楊雄, B.C. 53-18)이 여러 지역에서 온 사람들의 말을 수록하여 사물에 대한 명칭의 차이점과 공통점을 상세히 밝힌 책인『방언(方言)』을 저술하였다고 전한다. 일부 학자들에 따르면, 양웅이 지은 이 책에는 같은 한어(漢語) 즉, 중국어이면서도 서로 다른 십여 개의 방언들이 수록된 것으로 추정하고 있다. 우리나라에서는 흔히 방언(方言)을 중국의 말에 대하여 우리나라 말을 일컫는 용어로 주로 사용하여 왔다. 이것은 종전의 향어(鄕語) 또는 향언(鄕言)과 동일한 개념이었다. 『균여전(均如傳)』에서의 향어(鄕語), 그리고 『삼국유사(三國

遺事)』에서 사용한 향언(鄕言)은 모두 중국의 말에 대하여 우리나라 말을 가리키는 용어였다. 방언(方言)이 사투리 또는 토박이말이나 특정 지역에 국한된 말의 개념으로 사용된 시기는 근대 이후로 판단된다.

방언과 사투리

출가(出家)와 가출(家出)은 어떤 관계일까? 예컨대, 석가모니가 집을 나선 것은 출가요, 아직 제대로 자리잡지 못한 자식이 집을 나선 것은 가출이라 한다. 이 둘은 전혀 다른 대접을 받는 단어이다. 실제 문맥에서 사용되는 의미 즉, 문맥적 의미와 이들 단어들에 대하여 갖는 태도와 느낌 즉, 정서적 의미가 사뭇 다르기 때문이다. 방언(方言)과 사투리의 관계도 이와 마찬가지이다. 사투리라고 하면 왠지 다소 격이 낮은 말인 듯하여 경멸조로 대하거나 부끄럽게 받아 들이게 된다. 사투리 대신에 시골말, 또는 촌말이라고 하면 더욱 그러하다. 또한 '철수는 사투리가 심하다'라는 표현은 가능하지만, '철수는 방언이 심하다'라고는 하지 않는다. 그럼에도 불구하고 방언과 사투리 - 이 두 단어 사이에 본질적인 차이는 없는 듯하다. 이들이 가리키는 개념이나 뜻 즉, 사전적 의미 또는 지시적 의미가 동일하기 때문이다. '집을 나서다'라는 객관적인 사실과 진리치가 같으므로, 출가와 가출 사이에 본질적인 개념의 차이는 없다고 볼 수 있는 것과 마찬가지다.

방언과 표준어

방언은 흔히 표준어와 대립하여 쓰인다. 공식석상이나 방송 같은 데에서 표준어를 써야 함은 당연하다. '표준어를 쓰지 않고 왜 사투리를 쓰느냐?'고 힐난하는 경우도 적지 않다. 그렇다고 해서 표준어를 방언보다 훨씬 더 우월하다거나 세련되거나 절대적인 말로서 받아들일 필요는 없다. 때와 장소에 맞추어 적절히 가려 쓰면 된다. 현재 통용되고 있는 표준어 사정의 원칙은 '표준어는 교양 있는 사람들이 두루 쓰는 현대 서울말로 정함을 원칙으로 한다'이다. '서울말'이 표준어의 원칙이라는 표현은 결국 표준어도 어느 한 지역의 방언이라는 점을 드러내고 있다 하겠다. 천재지변이나 전쟁, 또는 정치적이거나 사회문화적인 어떤 원인에 의해 행정 수도(首都)를 옮기는 경우를 가상해 보자. 이렇게 되면 표준어가 자연 새로 옮긴 행정 수도 지역의 말로 바뀌는 것은 당연한 이치이다. 예컨대, 강릉으로 수도를 옮겨 오랜 시간이 지난다면 강릉 방언이 표준어가 되리라는 것은 자명하다. 그 때엔 현재의 표준어 즉, 서울 방언을 쓰는 사람에게 표준어로 "니: 왜서 그리 사투리 '쓰나?'라고 힐문하게 될 것이다. 결국 표준어란 여러 방언들 가운데 선택된 방언일 따름이다. 북한에서 평양말을 문화어로 정한 것도 동일한 논리와 원칙에서 이해된다. 표준어 대신 문화어라는 명칭을 사용하는 것만이 다르다면 다른 점이다.

한 나라의 언어는 국가라는 정치적 요인과 사회·문화적인 요소와 긴밀한 관계를 맺고 있다. 국가는 언어의 본질적인 요소 중의 하나인 언어의 지역에 따른 분화(分化)를 저지하고 억제시키기 위한 수단으로 표준어 제도를 채택하고 있다. 일반적으로 표준어의 기준으로 ① 대상지역 선택은 정치·경제적인 중심지역이어야 하며, ② 성문화(成文化)된 규범성을 갖는 분화형(分化形)- 즉, 여러 방언들 가운데 막연히 구두(口頭)로 한다기보다는 글로써 분명하게 표준으로 삼을 수 있는 방언 -이어야 하며 ③ 기능상의 정교(精巧)함- 자세하면서도 세련된 모습 -을 갖추고 있어야 하며 ④ 국민들이 받아들일 수 있는 수용성(受容性)이 있어야 한다는 사실을 들고 있다. 이를 달리 말하자면, 표준어는 통합성과 규범적인 성문화된 양식을 갖춘 고정된 변종(變種)으로서 통용성과 정교함으로써 정치 및 사회 등 각종 분야의 중심어가 되어야 한다는 것이다. 이는 말과 글 즉, 구어(口語, oral language)뿐만 아니라 문어(文語, written language)까지도 포함하게 됨은 물론이다.

그러나, 표준어가 이러한 자격을 가졌다고 해서 다른 방언들보다 더 우위(優位)에 있는 언어라고 말하기는 어렵다. 표준어는 방언의 차이에서 오는 의사소통의 불편을 덜기 위하여 모든 국민이 공통적으로 쓸 하나의 공통어를 정할 필요가 있을 때 그 공통어의 자격을 부여받은 것이고, 여기에 인공적인 조처가 가미되어 좀더 체계상의 정교함이 더해졌을 뿐이다. 따라서 표준어와 방언과의 관계는 언어학적인 관점에서 볼 때 체계상의 우열(優劣)과는 무관하다고 할 수 있다. 예컨대, 서울말이 표준어로 선정되었다 하더라도 서울말이 제주말이나, 경상도말, 또는 강릉말보다 더 우월하다고는 할 수 없는 것이다. 또한, 이와 반대로 각 지역의 방언들이 표준어보다 열등하지도 않다. 앞서 언급했듯이, 표준어는 얼마든지 바뀔 수 있을 뿐만 아니라, 어느 두 방언의 우열을 가르는 기준으로 표준어 선정 여부를 내세울 수는 없기 때문이다. 물론, 표준어는 여러 방언들 중의 하나이되 행정이나 교통, 경제, 문화 등에서 중심지의 언어라는 조건으로 말미암아 그만큼 영향력이 크고 보급이 쉬운 이점이 있다. 이를 테면, 특별히 나은 대접을 받는 방언이라 할 수 있다.

1.2. 방언의 종류

지역방언과 사회방언

방언(方言)이란 글자 그대로 각 지방의 말이라는 뜻에서 비롯하여 붙여진 이름이다. 따라서 방언의 가장 일반적이며 보편화된 용법 역시 지역이 다름에 따라 분화된 말을 기본적으로 가리킨다. 그러나, 한 언어 안에서의 언어분화는 지역이 다름에 의해서만 일어나지 않는다. 직업이 다르다든지, 나이가 다르다든지, 또는 성별이 다르다든지 하는 등의 원인으로도 말은 달라질 수 있다. 즉 어떠한 요인에 의해서 분화된 결과이냐에 따라 방언은 흔히 지역방언과 사회방언으로 나뉜다. 지역방언(地域方言, regional dialect)은 지리상으로 거리가 떨어져 있음으로써 발생하는 방언을 말하며, 사회방언(社會方言, social dialect)은 동일한 지역 안에서 사회계층이나 연령, 성별, 종교, 종족 등과 같은 사회적인 요인에 의하여 분화되어 나타나는 언어의 변종(變種)을 가리킨다.

지역방언은 험준한 산맥이나 큰 강, 넓은 삼림(森林)과 늪지대, 바다 등의 지리적 장애로 지역 간에 왕래가 불편할 때 흔히 발생하게 된다. 이렇다 할 만한 지리적 장애가 없더라도 거리가 워낙 멀리 떨어져 있으면 방언차가 자연히 생기기도 한다. 또한, 이와 반대로, 거리는 가까우나 행정구역이 다르다든지 경제권이 다르다든지 하여 내왕이 적으면 애초에는 같은 말이었던 것도 분화되어 서로 다른 지역방언이 되기도 한다. 제주도방언, 강원도방언, 삼척방언 등과 같이 나뉘어지는 것이 지역방언으로서의 이름들이다. 지역방언의 명칭 중에는 앞에서 보듯 행정구역에 따라 붙이는 경우가 많으나, 이와 달리 중부(中部)방언, 서남(西南)방언, 영서(嶺西)방언, 북평방언 등과 같이 방위 명칭 또는 일정 지역을 통칭하는 명칭에 따라 붙이기도 한다.

지역방언이 지리적인 거리(距離) 때문에 생긴 방언이라면 사회방언은 사회적인 거리 때문에 생긴 방언이다. 이는 같은 지역 안에 살고 있더라도 어떤 다른 요인에 의해 쉽게 접촉하지 못할 경우가 있다면 언어의 분화가 생길 수 있다는 것이다. 즉, 세대가 다르면 동년배들의 친구들만큼 자주 어울릴 수 없을 것이며, 한 쪽은 상류층이고 다른 한 쪽은 하류층이라면 그 사이에도 얼마만큼의 거리가 생길 것이 틀림없다. 따라서 노년층과 청소년층 사이 또는 상류층과 하류층 사이에서 언어의 분화가 일어날 가능성은 높다 하겠다. 또한 직업에 따른 언어 차이도 적잖아서, 어촌 지역의 언어는 바로 인접한 농촌 지역보다는 오히려 거리상으로 더 멀리 떨어져 있는 다른 어촌 지역의 언어와 공통점을 많이 갖는다. 이와 같이 지리적 거리가 아닌 사회적 거리에 의해 생긴 방언이 곧 사회방언이다. 상류사회방언 또는 상층(上層)어, 어촌언어, 여성어, 아동어 등등이 사회방언에 속하는 이름들이다. 사회방언은 지역방언에 비해 그 차이가 뚜렷하지 못한 것이 일반적이다. 예컨대, 20대 청년들과 60대 노인들 사이에는 방언차가 분명 있지만, 그것이 경상도방언과 전라도방언 사이의 그것만큼 두드러지지 않은 것이 일반적이다.

어느 한 개인이 쓰는 말은 한편으로 일정 지역의 말에 속하면서 동시에 다른 한편으로는 어느 한 계층, 한 세대, 한 성별에 귀속되는 말일 것이다. 따라서 개인이 사용하는 언어 즉, 개인언어(idiolect)는 어느 한 지역방언에 국한되지 않고, 여러 가지 사회방언적인 요소들이 복합적으로 작용하여 형성된 것이라 할 수 있다.

언어지리학과 사회언어학

방언을 대상으로 연구하는 학문 분야를 방언학(方言學, dialectology)이라 한다. 따라서 방언학은 지역방언을 대상으로 연구하느냐, 아니면 사회방언을 대상으로 연구하느냐에 따라 크게 둘로 나뉜다. 전자의 학문 분야를 일컬어 언어지리학(言語地理學, linguistic geography)이라 하고, 후자는 사회언어학(社會言語學, sociolinguistics)이라 한다. 언어지리학은 지리언어학(geographical linguistics)과 동일한 개념으로 사용하는 것이 일반화되어 있다. 양자를 굳이 구별하자면, 어느 쪽에 초점이 놓이는가에 따른다. 언어지리학은 결국 지리학의 한 분야이라고 한다면, 지리언어학은 지리적인 관점과 분포에 입각하여 방언에 대하여 고찰하고 방언사(方言史)를 구성하는 쪽이라 할 수 있다.

언어지리학은 19세기 유럽의 소장문법학파에 의해 발달되었다. 이들은 음운법칙에는 예외가 없다는 사실을 입증하기 위해 방언에 대한 연구에 열정을 쏟았다. 결과는 기대와는 정반대로 오히려 예외가 많다는 결론을 얻는 것으로 끝났지만, 이것이 계기가 되어 언어지리학의 영역을 발전시켰던 것이다. 언어를 사회적 요인들과 관련하여 고찰하는 일은 동서양을 막론하고 일찍부터 그 흔적을 찾을 수 있다. 그러나, 본격적인 학문 분야로서의 사회언어학의 태동(胎動)은 꽤 늦은 편이다. 사회언어학은 1960년대에 주로 미국 언어학자들에 의하여 주도되어 왔다. 따라서, 사회언어학은 언어지리학에 견주면 신생아인 셈이다. 그럼에도 불구하고 TV의 전면적인 보급, 교통 통신의 발달, 학교 교육의 보편화 등으로 말미암아 전통적인 지역방언의 특징들이 급속도로 사라지고 있는 우리나라의 실정을 참작해 보면, 사회언어학의 확대 및 발전이 기대된다.

방언과 시간차

방언은 일반적으로 지역방언과 사회방언으로 나뉘지만, 여기에 시간차에 따른 언어 분화를 하나 더 상정(想定)해 볼 수도 있을 것이다. 언어의 변화는 급격한 양상을 보이는 면이 있다. 20년 전만 하더라도 흔히 들을 수 있던 단어들을 이제는 거의 들을 수 없게 되었을 뿐만 아니라, 발음 또한 달라지는 경우가 적잖다. 현지조사를 하는 과정에서 이미 보고되어 알고 있는 어형(語形)과 다른 응답이 나올 때, 기존의 어형에 관해 되묻는 수가 더러 있다. 그럴 때마다 "맞아. 그런 말이 있었어. 요즘은 통 안 써."라는 답변을 곧잘 듣곤 한다. 또, 예전에는 그런 발음을 했었는데, 근래에는 그런 발음을 잘 하지 않는다는 이야기도 듣는다. 예를 들어, '마시다'라는 동사의 경우, 강릉 지역의 노년층에서는 물을 마시라고 손아랫사람에게 권할 때 '물으 '마사!'라고 했었다. 그러나, 요즘엔 노년층조차 "마사!'라는 말을 거의 사용하지 않는다. 따라서 같은 지역, 같은 계층이라 하더라도 시간적 요인에 의한 언어 분화를 고려할 필요가 있다. 이와 같이 시간적으로 분화된 방언을 일컬어 시간방언(時間方言, temporal dialect)이라 할 수 있다.

어느 한 지역에서 사회적 요건을 동등하게 설정하였을 경우 시간차에 의한 언어 변화 즉, 시간방언은 결국 그 지역의 방언사(方言史)를 구성한다. 가령, 1930년대, 1970년대, 그리고 2000년을 갓 넘긴 현재 시점에서의 동일 지역, 동일 계층의 발화(發話) 자료를 모아 놓고 상호 대비한다면, 시간에 따른 언어 변화의 모습을 또렷하게 느끼고 알아챌 수 있을 것이다. 매우 더딘 듯하면서도 동시에 엄청나게 빠른 언어 변화의 실상을 감안해 보면, 현재 시점에서 각각의 실제 방언 자료들을 채록 수집하여 보존하는 일이 얼마나 필요하고 의미 깊은 것인가를 깨달을 수 있을 것이다. 이 일은 어느 한 지역의 방언과 방언사를 살피는 데 머무르지 않고, 더 나아가 우리나라 말의 실제와 그 변천 양상을 파악하는 데 이바지할 것이다.

【 익힘 문제 】

1. 개별언어, 공통어, 중앙어, 개인언어 등 언어를 일컫는 용어들에 관하여 알아 보자.
2. 구조방언학(structural dialectology), 생성방언학(generative dialectology), 도시 방언학(urban dialectology) 등 방언학에 관한 용어들에 관하여 알아 보자.

제2장
영동지역의 방언

2.1. 영동(嶺東)의 개념
2.2. 영동방언과 그 구획
2.3. 강원도 및 영동 방언의 연구사

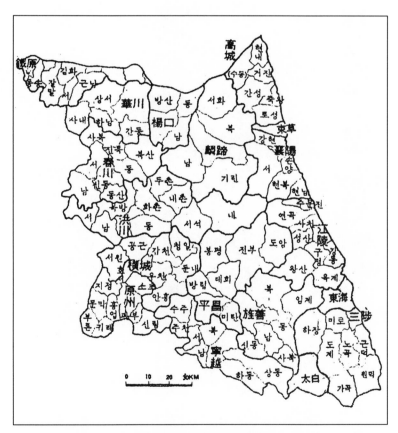

〈지도 2-0〉 강원도 행정구역도

제2장 영동지역의 방언

2.1. 영동(嶺東)의 개념

영동(嶺東)과 영서(嶺西)

영동(嶺東)은 강원도 대관령 동쪽의 땅을 가리킨다. 강원도를 동서로 나누어 일컬을 때 대관령을 기준으로 하여 서쪽을 영서(嶺西)라 하고, 동쪽을 영동(嶺東)이라 한다. 달리 말하자면 태백산맥을 경계로 하여 그 동쪽을 영동이라 한다. 따라서 강원도 방언 중 영동방언은 영동 지역의 말을 가리키는 것으로 이해할 수 있다. 그러나 여기에 간과해서는 안 될 중요한 사실이 있다. 태백산맥을 경계로 영동과 영서를 나누는 것은 일반적인 통념일 뿐만 아니라 자연지리적인 관점에도 부합되는 구분이지만, 그렇다 하더라도 언어의 관점에서 강원도를 양분하는 것이 반드시 그것에 일치하는가는 짚어 보아야 할 문제이다. 예컨대, 경상도 방언을 언어상의 특징과 차이점들에 따라 둘로 가른다고 할 때 경상남도 방언과 경상북도 방언으로 반드시 나뉜다는 필연성은 없을 것이다. 경상도 동남지역 방언과 기타 지역 방언으로 나뉠 수도 있으며, 또 다른 이분법도 언어상으로 가능할 수 있음을 충분히 고려해야 한다. 경상도를 남도와 북도로 나눈 것은 어디까지나 행정상의 구획일 따름이기 때문이다.

언어는 자연적인 조건에 따라 모습을 달리 한다. 넓은 강이나 큰 산을 사이에 둔 두 지역의 말은 서로 다른 경우가 많다. 교통이 불편하여 왕래가 적은 까닭에 언어 분화가 일어나기 쉽기 때문이다. 따라서 태백산맥을 경계로 한 영동과 영서 지역의 말이 서로 다르리라는 점은 어렵지 않게 추측할 수 있다. '국이나 찌개에 넣어 먹으려고 무우잎을 새끼에 엮어 말린 것'을 영서 지역에서는 표준어와 마찬가지로 '시래기', 또는 '씨래기'라고 하나, 영동 지역에선 '건추'라 한다. 또한 '벼의 낟알을 둘러 싼 굵은 껍질' 즉 '왕겨'를 영서 지역에선 '왕게/왕제'로 불리우나, 영동 지역에선 '새:째'라 한다. '누룽지' 역시 영서 지역은 표준어와 같으나 영동 지역에선 '소꼴기/소데끼/소쩨ˉ이'로 나타난다. 이와 같이 한두 단어만 살펴 보더라도 영동과 영서의 말이 사뭇 다름을 알 수 있다. 그러므로 영동 방언은 곧 태백산맥 동쪽인 영동 지역 - 행정 구역상으로는 고성군·속초시·양양군, 강릉시, 동해시, 삼척시·태백시 -의 말을 총칭하는 용어임에 틀림없다.

　그런데 지리상으로는 영서 지역에 속하면서도 여러 가지 면에서 영동 방언과 같은 말을 사용하는 곳이 있다. 평창군·정선군·영월군이 여기에 해당한다. 이들 지역이 영동 방언과 거의 같은 말을 사용하게 된 까닭은 주로 역사적, 사회문화적인 데에서 연유한 듯하다. 특히, 정선군 임계면은 예전에 행정 구역상으로도 강릉부(江陵府)에 속하였을 뿐만 아니라, 오랜 기간에 걸쳐 생활권이 강릉과 밀접하게 연관되어 있었던 것이다. 이들 지역은 어찌 보면 영동과 영서의 중간지대로서의 성격을 띤다. 원주를 중심으로 한 생활문화권과 강릉을 중심으로 한 생활문화권 양쪽과 크고 작은 연관을 동시에 맺고 있기 때문이다. 기상 예측을 하는 경우에도 원주권의 기상 예보와 강릉권의 기상 예보를 종합해 판단하는 경우가 흔하다고 한다. 언어상으로 볼 때엔, 비록 원주권에 가까울수록 영동방언적인 요소가 희박해지는 면이 있긴 하나, 대체로 영동방언과 같은 양상을 보이는 일이 적잖다. 다른 영서 지역에서는 '잠자리'라 하는 것을 이들 지역에선 영동방언과 마찬가지로 '소금쟁이'라 한다. 또한 영서방언의 '두레박' 대신에 영동방언의 '파래'를 쓰고, '어린 아가를 붙들어 세우고 오른쪽 왼쪽으로 흔들며 하는 소리'를 영서방언의 '부라부라' 대신 영동 방언과 같이 '풀미풀미'라고 하며, 모레 다음날인 '글피'를 '글패'라 하는 점도 영동 방언과 같다. 그런가 하면 영서방언의 '상추/상치' 대신 영동방언의 '불기'와 음상(音相)이 유사한 '부루'를 쓴다. 결국 영동방언이라 하면 태백산맥 동쪽의 영동 지역의 말은 물론이고, 지리적으로는 영서 지역에 속하지만 언어상으로는 오히려 영동 지역과 유사한 평창·정선·영월 지역의 말을 포함하여 일컫는 것이다.

영동(嶺東)과 관동(關東)

　영동(嶺東)은 관동(關東)으로도 호칭한다. 고려 말 안축(安軸)이 지은 경기체가(景幾體歌)의 제목이 '관동별곡(關東別曲)'이고, 조선조 중엽의 송강(松江) 정철(鄭澈)이 지은 가사(歌辭)의 백미(白眉)라 일컫는 것이 또한 '관동별곡(關東別曲)'이다. 관동 역시 대관령의 동쪽을 가리키는 호칭으로 종종 사용되었다. 그러나, 관동은 때로 현재의 강원도와 거의 일치하는 지역을 가리키기도 한다. 이것은 고려 성종(成宗) 때 전국을 10개의 도(道)로 편성하는 과정에서 서울과 경기도 일원을 묶어 관내도(關內道)라 하였는데, 관내도의 동쪽에 위치한 땅을 일컫는 데서 비롯한 이름이 관동(關東)이었다. 따라서, 관동이라 할 때 현재의 강원도 지역을 통칭하는 경우가 있는가 하면, 대관령의 동쪽만을 일컫는 경우가 있음에 유의하여야 한다.

2.2. 영동방언과 그 구획

영동방언의 하위구분

말이란 세밀히 따져 보면 서로 같지 않은 점이 많다. '아 다르고 어 다르다'라는 표현도 있듯이, 언어의 차가 결코 적잖다. 심지어는 철수의 말이 다르고, 또 순이의 말이 다를 수도 있다. 언어가 같고 다르고의 기준을 어떻게 설정해야 하는지 결코 용이한 일이 아니다. 다 같이 영동방언이라고는 하지만 그 안에서의 차이도 꽤 발견된다. 삼척말이 다르고 또 양양말이 다르다는 등의 경험담을 주변에서 종종 듣는다. 따라서 영동방언을 하위분류할 필요성이 있다.

앞에서 이미 살펴 본 바와 같이 평창·정선·영월 지역의 언어를 일단 한 덩어리로 묶을 수 있다. 이것을 서남 영동방언권이라 해 보자. 서남 영동방언권은 지리적으로는 영서에 속하면서도 영동방언과 유사한 점을 많이 가진다는 것이 큰 특징이다. 물론 영서방언과의 공통점도 적지 않다는 사실을 간과해서는 안 된다.

고성·속초·양양 지역의 말도 영동방언 안에서 한 덩어리로 묶인다. 이것을 북부 영동방언권이라 부르기로 한다. 다른 영동방언과 달리 의문문 종결어미 '-니?'를 쓴다는 점이 북부 영동방언권의 큰 특징 중의 하나다. 일반적으로 영동방언에서는 같은 또래나 아랫사람에게 물을 때 끄트머리에 '-나?'를 쓴다. 예를 들면, '니: 어대 아푸나?'라고 한다. 그런데 북부 영동방언권에선 '아푸나?' 대신에 '아푸니?'를 쓰는 점에서 다른 영동방언과 뚜렷하게 구분된다. 또한 소리의 높낮이 즉, 성조의 차이에 의한 단어의 구별이 두드러지지 않는다는 점도 북부 영동방언권의 특징이라 할 만하다. 예를 들어 강릉 방언만 하더라도 '얼푼 '가자!'와 '얼푼 가자!'는 뜻이 다르다. '가자'의 첫음절을 높게 발음한 전자는 '(어디로) 빨리 가자!'의 뜻이나, 첫음절을 낮게 발음한 후자는 '(이 물건을) 빨리 가져라!'의 뜻이다. 똑같은 '가자!'라는 말이 소리의 높낮이에 따라 구별되는데 이런 요소가 북부 방언권에선 뚜렷하지가 않다. 그리고 '누룽지'를 '소쩽이'라고 하고, '갈비(낙엽진 솔잎)'를 '검불'이라 하며, '박(초가 지붕 위에 탐스럽게 열려 있다가 바가지를 만드는 데 쓰이는 것)'을 다른 영동방언의 '고지'와 달리 '박고지'로 부른다는 것들이 모두 북부 영동방언권만의 특색이다.

그런데 좀더 자세히 살펴 보면 북부 방언권 안에서도 다소 차이가 있다. 예를 들면 고성군 지역에서는 '썰매'를 '빙고/빙구'라 하며, '토방'(마당에서 방으로 들어가는 중간에 신발을 벗어 놓도록 흙으로 마당보다 좀 높게 만든 곳)을 '구팡'이라 부른다. 이것은 같은 북부 방언권 안의 양양군 지역에서 일반적으로 각각 '안질뱅이'와 '뜨럭'이라 하는 것과도 구별된다.

강릉말은 영동방언 안에서도 가장 대표적이면서 특이한 존재라 할 수 있다. 이것은 예로부터 일찍 영동 지역의 중심지로 자리잡았을 뿐만 아니라, 다른 방언권으로

부터의 영향을 가장 적게 받는 지리적 위치에 있었던 데에서 비롯한 것이 아닌가 추측된다. 북쪽의 함경도방언권과 멀고, 남쪽의 경상도방언권과도 멀며, 대관령에 막혀 영서 지역 및 중부 지방으로부터의 영향권으로부터 독립된 지역이기 때문이다. '느르배기'(새총)를 비롯하여 '장개장개'(곤지곤지)와 같이 다른 지역에서는 전혀 들어볼 수 없는, 일종의 강릉의 전매특허라 할 만한 어휘들이 사용된다. 이 뿐만 아니라 발음 면에서도 서로 식별되는 음소(音素)의 수가 풍부하고, 심지어는 이중모음 '외[jø]도 실현된다. 음의 장단(長短)과 고저(高低) 역시 뚜렷하게 구별됨은 물론이다. 이 밖에도 조어(造語), 단어의 굴절, 어법 등 여러 가지 면에서 영동방언의 특징적인 양상을 골고루 갖추고 있다. 강릉말은 현재의 강릉시를 포함하고 북쪽으로는 양양의 현남면까지 해당된다. 38휴게소 있는 곳까지가 강릉말의 경계선인 셈이다. 남쪽으로는 동해시의 묵호 지역까지 강릉방언권에 속한다.

삼척말도 다른 영동방언과 많은 차이점을 지닌다. '담배 하나 좌:!'(담배 하나 주어!), '운:제 배왔:나?'(언제 배웠나?)'와 같은 표현을 삼척 지역에서 곧잘 들을 수 있다. 이와 같이 말음(末音)이 '우'로 끝난 동사 어간에 어미 '-어'가 연결될 때 표준어의 '-워'와는 달리 '-와:'로 실현된다. 주격조사를 겹쳐 사용하는 경우가 많은 점도 특이하다. '동:상이가 둘이래요.'(동생이 둘이래요), '늙어빠진 기가'(늙어빠진 것이). '춥던가?'라는 표현을 '춥당가?'라고 말하는 것도 특이하다. 그런가 하면 '수수'를 '대끼지'라 부르는 것은 삼척지역에서만 들을 수 있는 고유한 어형이다. 삼척말은 한편으로는 경상도 방언적인 요소를 갖고 있다. '졸음'을 '자부름', 방아를 찧을 때 방앗공이가 닿는 오목한 부분인 '확'을 '호박'이라 한다. 이것은 삼척을 비롯하여 서남 영동방언권에 속하는 정선과 영월 일부 지역에서도 나타나는데, 어중에 /ㅂ/음을 유지하고 있는 이러한 현상은 경상도 방언과 맥락을 같이 한다고 보겠다.

태백시는 삼척군에 속했던 황지와 장성을 한데 묶어 1981년에 시(市)로 발족한 곳이다. 따라서 언어상으로 볼 때 삼척방언권에 속한다. 그런데, 태백시는 오랜 기간 탄광 지대였던 까닭에 다른 지방에서 유입된 인구가 많아서 태백시 고유의 말을 간직한 토박이를 만나기가 어렵고, 토박이라 하더라도 다른 방언권 화자들로부터 언어 상의 간섭을 받은 경우가 많다. 그러므로 태백시의 경우엔 편의상 삼척방언권에 속하는 것으로 다루긴 하나 언어의 균질성은 다소 떨어지는 면이 있다 하겠다.

이상에서 살펴 본 바를 종합해 보면, 〈지도 3〉에서 보듯 강원도 방언은 5번의 영서 방언과 그 나머지를 묶은 영동방언으로 양분되고, 영동방언은 다시 크게 넷으로 나뉜다. (1) 북부 영동방언권, (2) 강릉 방언권, (3) 삼척 방언권, (4) 서남 영동방언권이 그 각각이다. 행정 구역상으로는, (1) 북부 영동방언권은 고성군·속초시·양양군, (2) 강릉 방언권은 강릉시 전체와 양양군 현남면 및 동해시의 묵호 지역, (3) 삼척 방언권은 삼척시 전체와 동해시의 북평 지역과 태백시 전 지역, (4) 서남방언권은 평창

군・정선군・영월군에 각각 해당한다. 행정 구역으로서의 동해시는 결국 언어상으로 볼 때 강릉과 삼척의 두 방언권에 걸친다. 이것은 강릉 방언권의 남단인 묵호와 삼척 방언권의 북단인 북평 지역을 통합하여 1980년에 동해시를 만든 데에서 기인한다. 한 도시 안에 다소간의 차이를 보이는 두 언어가 혼용되는 셈인데, 그 융합과 변화의 양상이 어떠할는지 자못 주목할 만하다.

강원도방언의 귀속(歸屬)

우리나라의 방언을 구획하는 과정에서 강원도 방언은 흔히

〈지도 2-1〉 강원도 방언구획도 (이익섭 1981:209)

독자적인 지위를 부여받지 못했다. 이와 같이 뚜렷한 구획을 이루지 못한 까닭은 주로 인접 방언의 영향에 둘러 싸여 독특한 방언권을 형성하지 못한다고 보았기 때문이다. 북으로는 함경도방언, 남으로는 경상도방언, 그리고 황해도로부터 경기도 및 충청도로 이어지는 중부방언 중의 어느 하나에 귀속되었기 때문이다. 강원도 방언을 한반도 전체의 방언구획에서 별도로 설정한 견해가 전혀 없진 않았다. 경성사범학교 조선어연구부(1936-7)가 그 예이다. 여기에서는 경기도・함경도・평안도・황해도・강원도・충청도・경상도・전라도・간도의 9개 방언권으로 설정하였는데, 간도를 방언권으로 설정한 점이 인상적이다. 그러나 이는 행정구역을 배려한 방언 구획에 그친 듯하다.

강원도 언어에 대한 처리 여부를 국어의 방언 구획과 관련하여 보면 대략 세 가지 유형으로 나뉜다. 첫째는 영동・영서의 구분 없이 강원도 언어를 중부방언에 귀속시키는 유형이다. 한반도 전역을 함경, 평안, 경기, 경상, 전라 방언 및 제주도 방언으로 구획하는 과정에서 울진과 평해를 제외한 강원도 전역을 경기방언에 포함시키는 것과 같은 방식이다. 둘째, 영서 지역은 중부방언에, 영동 지역은 인접한 경상방언 또는 함경방언에 귀속시키는 유형이다. 이것은 대체로 강원도 지방을 산맥을 경계로 삼분하여, 동해안은 경상도 방언에 속하여 함경도 방언과의 교량적 지위에 있고, 서부 육지는 충청도와 함께 경기도 방언에 포함하여 다루는 견해이다. 셋째, 강원도를

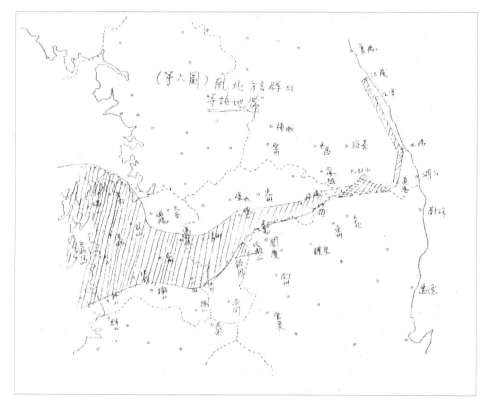

〈지도 2-2〉 남부방언권과 북부방언권의 등어지대 (최학근 1982:245)

비스듬히 사선으로 나누어 오른쪽 하단 지역은 영남방언권에, 그 나머지 지역은 중부방언권에 귀속시키는 유형이다. 즉, 강릉·삼척·평창·정선·영월 일대는 영남방언권으로, 양양과 그 이북 지역을 비롯하여 원주·홍천·춘천·화천·철원 일대는 중부방언권으로 보는 견해이다.

강원도방언의 또 다른 구획

강원도 방언을 구획하는 문제를 크게 보아 셋으로 나누어 생각할 수 있다. 첫째는, 앞서 영동방언을 구획한 것과 같이 강원도를 동서로 일단 나누는 방법이다. 강원도를 영동방언과 영서방언으로 크게 양분하는 것이 이에 해당한다. 논자에 따라서는 영서방언을 경기도나 중부방언으로 묶고, 영동방언은 인접한 경상도나 함경도 방언에 귀속시키기도 한다. 둘째는, 강원도를 남북으로 양분하여 방언 구획을 하는 방법이다. 셋째는, 강원도를 동남 지역과 서북 지역으로 비스듬히 가르는 방법이다. 이 세 가지 방안 중 둘째와 셋째에 관해 잠깐 살펴 보기로 한다.

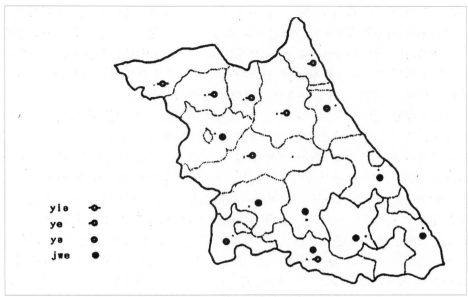

〈지도 2-3〉 '쉬어'의 모음 분포도 (한영균 1995:840)

남부방언권과 북부방언권

강원도방언을 남북으로 양분
하는 견해는 한반도 전체의 언어
를 남부방언군(南部方言群)과 북
부방언군(北部方言群)으로 나눈
데 따른 것이다. 음운, 어휘, 어
법 및 성조면에서 남부방언군에
속하는 경상도방언과의 대비를
통해 볼 때 강릉 지역까지 그 영
향을 받는다고 보아, 강릉과 삼
척 사이에서 남부방언군과 북부
방언군의 등어지대(等語地帶)를
설정할 수 있기 때문이다. 이 견
해는 물론 강원도를 정확히 남북
으로 양분하는 것은 아니다. 〈지
도 4〉에서 보듯, 등어선(等語線)
들을 묶은 등어선속(等語線束)은
대개의 경우 영월과 정선 지역의

〈지도 2-4〉 하게체 의문형 어미 '-니?'와 '-나?'
(이익섭 1981:245)

아래쪽에 그어진다. 영서 지역은 물론이고, ④ 평창·정선·영월 지역은 남부방언군에 포함되지 않음은 물론이다. 이 견해를 고려하는 까닭은 이와 같이 강원도를 남북으로 양분하는 것이 무엇보다도 이른 시기의 국어의 역사적 사실에 들어맞기 때문이다. 즉, 북방의 부여계(夫餘系) 언어인 고구려어와 남방의 한계(韓系) 언어인 삼한(三韓) 및 백제, 신라의 언어 구분과 일치한다는 점에서이다.

여하튼 강원도를 남북으로 양분하는 구획 설정이 강원도 전체를 대상으로 한 설명에서 유효한 경우가 이따금 있는 듯하다. 영동방언 안에서 삼척과 정선, 영월이 한데 묶여 강릉을 비롯한 북부 영동방언권과 달리 나타나는 현상 또한 이와 관련하여 음미해 볼 필요가 있다. 앞서 언급한 어중의 /ㅂ/음을 유지한 단어들(예: 자부름(←졸음), 호박(←확))이 그 대표적인 예이다. 다만, 이들 단어가 삼척만이 아니라 정선과 영월 일부 지역에서도 나타나는 점에 유의해야 한다. 이에 따라 강원도를 정확히 남북으로 가르는 견해도 등장한 바 있다. '곁두리'의 경우 남쪽 지역에서는 '참, 새이' 등의 어형을 보이지만, 북쪽 지역에서는 '젠노리, 제누리' 등의 어형이 널리 분포되는 점을 예로 제시하였다. 또한, 'ㅚ, ㅟ'의 단모음화 및 음운 현상들도 〈지도 5〉에서 보듯 강원도를 남북으로 양분하여 구획할 수 있는 가능성을 시사해 준다. 이 경우 남쪽 지역은 남부방언의 영향권으로 해석할 수 있을 것이다.

동남방언권과 서북방언권

강원도방언은 다른 한편으로 강원도를 비스듬히 가르며 구획할 수 있다. 이것은 〈지도 3〉의 영서방언권에다가 ①고성·양양 지역을 포함하는 서북방언권과, 나머지 ②③④ 지역을 묶는 동남방언권으로 구획하는 것이다. 〈지도 6〉에서 보듯, 해라체 의문형 어미 '-니?'와 '-나?'의 등어선이 정확히 이와 일치하는 것을 알 수 있다. 이 경우 양양군 현남면은 동남방언권에 속하는 것에 유의할 필요가 있다. 양양군의 현남면과 현북면의 경계에서 등어선이 그어지는 것이다. 이와 같이 ①고성·양양 지역이 영서 지역과 같은 방언권으로 묶이는 가장 큰 이유는 무엇보다도 소리 높낮이 즉, 고저(高低)를 변별(辨別)할 수 있는지의 여부이다. 고저에 따른 의미 식별이 가능한가 아닌가, 또는 말소리의 고저가 있느냐 없느냐에 따라 달라지는 것이다. 이것은 달리 말하여 음조(音調, pitch accent) 언어권과 음장(音長) 언어권으로 구별되는 것이다. 전자는 소리 높낮이를 사용하는 지역이며, 후자는 소리의 길고 짧음이 실현되는 지역이다. 그런데, 실제로 동남방언권은 소리 높낮이와 장단(長短)을 함께 사용하고 있으나, 구별의 편의상 소리 높낮이만을 강조한 것으로 이해하면 된다.

서북방언권과 동남방언권의 구획은 다음과 같은 예에서도 잘 입증된다. '졸음'의 음성표출형이 서북방언권과 동남방언권에서 각각 '졸음'과 '자으름/자부름'으로 대립되고, '긁다'에 대한 음성표출형 역시 '긁다 ↔ 끌다'로, 그리고 어휘면에서의 '쟁기'(연장/엔장 ↔ 보구래)와 '귓불'(귀부랄 ↔ 귓밥) 등의 방언형들도 유사한 대립을 보인다. 이 밖에 수사의 경우도 대체로 이와 같은 대립을 보인다. 즉, '63'을 '예순셋/예순서이' 라 하는 서북방언권과 '육십셋/육십서이'라고 일컫는 동남방언권의 차이를 확인할 수 있다.

방언구획 과제들

영동방언 안에서의 언어 구획에서 앞으로 더 고려해야 할 문제로는 다음과 같은 것들이 남아 있다. 서남방언권 즉, 〈지도 3〉에서의 ④평창·정선·영월 지역은 좀더 세부적인 구획을 할 필요성이 있다. 예컨대, 영월군 수주면의 경우는 인접한 영서방 언의 영향을 많이 받는 관계로 음운목록을 비롯하여 고저와 음장 등의 운소가 영동 방언에서의 그것과 얼마나 일치하는지 확인해 볼 필요가 있다. 태백시 지역의 언어 역시 인접한 경상북도 봉화군의 언어와의 대비를 통해 그 위상을 분명히 밝힐 일이 요청된다. 그리고, 동해안 어촌 지역의 언어에 대해서도 따로 살펴 보아야 한다. 영 동방언의 단모음체계는 일반적으로 10모음 체계이나, 어촌에 따라서는 6모음 체계를 지닌다. 삼척의 근덕면 덕산 이남의 어촌에선 '뒤'(後)가 [디:]로 발음되는 현상까지 찾 아볼 수 있을 정도이다. 이들 지역에선 단모음 중에서 '외'/ø/와 '위'/y/가 없음은 물 론이다. 강릉시 어촌 지역에서는 이 두 단모음의 음성 특징이 매우 뚜렷하나, 강릉시 를 중심으로 멀어질수록 단모음으로서의 특질이 다소 약화되어 나타나는 것을 느낄 수 있다. 인접한 농촌 지역에서 이들 단모음들이 잘 유지되고 있는 사실을 감안하여 볼 때 삼척 지역을 남북으로 가르거나 동해안 해안선을 따라 방언구획을 좀더 세분 할 필요성이 있다.

2.3. 강원도 및 영동 방언의 연구사

강원도 방언은 다른 지역방언들에 비하면 상대적으로 덜 연구되어 왔다. 이것은 대체로 고형(古形)을 많이 간직하고 있을 법한 지역에 대한 우선적인 관심으로 말미 암은 듯하다. 즉, 제주도방언은 육지와 떨어져 있는 지리적인 위치 때문에 고립지역 으로서 방언학자들의 일차적인 관심의 대상이었다. 또한 경상도방언은 신라시대로부 터 이어지는 지역의 언어이므로 역사적인 안목에서 주된 관심을 받아 왔다. 함경도 방언 역시 변방의 언어라는 점과 경상도방언과 관련하여 주목을 받아 왔다. 최근엔 함경도의 육진 방언에 대해 깊이 있는 고찰을 행하기도 하였다. 서울에 인접한 경기 도 및 황해도와 마찬가지로 강원도방언은 방언학자들의 주된 관심의 대상 밖이었다. 이들 지역의 언어가 주목을 덜 받은 까닭은 서울과 인접하여 있기 때문에 다른 지역 방언에 비해 표준어와 큰 차이를 보이지 않고, 따라서 방언학이나 국어사의 관점에서 특기할 만한 요소가 적으리라는 예견 때문이기도 하다. 특히, 강원도방언에 대해서는 국어의 방언 구획을 해 온 대부분의 학자들이 경기방언 또는 중부방언에 귀속시키거나, 강원도를 다른 방언권의 혼성 지역으로 파악하여 왔다. 이로 말미암아 별도의 지위를 부여받지 못한 강원도 방언에 대해서는 흥미와 관심이 비교적 적었던 것으로 해석할 수 있다.

일제강점기 때의 연구

강원도 방언에 대한 연구는 일찍이 소창진평(小倉進平)에 의해 본격적으로 시작되었다. 소창진평(1944)의 『조선어방언의 연구(朝鮮語方言の研究)』는 우리 나라 방언에 대한 전반적이고 총체적인 연구결과이다. 이 중에 강원도방언도 다른 지역의 것과 함께 충실히 다루어져 있다. 이 책은 국어 방언학에서 고전적인 가치를 충분히 인정받고 있으며, 전국의 상당수 지역에서 해당 방언의 연구사를 기술할 때 으레 첫머리에 놓이곤 한다. 이 점 강원도방언에 대해서도 예외가 아니다. 그러나, 비록 소창진평과 같이 뚜렷하게 학구적이고 전반적이지는 못하지만, 강원도 방언에 대한 관심과 고찰의 노력이 없었던 것은 아니다. 경성사범학교 조선어연구부에서 1936년과 그 이듬해에 펴낸 『방언집(方言集)』이 단적인 예다.

나완이(1936:6-7)에 의하면, "우리말의 변천을 살피며, 조선어학회의 사전 편찬에 한 도움이 되면 다행이라 생각하고 삼년전부터 방학을 이용하여" 모은 방언 자료를 약 150쪽의 책자로 제1집을 간행하였다고 한다. 그리고 제2집은 전국 68개 군 단위에서 조사한 약 913개 항목에 대한 방언자료를 모아 326쪽의 등사판으로 간행한 방언자료집이다. 제2집은 제1집의 내용을 증보하여 간행한 것이다. 이 사실은 『한글』(제4권 제9호, 1936년 10월호)의 권말에 실린 제1집의 일부 내용과 이미 소개된 제2집을 비교하여 보면 알 수 있다. 제2집 중에 강원도편은 5개 지점 --- 강릉, 철원, 홍천, 삼척, 영월에서 채집한 단어들이 수록되어 있다.

이 방언집에 앞서 조선어사전회에서는 1930년경부터 하계방학에 귀향하는 학생들로부터 방언을 수집하게 하여 이미 10,000여점을 수집하였다고 한다. 그리고 수집된 방언자료를 한글 잡지를 통해 발표해 줄 것을 권하고 있다. 이 난에 실린 것들 중 강원도에 해당하는 것이 있다. 380개 항목에 대하여 강릉과 춘천, 울진 방언을 수집한 대로 보고한 내용인데, 다른 지역의 보고 내용들이 일반적으로 단어수가 매우 적은 사실에 견주어 볼 때 그 의의가 크다고 하겠다.

광복 이후

광복 이후 한동안 강원도방언에 대한 연구는 소강상태에 있었다. 그러다가 1970년을 전후하여 본격적인 연구물이 등장하기 시작했다. 이것은 거의 동시에 두 대학교

수에 의해 주도되었다. 전성탁 교수는 군 단위로 하나씩 연구 논문을 발표하여 왔다. 일련의 연속물로 기획하여 강원도 방언 전체를 샅샅이 살펴 보려는 의도임을 느끼게 한다. 군 단위를 대상으로 하여 음운, 문법, 의미 등 전반에 걸쳐 고찰하고 있으며 어휘자료들도 함께 수록하여 놓았다. 강원도 방언에 대한 연구가 거의 없는 차에, 1개 군씩을 대상으로 한 기술로서는 그 양이나 질에 있어 충분하다 할 만한 것이었다. 이익섭 교수의 일련의 연구물들은 『영동 영서의 언어분화: 강원도의 언어지리학』 (1981, 서울대 출판부)에 압축되어 있다 하겠다. 이 책은 방언 연구 방법론 면에서도 몇 가지 새롭고 획기적인 면을 보여주었다. 그동안 거의 제대로 이용하지 않았던 통신조사를 겸하여 실시했다는 점, 방언 구획에 있어 대부분의 방언학자들이 음운이나 문법에만 치중하던 것을 어휘 분화를 가지고도 훌륭히 분류해 낼 수 있다는 사실을 보여준 점, 그리고 면 단위까지 세부적으로 조사하여 정밀한 언어지도를 작성한 점 등이 이에 해당한다. 방언학의 일반 이론에 대한 정확한 이해를 바탕으로 대상 방언에 대하여 총체적으로 기술한 이 책은 지금까지의 강원도 방언 연구의 금자탑이라 할 만하다.

이 두 연구자 외에 강원도방언 전체를 대상으로 한 연구 중에는 김형규(1973)가 주목된다. 이 논문은 음운론적인 고찰을 위주로 하고 있긴 하나, 영동방언에 고형이 많이 나온다는 점을 지적하였다. 그리고, 1970년대 말부터는 원훈의 교수가 지역별 및 부문별로 영서지방을 중심으로 강원도 방언에 대한 일련의 연구물들을 내기 시작하였다.

이상의 연구자들을 제외하고, 강원도 방언에 대하여 지금까지 연구된 것들을 간략히 언급하면 다음과 같다. 강원도 방언에 대한 연구물들은 영동방언과 영서방언에 대한 것으로 나뉜다. 양자와의 관련 및 그 차이점에 관해 다룬 것은 그리 많지 않은 편이다. 이익섭(1979) 및 문효근(1982) 이외에 이상복(1986ㄱ)과 남기탁·손주일(1990), 한영균(1991, 1995)이 있다. 특히 한영균(1991, 1995)은 강원도 방언의 구획 문제를 음운론적인 관점에서 구체적으로 제시하였다. 영동방언 중 속초 지역의 언어에 대한 전반적인 기술로는 민현식(1991)이 있다.

영동방언의 분야별 연구

언어 영역별로 영동방언에 대한 연구물들을 몇 가지 살펴 보면 다음과 같다. 음운 부문에서는 문효근 교수의 연구가 시기적으로 가장 앞선다. 문효근 교수 역시 위의 두 대학교수와 거의 마찬가지의 시기에 논문을 발표하였는데, 초분절음소들에 대한 연구를 위주로 하였다. 문효근(1969)에서는 영동방언의 소리 높낮이를 고조·중조·저조의 삼분체계로 파악한 바 있으며, 문효근(1972)은 양양군 현남면 이남 지역은 경상도 방언의 영향을 받은 성조 언어(tone language)로, 양양군 현북면 이북 지역은 경기도를 비롯한 중부방언의 영향을 받은 음장 언어(chrone language)로 기술하였다. 초분절음소에 대한 연구물 중엔 강릉방언을 대상으로 한 윤종남(1987)도 있다. 이병근(1973)은 강릉, 삼척, 울진방언을 대상으로 이중모음의 목록을 작성하였는데, /ji:/를 /jə/의 자유변이음으로 분석하였다. 그리고, 최돈국(1987)은 태백방언에 대하여 음운론적 고찰을 하고 있다.

문법에 대한 연구물 중에는 함영세(1986)가 평창·정선·영월을 포함하여 영동방언의 활용어미에 대해 기술한 바가 있으며, 윤길자(1995)는 삼척 방언의 선어말어미에 대한 종합적인 고찰을 하였다. 영동방언에 대한 어휘의미론적 연구는 거의 이루어지지 못하였다. 이익섭(1976ㄴ, 1980) 이외에 박종철(1984)에서 몇몇 단어들에 대한 언급을 하고 있을 뿐이다. 참고로, 영서방언에 대한 것을 간략히 살펴 보면, 전성탁, 원훈의 교수에 뒤이어 이상복 교수의 일련의 연구물들이 있다. 각 군별, 지역별로 조사 보고를 겸하여 간략히 부문별로 언급하고 있다. 신경철(1990)은 원주 지역어의 음운체계와 음운현상에 대해 소상히 밝힌 것이며, 정호완(1976, 1982)은 홍천방언에 대한 음운론적 고찰을 하고 있다.

강원도 방언의 어휘 자료는 앞서 언급한 논문과 연구물들에 단편적으로 수록되어 있다. 그리고 시·군지(市·郡誌)의 방언 부문에 게재된 자료들이 몇 있다. 강릉시 사천면에서 간행한 면지(面誌)인 『사월(沙越)』에는 독특한 방언형들을 모아 수록한 것이 있어 흥미롭다. 전국을 대상으로 하여 군 단위로 모아 놓은 본격적인 자료집으로 소창진평(1944)을 비롯하여 김형규(1974)와 최학근(1978)이 있어 참고가 된다. 군별(郡別)로 1개 지점씩 택하여 강원도의 방언형을 채집하여 보고한 한국정신문화연구원(1990)은 다른 시도(市道) 지역의 자료집들과의 대비를 통해 각 조사항목별로 남한 지역의 분포도를 종합·비교할 수 있어 좋은 길잡이가 된다. 영동방언에 대한 것으로는 울진을 포함하여 삼척과 강릉 방언의 어휘를 수집하여 기록한 전광현(1978, 1981)이 많은 도움을 준다. 박성종 교수는 1995년 이래 지속적으로 영동 지역에서 郡 단위로 2-3개 지점을 선정하여 한국정신문화연구원의 설문지 항목 순서에 따라 간략히 조사 보고하였다. 영서방언 어휘 자료로는 앞서 언급한 연구물들에 포함되어 수록된 것이 대부분인데, 특히 이상복 교수의 일련의 연구물들은 조사 보고서의 성격을 겸하고 있다. 한국어문연구소(1982)는 홍천군 내면의 어휘에 대한 조사 보고서이다.

강원도 방언에 대한 사회언어학적인 연구물은 이익섭(1976ㄱ)이 그 효시이다. 이는 주로 어휘면에서 어촌방언이 농촌방언과 같지 않음을 상세히 밝혔으며, 이러한 사실이 지역방언과 어떻게 연관되는가를 곁들여 다루었다. 이는 특히 직업에 따른 언어분화가 있음을 드러낸 것으로 사회언어학적 연구의 필요성을 강조한 논문이다. 어촌 언어에 대한 것으로는 김무헌(1977)과 박성종(1995ㄱ)이 뒤따른다. 후자에서는 어촌어휘라 할 만한 돛배의 각 부위 명칭, 어장(漁場)과 어구(漁具), 바람과 조류 및 파도 등의 명칭이 수록되었다. 이 밖에 사회언어학적인 연구물로서 삼척군의 경어법 사용 실태를 연령별로 살펴 본 박희만(1993)과 강릉방언에 대한 세대별 언어차를 밝힌 전혜숙(1996)이 있다. 특히, 후자는 음운·형태음소·어휘 및 언어태도 부문별로 몇 개의 항목들을 선정한 후에 각 세대별로 어떻게 나타나고 있는지를 면밀히 조사 보고하였는데, 조사방법론을 참고할 수 있어 앞으로 이 방면의 연구에 좋은 길잡이 역할을 하리라 본다.

최근의 연구

영동지역 방언 연구와 관련하여 최근의 주목할 만한 연구물로는 김인기(2003)와 전혜숙(2003), 그리고 김봉국(1998) 등을 들 수 있다. 김인기(2003)는 일반적인 방언 조사 방법으로는 채집하기 어렵고 또 평상시에 듣기 힘든 강릉방언의 여러 발화자료들을 토대로 사전 형식으로 간행한 것이다. 풍부한 어휘를 비롯하여 자료적 측면에서 매우 귀중한 업적으로 평가된다. 전혜숙(2003)은 강원도 동해안 지역 방언을 대상으로 세대별 언어차를 밝혀 놓은 것으로, 사회언어학적 방법에 의한 연구물로서의 가치가 높다. 김봉국(1998)은 삼척방언의 성조에 관한 연구물로서, 이것에 이어 지속적으로 삼척방언을 중심으로 영동지역 방언에 대해 깊이 있는 연구를 진척하고 있어 주목할 만하다.

【 익힘 문제 】

1. 강원도방언의 여러 가지 구획 안(案) 중 어느 것이 가장 좋을지를 따져 보자. 그리고, 강원도 이곳 저곳을 다닐 때마다 늘 염두에 두면서 어느 것이 가장 실제에 맞는지를 고찰해 보자.
2. 방언구획은 다른 분야에서의 구획과 많든 적든 관련이 있다. 생활권- 예를 들면 시장권, 통학권, 통혼권 등- 및 가옥구조를 포함한 인문지리적인 구획들과 어떻게 관련되는지, 또 산줄기라든가 자연생태계의 구획과는 어떤 연관이 있는지, 민속학적인 관점에서의 구획들과는 어떠한지 등등 각자가 관심 있는 분야의 구획을 알아 보고 이것과 방언구획과의 관련을 생각해 보자.
3. 연구사에서 언급된 연구물들 중에 하나를 골라 읽고 확인 및 검토해 보자.

제3장

음운(音韻)

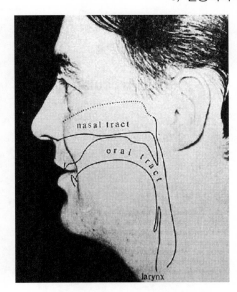

〈그림 3-0〉 옆에서 본 발음기관 단면도

제3장   음운(音韻)

3.1. 음운체계

1) 모음

모음이란?

　모음(母音)은 허파로부터 나오는 공기가 후두를 통과하여 구강을 빠져 나오는 동안에 아무런 장애를 받지 않는 소리를 가리킨다. 모음은 공기가 후두를 통과하는 과정에서 성문(聲門)이 좁아져 공기의 흐름이 성대(聲帶)를 진동시키게 된다. 따라서 모음은 모두 유성음(有聲音)이 된다. 성대를 중심으로 한 부위를 후두(喉頭)라 하며, 이 후두는 몇 개의 연골(軟骨) 즉, 물렁뼈로 이루어져 있다. 성인 남자들의 경우 후두가 목에서 도톰히 튀어나와 있다. 후두 부분을 손가락으로 살며시 대고 'ㅏ, ㅗ'와 같은 모음을 발음하면 울림을 감지할 수 있다. 이와 반대로 'ㅅ'과 같은 소리를 내면 울림을 느끼지 못한다.

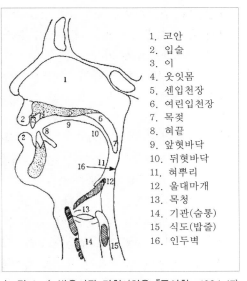

1. 코안
2. 입술
3. 이
4. 웃잇몸
5. 센입천장
6. 여린입천장
7. 목젖
8. 혀끝
9. 앞혓바닥
10. 뒤혓바닥
11. 혀뿌리
12. 울대마개
13. 목청
14. 기관(숨통)
15. 식도(밥줄)
16. 인두벽

〈그림 3-1〉 발음기관 명칭 (허웅 『국어학』 1984:47)
1.비강(鼻腔) 2.순(脣) 3.치(齒) 4.치조(齒槽)
5.경구개(硬口蓋) 6.연구개(軟口蓋) 7.구개수(口蓋垂)
8.설단(舌端) 9.설면(舌面) 10.설배(舌背)
11.설근(舌根) 12.후두개(喉頭蓋) 13.후두(喉頭)

〈그림 3-2〉 'ㅣ, ㅏ, ㅜ'를 발음할 때의 모습 (배주채『한국어의 발음』 2003:44)

단모음

'ㅑ, ㅠ'와 같은 발음을 해 보면 입술이 약간 움직이는 것을 알 수 있다. 그러나, 'ㅣ, ㅏ, ㅜ'와 같은 소리들을 발음할 때는 입술이 움직이지 않는다. 전자는 한번에 내는 소리들이 아니라, 두 가지 소리들이 복합된 것이다. 그러나, 후자는 한번에 내는 소리들이다. 전자를 가리켜 복모음(複母音)이라 한다면, 후자는 단모음(單母音)에 해당된다. 일반적으로 모음이라 할 때는 단모음만을 가리키며, 복모음을 지칭할 때는 그에 맞게 이중모음 또는 삼중모음 중의 어느 하나로 일컫는다.

모음은 다음의 세 가지 기준에 따라 분류한다. 첫째, 입술의 모양이 둥글고 편평한 지에 따라 가른다. 입술이 둥글면 원순모음(圓脣母音), 편평하면 평순모음(平脣母音)이다. 둘째, 혀의 위치에 따라 구분한다. 발음할 때 구강 안에서 혀를 앞쪽으로 내미는가 뒤쪽으로 끌어당기는가에 따라 가른다. 혀를 내미는 경우 옆에서 보면 구강 앞쪽에 혀의 중심이 놓이고 혀의 앞부분이 입천장에 가장 가깝게 위치하게 되는데 이를 전설모음(前舌母音)이라 한다. 혀를 끌어당기는 경우엔 전설모음과 정반대가 되어 이를 가리켜 후설모음(後舌母音)으로 일컫는다. 그리고, 전설모음과 후설모음의 중간에 해당하는 경우도 따로 나누어 생각할 수 있어, 이 경우엔 중설모음(中舌母音)으로 설정하기도 한다. 셋째, 혀의 높낮이에 따라 구분한다. 아래턱이 올라가서 혀의 위치가 전반적으로 높은 경우엔 고모음(高母音)이고, 그 반대의 경우가 저모음(抵母音)이 된다. 고모음과 저모음 사이엔 두 단계로 구분할 수 있으므로, 높은 차례대로 각각 반고모음(半高母音)과 반저모음(半抵母音)으로 부른다. 그런데, 발음할 때 입술 모양을 보게 되면, 혀의 위치가 높은 경우는 두 입술 사이의 간격이 좁게 되고, 혀의 위치가 낮은 저모음의 경우엔 입술 간격이 넓게 된다. 따라서 혀의 높낮이 대신에 두 입술이 많이 열리는가 아니면 닫히는가를 기준으로 명칭을 부여할 수도 있다. 이에 따라 고모음은 폐모음(閉母音)으로, 저모음은 개모음(開母音)으로 호칭하기도 한다. 반고모음은 반폐모음(半閉母音)이 되고, 반저모음은 반개모음(半開母

音)이 됨은 두 말할 나위 없다.

위 세 가지 모음 분류 기준에 의거하여 각각의 모음에 대한 이름을 붙일 수 있다. 예를 들면, 'ㅣ'[i] 모음의 경우엔 입술 모양이 편평하므로 평순모음, 혀의 앞부분이 작용하므로 전설모음, 혀의 위치가 높아서 고모음이 된다. 이에 따라 'ㅣ'[i] 모음을 가리켜 평순전설고모음이라 부른다. 마찬가지 방식으로 하여, 'ㅜ'[u] 모음은 원순후설고모음이 되고, 'ㅏ'[a] 모음은 평순중설저모음이 된다.

모음삼각도

각각의 모음을 발음할 때 옆에서 보아 혀의 가장 높은 지점에 점을 찍은 다음에 이 점들을 연결하여 볼 수 있을 것이다. 이렇게 해 보면 영어의 경우엔 약간 찌그러진 사각형 모습에 가까운 모습을 그려내게 된다. 그러나, 우리나라 모음의 경우엔 삼각형을 뒤집어 놓은 듯한 모습에 가깝게 도식화할 수 있을 것이다. 우리나라 모음은 따라서 다소 비스듬한 역삼각형 모습을 띠는데, 이를 가리켜 모음삼각도라 부른다. 모음삼각도에 표준어의 단모음 10개를 표시해 보면 〈그림 4〉에서 보는 바와 같다. 전설모음들은 같은 지점에 두 개씩 표시되어 있는데, 둘 다 혀의 위치와 높이는 같으나 입술의 모양이 서로 다르기 때문이다. 앞엣것이 평순모음이고, 뒤엣것은 원순모음이다.

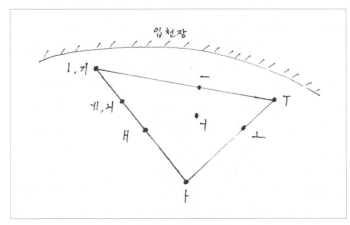

〈그림 3-3〉 모음삼각도

표준어의 단모음

현재 표준어의 단모음은 모두 10개다. 이 중 'ㅣ, ㅡ, ㅜ, ㅓ, ㅗ, ㅏ'의 6개 모음이 단모음이라는 사실은 당연하게 생각되지만, 'ㅟ, ㅚ, ㅔ, ㅐ'가 단모음이라는 사실에 대해서는 거의 대부분의 사람들이 고개를 갸우뚱하게 마련이다. 이것은 15세기 중엽에 세종대왕이 우리 한글을 만들 때에는 이 4개의 모음들이 글자 모습 그대로 단모음이 아니라 이중모음이었기 때문이다. 후에 이 4개의 이중모음들이 단모음으로 그 음가가 바뀌어서, 현재는 입술의 움직임 없이 단번에 소리내고 있다.

　모음 'ㅓ'의 경우 실제로는 두 가지 발음을 하고 있다. 길게 발음할 때와 짧게 발음할 때의 소리가 전혀 다르다. 시골에 가서 '鄭(정)' 씨 성을 가진 사람을 찾을 때 애먹은 경험을 가진 사람들이 많을 것이다. 예컨대, '정영수' 씨 댁이 어디냐고 물었을 때, 나중에 알고 보면 바로 그 인근에 살고 있는데도 불구하고, 그런 사람 없다거나 모른다는 답변을 듣는 경우가 허다하다. '鄭(정)'의 모음 'ㅓ'는 실제로 길게 발음되고, 이와 달리 '丁(정)' 씨의 경우엔 짧게 발음된다. 시골 노인들은 이 두 가지를 전혀 다른 발음으로 인식하고 있는데, 질문자가 '정영수'의 '정' 소리를 짧게 발음했기 때문에 다른 성씨로 알아듣고는 사실과 다른 답변을 한 것이다. '(돈이) 없:다'와 같이 장모음 'ㅓ:'는 평순중설반고모음 [ə]에 가까운 소리이지만, '(아기를) 업다'와 같은 경우의 단모음 'ㅓ'는 평순후설반저모음 [ʌ]에 가깝게 소리난다. 모음삼각도 또는 국어의 모음체계를 설명할 때는 편의상 이 중 장모음 'ㅓ:'[ə]로써 /ㅓ/를 대표하게 된다.

　'ㅡ' 역시 실제 발음은 'ㅜ'에 가까운 위치에서 평순으로 발음되지만, 편의상 모음삼각도에서 중설 위치에 표시하는 것이다. 경상도 사람들이 /ㅓ/와 /ㅡ/를 전혀 구별하지 못한다는 사실은 널리 알려져 있다. 예컨대, 표준어 화자(話者)들이 들으면 '음악 선생'인지 '엄악 선생'인지 헷갈리기 일쑤다.

　표준어 화자라 하더라도 'ㅔ'[e]와 'ㅐ'[ɛ]를 구별하지 못하는 사람들이 거의 대부분이다. 양자를 제대로 구별하는 사람들은 서울 및 수도권 사람들 중에 50대 이상의 노년층 토박이들뿐이다. '개'(犬, 멍멍 짓는 개)와 '게'(蟹, 바닷가에서 옆으로 기어가는 게)를 식별하는 사람들이 거의 없다. 이뿐만 아니라, '내 것'과 '네 것'은 글로써만 구별이 되고, 말로써는 전혀 구별되지 않는다. 이에 따라 '네'는 '니'로 발음을 바꾸어, 예를 들면 '네 것'은 이미 [니꺼]로 발음이 굳어진 지 오래다. 'ㅔ'와 'ㅐ'의 혼동 문제는 다소 심각한 면이 있다. '생산성을 제고해야 한다.'라고 써야 할 터인데, '제고(提高)'가 '재고(再考)'와 발음상 구별이 되지 않으니까 '생산성을 재고해야 한다.'라고 쓰는 경우조차 있다. 생산성을 높여야 한다는 것인지, 생산성이 너무 높아서 다시 생각해 보아야 한다는 것인지 혼란스럽다. 교양 있다는 사람들조차 이런 상황이니 참 딱한 노릇이라 하겠다. 'ㅔ'와 'ㅐ'의 문제는 결국 하나의 음소 /E/로 굳어져, 한글 표기에서 둘 중의 하나만 써야 할 날이 멀지 않을 성싶다.

　표준어 화자들이 제대로 발음하지 못하는 모음이 또 하나 있다. 'ㅚ'[ø]가 이에 해당된다. 'ㅚ'를 당연히 단모음 [ø]로 발음하여야 할 터인데, 거의 예외없이 이중모음으로 발음하고 있다. 결과적으로 'ㅚ'는 'ㅞ'[we]와 발음상 구별되지 못한다. '외가'로 쓰든 '웨가'로 쓰든, '외무부'이든 '웨무부'이든, 그리고 '궤짝'인지 '괴짝'인지 이들이 각각 발음상으로 전혀 구별되지 않고 똑같다. 'ㅚ'를 단모음 [ø]로 제대로 발음하려면, 'ㅔ'[e]와 똑같은 위치에서 입술만 둥글게 바꾸면 된다.

단모음 'ᅱ'[y] 역시, 비록 'ᅬ'만큼 심각하지는 않으나, 문제시된다. 'ᅱ'의 경우는 일부 음성 환경에서는 단모음으로 제대로 발음되지만, 거의 대부분 이중모음 [wi]로 발음하고 있다. 'ᅱ'를 단모음 [y]로 발음하는 경우는 '쉬:!'(오줌 눌 때의 소리 또는 조용히 하라고 손가락을 입술에 대고 말할 때)를 비롯하여 '쥐, 취'와 같은 경우에 국한된다. 이 밖의 경우엔 거의 예외없이 입술이 움직이는 이중모음 소리를 내고 있다. 'ᅱ'를 단모음 [y]로 제대로 발음하려면, [y]가 원순모음이므로 'ㅣ'[i]와 똑같은 위치에서 입술만 똥그랗게 바꾸어 주면 된다.

영동방언의 모음

영동방언 그 중에서도 특히 강릉방언은 표준어의 10개 단모음을 온전히 갖추고 있다. 서울 및 수도권 화자들이 제대로 발음하지 못하는 'ᅦ'[e], ᅢ[ɛ], ᅬ[ø], ᅱ[y]'를 모두 단모음으로 발음한다. 따라서, 영동방언의 단모음은 다음의 표와 같이 4계열 3단계의 모음체계를 지닌다. 음성학적인 관점에서는 중설모음을 설정하고 또 반고모음과 반저모음을 구별하지만, 모음체계상에서는 중설모음을 두지 않으며 반고모음과과 반저모음은 각각 중모음과 저모음으로 분류하는 점에 유의할 필요가 있다.

	전설		후설	
	평순	원순	평순	원순
고모음	ㅣ(i)	ᅱ(y)	ㅡ(i)	ㅜ(u)
중모음	ㅔ(e)	ㅚ(ø)	ㅓ(ə)	ㅗ(o)
저모음	ㅐ(ɛ)		ㅏ(a)	

〈표 1〉 영동방언(및 표준어)의 모음체계

'에'(e)와 '애'(ɛ) 모음의 대립은 영동방언에서 유효하다. '베'(벼, 麻布)와 '배'(船, 腹), '떼'와 '때', '세다'(물건의 개수를)와 '새다'(물이), '베다'(칼로)와 '배다'(아이를)의 예처럼 어느 한 음의 차이만으로 의미가 식별되는 최소대립어(最小對立語)들이 존재한다. 따라서 영동방언에서 '계:(契)하러 간다'고 할 것을 만약 '개:(犬)하러 간다'라고 발음한다면 전혀 엉뚱한 의미를 전달하게 된다. '에'와 '애'의 대립은 대체로 첫음절에서 유지되고, 2음절 이하에선 중화되는 현상을 일반적으로 보인다. 다만, 청소년층에서 이 둘의 식별력이 점차 상실되고 있음은 물론이다. 이에 따라 표준어권과 마찬가지로 '내것'과 '네것', '제적생'(除籍生)과 '재적생'(在籍生)은 문자상으로만 구별이 가능한 양상을 점차 보이고 있다.

단모음 'ᅬ'(ø)와 'ᅱ'(y)는 특히 잘 나타난다. 표준어 화자들이 이들을 발음할 때 입술의 모습을 살펴 보면 동그랗게 오므렸다가 펴는 동작을 관찰할 수 있다. 즉, [we]와 [wi]로 각각 발음하는 것이다. 그러나 영동방언에서는 이들을 발음할 때 입술을 동

그렇게 한 상태에서 그대로 발음한다. 입술의 움직임 없이 단모음 [ø]와 [y]로 각각 발음한다. 영동 지역의 어촌에서도 이 둘은 비교적 잘 유지되는 편이다. '귀(耳), 뒤(後), 쥐(鼠), 취하다, 위하여' 등의 단어에서 'ㅟ'가 단모음 y로 실현되며, '외가(外家), 쇠(鐵, 牛), 되(윷놀이의 도), 되다(化)' 등의 단어에서 'ㅚ'가 역시 단모음 ø로 정확히 실현된다. 발음상으로 보면 y가 ø에 비해 상대적으로 유지가 더 잘 되는 것을 느낀다. 지역에 따라 다소 차이가 있긴 하지만, ø의 경우엔 대체로 40-50대에서 uE 또는 e로 변화를 겪고 있다. 그러나 청소년층이라 하더라도 강릉 지역에선 뚜렷하게 단모음으로 발음하는 학생들이 적지 않다.

2) 이중모음

이중모음이란?

이중모음은 단모음처럼 한번에 소리내지 못하고, 두 가지 소리가 합쳐진 모음이다. 복모음 중에는 삼중모음도 있을 수 있다. 영어에서 ouʃauə]와 같은 것이 그 예이다. 그러나, 우리나라 말에서는 삼중모음이 없고 이중모음뿐이다. 두 개의 모음이 연속되어 발음난다 하더라도 언어에 따라서 그 인식에 차이가 있다. 예컨대, [ou]와 같은 소리를 영어에서는 이중모음으로서 1음절로 인식하나, 국어에서는 각각의 단모음이 연속된 소리로서 2음절로 인식한다.

국어의 이중모음은 반모음(半母音)이 다른 단모음과 결합하여 발생한다. 예를 들어, 'ㅑ'라는 소리는 'ㅣㅏ'라는 소리와 분명히 다르다. 'ㅑ'는 국제음성기호를 이용하여 [ja]로 적을 수 있고, 이 때 모음 a 앞에 오는 소리를 가리켜 반모음이라 한다. 반모음은 모음과 자음의 중간쯤에 놓인 소리라 할 수 있다. 모음처럼 발음하지만 단독으로 음절을 구성하지 못한다. 따라서 반모음은 일명 반자음(半子音)이라고도 하는데, 모음과 자음 중 어느 한 쪽에 굳이 귀속시키자면 자음에 속한다.

국어의 반모음에는 j와 w 두 개가 있다. j는 단모음 i보다 혀를 더 높여 입천장에 닿을락 말락 한 상태에서 발음하는 소리다. 이 때 만약 혀를 입천장에 닿게 하면 온전한 자음 소리가 된다. 반모음 j는 국제음성기호에 따른 표기인데, 때때로 이것을 y로 표기하는 경우도 있어 주의를 요한다. y는 국제음성기호에서 원순전설고모음의 표기자로 쓰임에도 불구하고, 대체로 미국계 학자들이 중에 반모음 j를 흔히 y로 표기하곤 한다. w는 단모음 u와 같은 상태에서 동시에 입술 쪽에서도 조음(調音)을 하는 소리다.

국어의 이중모음은 이들 반모음 j 또는 w가 다른 단모음과 결합하여 이루어진다. 예를 들면, 'ㅑ'는 j가 모음 a와 합하여 ja, 'ㅠ'는 j가 모음 u와 합하여 ju, 'ㅘ'는 w가 모음 a와 합하여 wa, 'ㅞ'는 w가 모음 e와 합하여 we가 되는 등과 같다. 그런데, 딱 한

개의 이중모음이 문제시된다. '긔'가 바로 그것이다. 종전에는 이것을 흔히 모음 '一'(i)에 반모음 j가 결합된 것으로 인식하였다. 그런데, 음절의 마지막 소리가 반모음이 된다는 것은 현대어의 일반적인 규칙에 어긋날 뿐만 아니라, 실제 음성상으로도 들어맞지 않는 면이 있다. 따라서, '긔'를 반모음 ɰ에 모음 i가 결합된 것으로 해석하기도 한다. 이렇게 되면 현대 표준어에서 ɰ라는 반모음이 하나 더 존재하는 것으로 이해해야 할 것이다.

영동방언의 이중모음

영동방언은 표준어보다 이중모음을 한 개 또는 두 개 더 가지고 있다. 국어의 이중모음은 '긔'를 제외하면, 나머지 모두 반모음에 단모음이 결합된 것이다. 따라서 이론적으로 다음과 같은 이중모음을 상정해 볼 수 있다.

		i	e	ɛ	y	ø	ɨ	ə	a	u	o
		ㅣ	ㅔ	ㅐ	ㅟ	ㅚ	ㅡ	ㅓ	ㅏ	ㅜ	ㅗ
w계 이중모음		wi	we	wɛ	wy	wø	wɨ	wə	wa	wu	wo
		ㅟ	ㅞ	ㅙ				ㅝ	ㅘ		
j계 이중모음		ji	je	jɛ	jy	jø	jɨ	jə	ja	ju	jo
		ㅖ	ㅒ		(외)	(으)	ㅕ	ㅑ	ㅠ	ㅛ	

〈표 2〉 영동방언의 이중모음

이론적으로 상정할 수 있는 w계 이중모음 10개 중에 우리 말소리에 쓰이는 것은 위의 표에서 보듯 5개뿐이다. '긔'의 경우엔 단모음으로 실현되는 것과 이중모음으로 실현되는 것이 있어 유의해야 한다. j계 이중모음 10개 중에는 표준어에서 6개만 이중모음으로 사용된다. 이 중 'ㅒ'는 이 소리를 포함한 단어가 극히 적다. '걔'(그 아이)와 '쟤'(저 아이)가 쓰이는 정도에 그친다. 그런데 영동방언에서는 표준어와 달리 두 개의 이중모음이 더 발견된다.

'으'(jɨ)는 '쓸개'와 같은 단어에서 잘 나타난다. 영동방언에서 '쓸개'를 /jɨ:l/이라 하는데, 이것은 /jə:l/(十)과 최소대립쌍을 이룬다. /jɨ/의 존재는 영서지역을 포함하여 다른 지역에서도 발견된다. 그러나 대개의 경우 이는 한자어에 국한되는 것이 보통이다. 영동방언에서는 한자어는 물론 고유어에서도 실현된다. 한자어로는 '영감(令監), 연(軟)하다, 여부(與否) 영악(獰惡), 여간(如干)' 등의 단어에서, 고유어로는 '여드름, 열적다, 열쇠, 이엉' 등에서 /jɨ:/가 나타난다. 그런데 이 이중모음을 사용하는 단어는 그리 많지 않아, 달리 말해 기능부담이 적은 편이라 하겠다. 물고기 중에 양볼락과에 속하는 볼락(일명 열기라고도 함)만 하더라도 거의 대부분 현재 [열개̃이]로 발음한다. 노년층에서는 이 단어를 예전에 [으르:게̃이]라 했다는 사실을 거의 다 알고 있다. 고성군 지역에서는 50-60대 노년층들도 이미 /jɨː/를 [jəː]라는 개신형으로 발음한다. 그럼에도 불구하고 예전에는 다른 발음이었다고 말하고들 한다. jɨ가 비교적 잘 유지되고 있는 지역은 강릉시 지역이다. 그러나 그렇다고 해서 다른 영동 지역에서 이것이 완전히 소멸된 것은 아니다. 비록 '여드름'이 '으:드레미'로 변하는 등의 변화를 보이곤 있으나, '쓸개'를 지칭하는 어형은 거의 대부분 지역에서 여전히 /jɨː/로 남아 있다. '쓸개'가 /jəː/로 나타나는, 따라서 jɨ가 음소로서의 지위를 완전히 상실한 곳은 삼척시 근덕면 이남의 어촌이다. 연령층으로는 30대 이하에서 이 이중모음이 사라지는 양상을 보인다.

이중모음 중 특이한 것으로는 /jø/가 있다. 영동방언에서 이 발음을 가진 단어가 하나 발견되었다. 출타하여 집에 없는 사람을 위해 그 사람 몫으로 남겨 두는 밥을 뜻하는 단어 '욋(jø)'가 그것이다. 그러나 이 단어는 강릉지역에서만, 그것도 대체로 60대 이상에서만 발견되는 듯하다. 30-40대 여자들도 이 단어를 알고는 있으나, 이중모음의 음가는 전혀 다르다. 이 단어는 강릉을 포함하여 인근 지역에서 흔히 '예숙'[jesuk̚] 또는 '예식'[jesik̚]이라는 개신형(改新形)으로 바뀌어 나타나는데, 양양군에서 70대 노인의 경우 [øsuk̚], 그리고 삼척의 경우 심지어는 '요숙'[josuk̚]이라는 변이형도 발견되었다. 개신형 단어는 원래의 단어 '욋(jø)'에 1음절 한자어 '식(食)'이 합하여 형성된 복합어로 추정된다.

3) 비모음

비모음이란?

모음을 발음할 때는 목젖이 인두벽에 붙음으로써 허파로부터 나오는 공기가 전부 구강으로만 나오게 되어 있다. 그런데, 모음 중에는 이따금 목젖이 인두벽과 떨어져 공기 중의 일부가 코로도 나온다. 이와 같이 구강과 동시에 비강을 통해 나오는 모음을 가리켜 비모음(鼻母音)이라 한다. 자음 중에도 일부는 비모음과 마찬가지 방법으로 구강과 비강을 통해 동시에 나오는 소리가 있다. 'ㄴ, ㅁ, ㅇ'이 이에 해당되는데, 이를 가리켜 비자음(鼻子音)이라 일컫는다. 손가락을 코 끝에 대고 이 비자음들을 발음해 보면 콧김을 감지할 수 있다. 다른 모음들 예컨대, 'ㅣ, ㅏ, ㅓ, ㅜ' 등이나 자음들 'ㅂ, ㄷ, ㅅ, ㅎ' 등을 똑같은 방식으로 발음해 볼 때는 아무런 느낌이 없는 것과 다르다.

비모음은 모음을 발음하면서 코로도 공기를 내보내기만 하면 된다. 말하자면 콧소리를 내는 것이다. 불어에서 비모음을 많이 사용하는 것은 널리 알려진 사실이다. 그런데, 불어 비모음 중의 하나인 [ã]을 우리나라에서는 흔히 [앙]과 같은 방식으로 적고 있는데, 이것은 실제 발음과 멀다. [앙]은 [aŋ]으로서 두 가지 소리 즉, 모음과 자음과 합쳐진 소리다. 이와 달리 [ã]은 하나의 모음 소리이다. 따라서 정확히 적자면 'ㅏ' 위에 물결표 ' ˜ '를 얹으면 된다.

국어에서도 경상도방언을 비롯한 일부 방언에서 이 비모음이 실현된다. 대개의 경우 'ㄴ'이나 'ㆁ'이 약화 탈락되면서 앞뒤의 모음들을 비음으로 만들게 된다. 예컨대, '산이'가 변하여 '사˜이˜'와 같이 ㄴ은 탈락되고 앞뒤 모음을 비음으로 발음하는 것이다.

영동방언의 비모음

비모음 역시 영동방언에서 나타난다. 예를 들면, '호미'를 '호메˜이˜'라고 둘째 음절과 셋째 음절의 모음을 비음화시켜 발음하는 것이다. 이 말소리를 한글로 적자면 난처해진다. '호메이'로 적을 수도 없고, 그렇다고 해서 '호멩이'로 적기도 곤란하다. 앞에서와 같이 '호메˜이˜'로 적는 것이 가장 무난한 편이나, 편의상 뒷모음의 경우는 비음 표시를 생략하여 '호메˜이'로 적을 수 있다. 영동방언의 비모음은 경상도방언적인 요소가 많아서인지 삼척방언이 가장 두드러지고 강릉방언이 그에 버금간다고 할 수 있다. 북부 영동방언권에서는 그다지 많이 사용되지 않는 편이다. 강릉방언에서 몇 개의 문장을 예로 들면 다음과 같다.

어머˜이, 어대 '가는가?(어머니, 어디 가십니까?)
야야라이 우테 여:는 모게˜이 천지냐?(어머나, 어떻게 여기는 모기 천지냐?)
자˜아 '가개!(장에 가게!)
저˜어 주문(정(情)을 주면)

이와 같이 '어머니'를 '어머˜이˜', '모기'를 '모게˜이˜'라고 하는가 하면, '자˜아', '저˜어' 등과 같이 매우 빈번하게 비모음이 사용된다. 비모음은 대체로 모음 사이의 'ㆁ(ŋ)'이 音價를 상실하면서 전후의 모음을 비음화하는 경우가 많다. 그러나, 삼척방언에서는 ㄴ으로 끝난 명사 뒤에 모음 조사가 붙는 경우에도 비모음화가 일어난다.

고˜여˜이˜ 도˜이˜ 마˜이˜ 든다고요.(공연히 돈이 많이 든다고요.)
운제 '소˜이˜로 끌글 새 있소?(언제 손으로 긁을 새 있소?)

에서 보듯, '돈이 많다'의 '돈이'를 '도˜이˜', '손으로'를 '소˜이˜로'로 발음하는 것이다. 또한 '고˜여˜이˜ 도˜이˜ 마˜이˜ 든다고요.'와 같은 표현에선 비음이 연속됨을 감지하게 된다. 신경철·정태윤(1939)에는 '고양이, 여우, 어머니'의 강릉 방언형을 각각 '고냉이, 영깽이/영우, 어머양'으로 적고 있는데, 이것은 비모음이 이미 그 당시에 존재했음을 일러 주는 것으로 해석된다. 이 중 '어머양'은 어머니에 호격 조사가 통합된 것으로서 지금도 자식들이 어머니를 부를 때 곧잘 쓰는 '어머ꟷ야'에 이어지는 형태로 추정된다.

4) 자음

자음이란?

자음(子音)은 허파로부터 나오는 공기의 흐름이 성대를 지나 구강을 통과하는 과정에서 어떠한 형태로든 일종의 장애를 받아 나오는 소리를 가리킨다. 공기의 흐름 즉, 기류(氣流)가 성대를 지날 때 성대 간격이 좁아져 진동을 수반하는 경우가 있는가 하면, 성대 간격이 약간 넓어져 성대 진동 없이 통과하는 경우가 있다. 전자를 유성음(有聲音) 또는 좀더 정확하게 유성자음(有聲子音)이라 하고, 후자를 무성음(無聲音) 또는 무성자음(無聲子音)이라 한다.

거의 대부분의 말소리는 목젖이 인두벽에 붙음으로써 기류가 구강(口腔)으로만 빠져나오게 되어 있다. 그러나, 앞서 설명했듯이 비음(鼻音)은 기류의 일부가 비강(鼻腔)을 통해 동시에 나온다. 자음 중에서 'ㄴ(n), ㅁ(m), ㅇ(ŋ)'은 비음에 속하므로, 일명 비자음(鼻子音)이라고도 부른다. 이 비자음들은 모두 성대의 진동을 수반하는 유성음이다. 그리고, 'ㄹ' 역시 유성음에 속한다. 이와 반대로 경음(硬音) - 'ㅃ, ㄸ, ㅉ, ㄲ, ㅆ'와 같은 된소리들과, 격음(激音) - 'ㅍ, ㅌ, ㅊ, ㅋ'와 같은 거센소리들은 모두 성대의 진동을 수반하지 않는 무성음이다. 'ㅅ(s)' 또한 무성음이고, 'ㅎ'도 대체로 무성음으로 소리난다.

그런데, 'ㅂ, ㄷ, ㅈ, ㄱ'의 경우엔 무성음도 있고 유성음도 있다. 예컨대, [바보]라고 발음했을 때 단어의 첫머리에 쓰인 ㅂ('바'의 ㅂ)은 무성음이지만, 둘째 음절의 ㅂ('보'의 ㅂ)은 유성음으로 실현된다. 이 경우의 유성음은 성대의 진동이 다소 약하긴 하지만, 유성음에는 틀림없다. 따라서 [바보]를 국제음성기호로 적자면 [pabo]라 적는 방안이 무난한 편이다. 이와 같이 유성음으로도 실현되는 까닭은 우리말에서는 앞뒤에 유성음이 놓일 때 그 중간에 낀 위 자음들을 덩달아 유성음화하여 발음하는 관습이 있기 때문이다. 따라서 단어의 첫머리이거나, 뒤에 무성자음이 올 경우엔 무성음으로 발음하다가도, 유성음 사이에 끼이면 유성음화하여 발음하게 된다. 우리말의 이 규칙을 잘 모르는 외국인들이 '바보'를 발음할 때, 'ㅂ'을 똑같이 발음하여 [papo] 또는 [babo]로 발음하는 수가 많은데, 둘 다 우리 귀에는 이상하게 들리는 것이다.

자음의 분류

자음은 다음의 세 가지 기준에 따라 구분한다. 첫째, 유성음이냐 무성음이냐를 나눈다. 모음은 모두 유성음이라서 이것이 분류 기준에 포함되지 않지만, 자음의 경우엔 성대의 진동 여부가 분류 기준에 포함된다. 둘째, 기류가 구강 안에서 어떤 부위와 주로 관계하느냐에 따라 구분한다. 이것은 달리 말해 조음위치(調音位置)를 기준으로 자음을 분류한다는 것이다. 'ㅂ, ㅃ, ㅍ, ㅁ'와 같은 자음들을 발음할 때엔 입술 안쪽에 기류가 모여 있는 듯한 느낌을 받는다. 그런가 하면, 'ㄷ, ㄸ, ㅌ, ㅅ, ㄴ'과 같은 자음들을 발음할 때엔 혀와 기류가 이 또는 잇몸 근처에서 맴도는 듯한 느낌을 받는다. 따라서 전자의 자음들은 입술소리 즉, 양순음이라 하고, 뒤엣것들은 혀끝소리 또는 잇몸소리, 치음(齒音), 치조음(齒槽音)/치경음(齒莖音)음 등의 이름으로 불린다.

셋째, 소리내는 방식 즉, 조음방식(調音方式)에 따라 자음을 분류한다. 'ㅂ, ㅃ, ㅍ'을 발음할 때면 입술 안쪽에 모여 있던 공기들이 갑자기 한꺼번에 터져 나오는 느낌을 받는다. 이것은 허파로부터 나오는 기류를 두 입술이 잠시 막았다가 한번에 터뜨리는 과정을 거쳐 소리내기 때문이다. 따라서 소리내는 과정 중의 어떤 것을 대표로 삼느냐에 따라 이름을 달리하기도 한다. 기류를 막는 과정을 중시하면 폐쇄음(閉鎖音)이라 하고, 잠시 정지해 있는 과정을 중시할 땐 정지음(停止音), 마지막에 터뜨리는 과정을 중시할 땐 파열음(破裂音)이라 부른다. 이들과 달리 'ㅅ, ㅆ'을 발음해 보면 공기가 구강의 잇몸 근처에서 스치는 느낌을 받는다. 이에 따라 'ㅅ, ㅆ'은 마찰음이라 한다. 그런데, 'ㅈ, ㅉ, ㅊ'은 폐쇄음과 같은 방식으로 진행되다가 마지막에는 파열 대신 마찰로 끝맺기 때문에 양자를 합쳐 파찰음이라 부른다. 'ㄹ'의 경우엔 소리가 두 가지이다. 받침으로 쓰이거나 자음 앞에 올 경우(예: 달, 달도)와, 모음 앞에 쓰이는 경우(예: 소라, 달아, 달에)의 소리가 약간 다르다. 전자의 경우엔 혀가 윗잇몸에 딱 붙어있는 데 비해, 후자의 경우엔 혀가 윗잇몸에 살짝 닿아 있다가 아래로 뚝 떨어지면서 치는 느낌을 준다. 전자의 'ㄹ'은 혀 옆으로 공기를 흘려 보낸다는 의미에서 설측음(舌側音), 후자의 'ㄹ'은 혀가 아래쪽의 잇몸을 치면서 낸다는 의미에서 설타음(舌打音)이라 부른다. 여하튼 'ㄹ'은 결국 공기의 흐름을 자유롭게 흘려 보내면서 내는 소리이기 때문에 유음(流音)이라 부른다.

자음의 명칭

자음은 위 세 가지 분류 기준에 따라 명칭을 붙인다. 예컨대, 'ㅅ'은 무성음이고, 조음위치는 이 쪽이며, 조음방식은 마찰음에 속하므로 이를 합하여 무성치마찰음이라 일컫는다. 'ㅂ, ㄷ, ㅈ, ㄱ'와 같이 무성음도 있고 유성음도 있는 경우엔 어느 한 쪽 소리에 대해서 명칭을 붙이는 것이 일반적이나, 편의상 성대의 진동 유무를 생략하고 부르기도 한다. 예를 들면, 'ㅂ' 중 무성음 [p]는 무성양순폐쇄음, 유성음 [b]은 유성양순폐쇄음이라 한다. 'ㅂ'을 통칭하는 음성 명칭으로 '양순폐쇄음'을 사용할 수도 있으나, 그렇게 되면 'ㅃ, ㅍ'도 해당되므로 편의상 '양순폐쇄평음' 정도로 부르는 편이 무난하다.

표준어의 자음체계

위의 자음 분류 기준을 토대로 하여 표준어의 자음을 분류하여 표로 제시하면 다음과 같다.

조음위치 / 조음방식		입술소리 양순음(兩脣音)		잇몸소리 치조음(齒槽音)		입천장소리 구개음(口蓋音)		여린입천장소리 연구개음(軟口蓋音)		목청소리 후음(喉音)	
		무성	유성	무성	유성	무성	유성	무성	유성	무성	유성
폐쇄음	평음	ㅂ p	b	ㄷ t	d			ㄱ k	g		
	경음	ㅃ p'		ㄸ t'				ㄲ k'			
	격음	ㅍ pʰ		ㅌ tʰ				ㅋ kʰ			
파찰음	평음					ㅈ ʧ	ʤ				
	경음					ㅉ ʧ'					
	격음					ㅊ ʧʰ					
마찰음	평음			ㅅ s						ㅎ h	
	경음			ㅆ s'							
비음		ㅁ m		ㄴ n				ŋ	ㅇ		
유음				ㄹ l ɾ							

〈표 3〉 표준어의 자음체계와 분류표

영동방언의 자음체계

영동방언의 자음체계는 표준어의 그것과 동일하다. 다만, 'ㅎ'을 음소목록에 추가시킬지의 여부가 논의의 대상이 된다. 이익섭(1981:90)은 다음의 예를 통하여 'ㅎ'을 음소로 설정할 필요성을 제기하였다.

A. (못에 옷을)   '걸어라 걷:다   걸:재 걸:드라   거:니   거:우
B. (걸음을 빨리) '걸어라 걸:는다 걸:째 걸:뜨라 '걸으니 '걸우

의 대립에서 B의 어간 '걸-'에는 말음 'ㅎ'을 설정해야 한다고 하였다. 이는 표준어의 ㄷ변칙 용언에 해당하는 어형이 영동방언에 없음을 일러 준다. 이에 따라 '묻-'(問)의

경우에도 '물:는다, 물:째, 물:뜨라, 물:네야, '물어라, '물으니, '물우' 등과 같이 활용한다. 이와 같이 'ㅎ'의 음소 설정에 대한 타당성이 확인된다. 그리고 이것은 더 나아가 경음 음소들을 각 계열의 평음과 'ㅎ'의 합음(合音)으로 처리함으로써 음소목록을 간단히 할 수 있을지도 모른다. 그러나, 유기음들을 합음으로 처리하는 데에는 다소 문제점이 있다. 예컨대 'ㅍ'을 /ㅂ+ㅎ/으로 보는 경우에, '높고'는 /노+ㅂ+ㅎ+고/가 되므로 'ㅎ+고→코'로 되어 당연히 [놉코]로 실현되어야 할 터인데, 실상은 [놉꼬]와 같이 나타난다. 따라서, 위와 같은 처리 방안은 수긍하기 어려운 점이 있다.

5) 운소(韻素)

운소(韻素)란?

대부분의 말소리는 자음 또는 모음 중 어느 하나에 속할 뿐만 아니라, 이들은 단독으로 독립하여 소리낼 수 있다. 예를 들어 [개]라는 소리는 [ㄱ]과 [ㅏ]로 나누어 발음할 수 있다. 그런데, [개]라는 소리를 길게 발음한다거나, 높게 발음하는 경우 등이 있을 것이다. 이 때 길게 발음하는 경우를 [가 :]로 나타낸다면, 'ㄱ'과 'ㅏ'는 이미 설명했듯이 각각 단독으로 소리낼 수 있고, 또 둘을 합하여 소리낼 수도 있으나, 길게 소리내는 요소 ' : '는 어떻게 소리낼 수 있을지 의문이다. 이것은 반드시 다른 소리, 그 중에서도 주로 모음에 얹혀서만 실현된다. 모음이 없다면 장음(長音)을 나타내는 ' : ' 역시 실현되지 못한다. 따라서 'ㄱ'과 'ㅏ'와 같이 따로 독립하여 소리낼 수 있는 것들은 쪼갤 수 있다 하여 분절음(分節音, segment)이라 하고, 이 분절음에 얹혀 실현되는 소리 요소들은 초분절음(超分節音, suprasegmental)이라 한다. 초분절음이 인간의 의사소통에 사용되어 의미를 분화시켜 줄 때, 이 초분절음을 가리켜 초분절음소(suprasegmental phoneme) 또는 간략히 운소(韻素, prosodic phoneme)라 한다.

운소(韻素)의 종류

운소에는 소리의 길고 짧음 - 장단(長短), 소리의 높고 낮음 - 고저(高低), 소리의 세고 약함 - 강약(强弱) 등이 있다. 소리의 길고 짧음을 합쳐 흔히 음장(音長)이라 표현한다. 음장의 예를 들면, "저 [눈] 좀 봐!"라는 문장에서 [눈]을 짧게 발음하면 사람의 눈을 가리키지만, 길게 발음하면 하늘에서 내리는 눈을 가리키게 된다. 소리의 고저에 따른 의미 분화 역시 엄연히 존재한다. 표준어 화자들은 소리 높낮이에 따른 의미 분별에 익숙지 않아 갸우뚱하겠지만, 경상도나 함경도를 비롯하여 영동 지방에 사는 토박이들은 그 차이를 잘 안다. 가령, 문 밖에서 "[자 :] 왔소."라고 남편이 소리를 쳤다고 해 보자. 이 말을 들은 아내는 [자 :]를 높게 발음한 경우엔 '저 아이가 왔다'라는 뜻으로 알아 듣게 되지만, [자 :]를 낮게 발음했다면 '(길이를 재는) 자를 가져 왔다'는 뜻으로 알아 듣는다. 소리의 높낮이가 문장 전체에 걸리는 것은 억양 (抑揚, intonation)이라 한다. "집에 가"라는 문장에서 말꼬리의 높낮이를 어떻게 하느냐에 따라 의문문이 되고, 명령문이 되는가 하면, 설명문도 될 것이다. 소리의 강약은 영어에서 뚜렷하다. 영어에서 2음절 이상의 단어는 반드시 그 중 어느 한 음절을 강하게 발음함으로써 나머지 음절과 구별하여 발음을 한다. 이에 따라 의미 분화가 일어남은 물론이다. 예컨대, eksport라는 단어를 첫음절을 강하게 하여 ['ekspɔːrt]로 발음하면 '수출'이라는 명사가 되고, 둘째 음절을 강하게 하여 [eks'pɔːrt]로 발음하면 '수출하다'라는 동사가 된다. 이뿐만 아니라 동사 enjoy와, 지명 중의 하나인 Los Angeles 등을 발음할 때 평범하게 똑같은 세기로 발음하거나 첫음절을 강하게 발음하면 전혀 말귀를 알아듣지 못하게 된다.

영동방언의 운소(韻素)

표준어에도 음장의 대립이 있다. 그러나 표준어를 쓰는 젊은 세대들 사이에 장단의 차이를 정확히 식별해 내지 못하는 경우가 매우 흔하다. 그 뿐만 아니라 설령 장음을 단음으로, 또는 단음을 장음으로 바꾸어 발음하였다손 치더라도 상호간의 의사소통에 별다른 지장을 주지 않는 편이다. 이와 달리 영동방언에서는 음의 장단이 뒤바뀌게 되면 적잖은 혼란이 수반될 정도로 그 대립이 매우 뚜렷한 양상을 보인다. 이것은 영동 지역 어촌에서도 마찬가지이다. '벌:(蜂)'과 '벌(罰)'만 하더라도 음의 장단에 따른 의미분화가 분명히 일어나는 것을 전 어촌에서 확인할 수 있다.

제2장에서 방언구획을 설명하는 과정에서 언급했듯이 강원도는 서북방언권과 동남방언권으로 나뉘어 운소체계가 현저히 다르다. 서북방언권 즉, 영서 지방과 영동의 고성·속초·양양 지역은 음장에 의한 대립만을 보인다. 이와 달리 동남방언권 즉, 영동의 강릉·삼척·정선·영월·평창 지역은 음장과 고저의 대립을 동시에 갖고 있다. 동남방언권은 양양군 현남면 이남의 영동방언 지역에 해당되는데, 이 방언권의 고저를 고·중·저(高·中·低)의 세 단계의 체계로 설명하기도 하고, 고(高)와 저(抵)의 두 단계 체계로 보기도 한다. 3단계 체계 중 중조(中調)는 저조(低調)를 가진 음절이 길게 발음되는 경우에 높은 소리로 인식하게 된다고 본다. 따라서, 동남방언권에서의 소리 높낮이는 고(高)와 저(抵)의 두 단계 체계가 옳다고 본다. 예를 들어 '새끼'(짐승의 새끼)와 '새끼'(짚새끼)가 고저로써 대립되며, "가:'(그 아이, 걔)와 '가:'(가장자리), "띠키다'(돈을 떼이다)와 '띠키다'(눈에 뜨이다) 등등 음의 고저에 의한 대립을 보여 준다. 또, 강릉 방언에서 '얼푼 '가자!'와 '얼푼 가자!'는 뚜렷이 식별된다. 전자는 '(어디로) 빨리 가자!'의 뜻이나, 후자는 '(이 물건을) 빨리 가져라!'의 뜻을 지닌다.

그런데 간혹 서북방언권에서도 음성상으로 음의 높낮이가 나타나기도 하나, 이것은 문효근(1972)에서 지적한 바와 같이 의미분화에는 관계하지 않고 음절의 위치에 따라 고조가 나타나는 것으로 이해해야 할 것이다. 민현식(1991)에서도 속초방언에 대하여 문장의 억양에 의한 소리의 높낮이가 나타나는 것으로 파악하고 있다. 영동 북부 방언에 나타나는 이러한 현상들은 형상적 자질(形狀的 資質, configurational features) - 사람마다 고유한 말투가 있고, 언어상으로도 낭독하거나 발음할 때 나타나는 일련의 특징들로 다루어질 성질의 것으로 생각된다. 따라서 동남방언권에서 나타나는 음의 고저와는 성격이 전혀 판이한 것이라 하겠다.

영동방언은 음의 고조 즉, 성조(聲調)뿐만 아니라 음의 장단까지 함께 나타나고 또 양자가 함께 사용되어 분명하게 말뜻을 구별하는 기능을 발휘한다는 점에서 매우 독특하다. 이에 따라 '가:매'(轎)와 '가매'(가마솥)는 언중(言衆)들 사이에 확연히 구별된다. 그런데, 성조에다가 문장 강세(sentence stress)가 또한 실현되는 까닭에 실제 음성 발화에서는 이들을 구별하기가 어려운 경우가 적잖다. 강릉 방언에서의 다음 예 중 '어대'(어디)는 저조이나, 문장 강세를 받는 (1)의 경우 실제로 매우 높게 들린다. 이를 음성 인식상에서 소리의 강세와 고조가 혼합된 것을 수치로 표시하면 다음과 같다고 본다.

(1) ^{2}니: ^{3}어대 $^{2'}$가^{1}나? (가는 곳을 몰라서 묻는 경우)
(2) ^{2}니: ^{1}어대 $^{3'}$가^{2}나? (가고 있는 사실을 묻는 경우)

운소(韻素)와 음질(音質)

운소와 관련하여 고려해 볼 사항은 음질(音質)이라 할 만한 성질의 요소이다. 이는 특히 어촌 언어에서 잘 나타난다. 흔히 어촌 사람들의 말은 그 목소리가 매우 카랑카랑하고 높은 경향을 띤다. 이를 가리켜 일견 거칠고 사납다는 표현까지도 왕왕 나오곤 하는데, 이는 어촌 언어 및 어촌 사람들을 백안시하는 태도에서 비롯된 것이라 취할 바가 못된다. 다만, 어촌 언어의 이러한 특징을 어떻게 파악해야 할는지가 문제이다. 아마도 이것은 두 가지 측면에서 해석할 수 있지 않은가 생각해 본다. 첫째는 음조(音調)의 면이다. 농촌 언어와 대비해 보면 음조상으로 어촌 언어가 상대적으로 매우 높은 느낌을 준다. 서양의 7음계에 빗대어서 농촌 언어의 저조(低調)는 도에 해당하고 고조(高調)는 미라고 한다면, 어촌 언어의 저조는 미요, 고조는 솔 정도가 되지 않을까 생각된다. 어촌 언어와 농촌 언어에 대한 음조상의 차이를 음향음성학의 방법을 이용하여 정밀히 살펴 볼 필요가 있다고 생각한다. 이처럼 어촌 언어가 높은 음조를 갖는 원인도 현재로서는 밝히기가 어렵다. 늘 파도 소리를 곁에 두고 오랜 세월 생활해 오는 과정에서 서로의 의사소통을 분명히 하기 위해 형성된 것이라는 막연한 추측을 해볼 뿐이다.

또 하나의 측면은 강음(强音) 현상이라고 할 만한 성질의 것이다. 강세(强勢,

stress)라고 규정하기에는 조금 다른 면이 있다. 자음 소리의 경우 강자음(强子音)과 연자음(軟子音)으로 나눌 때 어촌 언어는 강자음에 가까운 반면 농촌 언어는 연자음에 가깝다고 할 성질의 것이기 때문이다. 이 강음 현상이 개인에 따라서는 평음을 경음에 가깝게 발음하는 습관을 형성하도록 만들어 주기도 하는 듯하다. '갈매기, 복어, 소리' 등을 '깔매기, 뽁어, 쏘리'에 가깝게 발음하는 사람들을 어촌 지역에서 흔히 만난다.

3.2. 음운 현상과 규칙

1) 구개음화

구개음화란?

구개음(口蓋音)이 아닌 자음이 구개음으로 바뀌는 현상을 구개음화라 한다. 구개(口蓋)는 입천장을 가리키는데 앞쪽의 딱딱한 부분과 뒤쪽의 말랑말랑한 부분으로 이어져 있다. 이 중 앞부분을 경구개(硬口蓋), 뒷부분을 연구개(軟口蓋)라고 하지만 일반적으로 구개(口蓋)라 할 때는 경구개만을 가리킨다. 구개음화는 대체로 뒤따르는 모음 'ㅣ' 또는 반모음 'j'에 이끌려 발생한다. 지역에 따라 정도의 차이는 있으나, 평안도를 제외한 거의 대부분의 지역에서 발생하였고 지금도 진행 중에 있다.

구개음화의 종류

'기름〉지름, 길〉질, 겨〉제, 경방골〉정방골, 끼다〉찌다, 키〉치' 등과 같이 연구개음인 'ㄱ, ㄲ, ㅋ'이 구개음 'ㅈ, ㅉ, ㅊ'으로 변하는 것들이 있다. 이를 가리켜 편의상 k-구개음화 또는 ㄱ-구개음화라 한다. 또한, '미닫이→미다지, 뎌〉저, 뎐긔〉전기, 같이→가치, 뎐디〉천지, 티다〉치다'와 같이 치조음인 'ㄷ, ㅌ'이 구개음으로 바뀌는 현상도 있어, 이를 t-구개음화 또는 ㄷ-구개음화라 한다. 그런데, '힘〉심, 형님〉성님, 흉보다〉숭보다'와 같이 'ㅎ' 음이 구개음으로 바뀌는 현상도 있어, 이를 h-구개음화 또는 ㅎ-구개음화라 할 수 있다. 이 경우의 'ㅅ'은 치조음인 s가 아니라, 입천장 쪽의 구개음 ʃ로 발음되기 때문이다.

영동방언의 구개음화

어두(語頭)에서의 k-구개음화는 영동 지역에 널리 분포되어 나타난다. '길다 → 질다, 깁다(헝겊을) → 집다, 기슭 → 지슭, 기지개 → 지지개, 김 → 짐:, 기다리다 → 지달려진다/지달리키다' 등과 같이 첫음절의 /ㄱ/이 /ㅣ/에 선행하는 경우 광범위하게 나타난다. 그러나 이것은 강원도를 하나의 방언권으로 놓고 보았을 때 상당한 차이를 보인다. '질다, 집다, 지슭'의 경우엔 강원도 전역에 고루 분포되어 있으나, '지지개, 짐:'의 경우엔 대체로 강원도 동쪽 지역(영동)에 잘 나타나고 경기도에 인접한 서쪽 지역(영서)에서는 잘 나타나지 않거나 구개음화된 어형과 그렇지 못한 어형이 공존하는 양상을 보인다. 강릉방언의 '지두룸'(이익섭 1997:873)은 객지에 나가 있는 가족에게 주려고 따로 보관해 놓은 식품류를 가리키는데, '기다리다'가 이미 구개음화된 동사 어간으로부터 파생된 명사로 추정된다.

어두의 /ㄱ/은 j에 선행하는 경우에도 구개음화를 나타내나, 이 경우엔 'ㅕ(jə)'에 한정된다. '겹이불 → 접이불, 겹옷 → 접옷, 겨드랑 → 저드랑, 겪다 → 쩎다'가 그 예이다. 이는 영동 지역 전역에 두루 나타난다. 그러나 복합어들의 경우엔 사정이 다르다. '왕겨'는 영서 지역에서 대부분 '왕게'로 실현되나, 정선·영월 지역에선 '왕제'라는 어형을 보인다. '보릿게/보릿제'의 분화 역시 대체로 강원도를 동서로 이분하는 분포에 가까운 양상을 보인다. 첫음절의 /ㄲ/ 역시 /ㄱ/의 경우와 거의 마찬가지의 구개음화 현상을 보이는데, 이 경우 역시 경기도에 인접한 지역일수록 혼용된 모습을 보인다. '끼(우)다 → 찌(우)다, 껴입다 → 쩌입다'의 그 예에 속한다. '키(箕) → 치'는 /ㅋ/의 구개음화를 보이는 대표적인 예이다. 역사적으로 이중모음을 가진 어사 예컨대, '킈() 키, 사람의 키)의 경우엔 '키) 치'와 같은 구개음화가 일어나지 않음은 물론이다.

영동방언은 t-구개음화와 h-구개음화 역시 이미 실현된 어형을 보인다. '딕희다 〉 지키다, 디내다 〉 지내다, 디다 〉 지다, 형 〉 성'으로 실현된다. '밭, 팥' 등 어말에 'ㅌ' 음을 가진 명사가 주격 조사 '-이'나 계사 '-이-'에 통합되면 구개음화 현상을 보인다. 이 때 처격 조사 '-에'에 통합되는 경우(예: 밭+에, 팥+에)는 구개음화된 어형 '바체, 파체'와 그렇지 않은 어형 '바테, 파테'로 실현되는데, 대체로 전자는 영서방언에서 후자는 영동방언에서 실현되는 듯하다. 강릉방언에서는 '꽃, 빛, 숯' 등의 받침이 'ㅌ'으로 재구조화된 모습을 보인다. 이들 명사 뒤에 'ㅣ'가 올 때에는 강릉방언에서도 구개음화 현상을 보이나, 그 이외의 경우엔 어간말음이 'ㅌ'을 유지한다.

2) 움라우트

움라우트란?

움라우트(Umlaut)는 후설모음이 전설모음으로 바뀌는 현상을 가리킨다. '학교→핵교, 어미→에미, 손잡이→손잽이, 토끼→퇴끼, 쏘주→쐬주, 죽이다→쥑이다'와 같이 'ㅏ, ㅓ, ㅗ, ㅜ' 등이 전설모음인 'ㅐ, ㅔ, ㅚ, ㅟ' 등으로 바뀌는 현상이다. 이것은 주로 ㅣ(i) 또는 j에 의해서 일어나므로 ㅣ모음 역행동화 현상이라 할 수 있다. 이는 형태소 내부에서뿐만 아니라 파생이나 곡용의 경우 형태소 경계에서도 일어난다.

영동방언의 움라우트

움라우트 현상은 영동지역 전역에서 확인된다.

> 죄:~일 쏘다니다 즈: 애비한테 잽히문...
> 세쌀이 빠지도록 벌어 멕여 살리문.
> 언나가 잠이 오능 기다. 얼푼 자리에 뉘케라.

여기서 '아비'는 '애비'로, '잡히다'는 '잽히다', '먹이다'는 '멕이다', '눕히다'는 '뉘키다'와 같이 'ㅏ'→'ㅐ', 'ㅓ'→'ㅔ', 'ㅜ'→'ㅟ'로 나타나고 있음을 확인할 수 있다 .

명사에 주격 조사 '-이'나 계사가 통합된 경우에는 선행명사의 움라우트 현상이 제한된 분포를 보이는 것이 일반적이다. '법(法) + 이 → 벱이'와 같은 현상은 잘 발견되지 않는다. 그러나 삼척방언에서는 '신랑이 → 신랭이, 영감이 → 영갬이, 하낙+이래요 → 하내기래요('하나어어요')'와 같은 예들을 흔히 찾을 수 있다. 이는 경상도방언의 영향이라고 생각된다. 이 외에도 '토끼'를 '퇴끼'또는 '토깨~이'라고 하거나 '보인다'를 '뵈킨다'로 하는 등 영동지역에서는 움라우트가 폭넓게 진행되고 있다고 할 수 있다.

3) 전설모음화

전설모음화란?

전설모음화는 치찰음 'ㅅ, ㅆ, ㅈ, ㅊ'과 유음 'ㄹ' 뒤에서 모음 '으'가 '이'로 변하는 현상을 가리킨다. 앞의 움라우트와 동일시하는 경우도 있으나, 양자를 구별하여 설명하는 경우가 많다.

영동방언의 전설모음화

전설모음화를 겪은 단어가 영동방언에서도 폭넓게 발견되는 듯하다. '아츰 〉 아츰 〉 아침/아칙'이 그 대표적인 예이다. '(글씨를) 쓰게 하라'의 방언형이 거의 대부분 지역에서 '씨켜라/씨케라'로, '쓰레기'가 '씨레기/씰게비'로 실현되는 사실도 이와 관련있어 보인다.

치찰음 뒤의 '으 〉 이'와 관계없고, 움라우트와도 직접 상관없으나 형태소 내부에서 이미 전설모음화된 것으로 추정되는 명사들이 적잖이 발견된다. 이들은 '아 → 애'의 과정을 거친 듯하다. '가마 → 가매(釜, 旋毛), 가:매(轎), 가르마 → 가르매/가름배, 사다리 → 새다리'가 대표적인 예이다. 영서방언의 '턱'에 대하여 영동방언의 '택'도 이에 속하는 예로 생각된다. 그런데, '얼마'에 대한 '얼매, 음매, 을:매, 으르:매[ji:lmɛ]', 그리고 '감자'에 대한 '감재'는 대체로 영서방언과 영동방언을 구분하는 어형으로 작용하는 듯하다.

4) 음절말자음군

음절말자음군(音節末子音群)의 문제

　'ᆹ, ㄼ, ㄿ' 등과 같이 겹받침을 가진 단어들이 어말 또는 자음 앞에 올 때의 발음이 이따금 문제시된다. 현행 표준어규정 제4장 받침의 발음 편을 보면 겹받침의 발음 원칙은 대체로 두 가지 유형으로 나뉜다. 하나는, 겹받침 중 앞엣것으로 발음하는 경우이고, 다른 하나는 이와 반대로 앞엣것을 탈락시키고 뒤엣것으로 읽는 것이다. 'ㄳ, ㄵ, ㄼ, ㄽ, ㄾ, ᆹ'은 전자에 해당된다. 이에 따라 '넋과[넉꽈], 앉다[안따], 넓다[널따], 외곬[외골], 핥다[할따], 없다[업:따]' 등과 같이 발음한다. 겹받침 'ㄺ, ㄻ, ㄿ'은 후자에 속한다. 따라서, '흙과[흑꽈], 맑다[막따], 젊다[점:따], 읊고[읍꼬]'로 발음한다. 그러나, 이에 대한 예외도 더러 있다. '밟지'는 원칙에 따라 [발:찌]가 될 법한데 [밥:찌]로 읽고, 용언 어간의 겹받침 ㄺ 역시 ㄱ 앞에서는 원칙과 달리 읽는다(예: 맑게[말게]).

　용언 어간의 자음군 'ㄺ, ㄼ'의 경우 전라도방언은 대체로 '[ㄱ], [ㅂ]'으로 읽고, 경상도방언은 둘 다 [ㄹ]로 읽는 특징을 보인다. 예컨대, '맑고, 맑지, 넓고, 넓지'를 전라도에서는 '막꼬, 막찌, 넙꼬, 넙찌'로 읽는 데 비하여, 경상도에서는 '말꼬, 말찌, 널꼬, 널찌'와 같이 읽는 경향이 있다. 같은 경상도방언이라 하더라도 어간말음이 'ㄺ'인 경우 전라도와 충청도에 인접한 지역에서는 'ㄹ'을 탈락시켜 'ㄱ'으로 실현되나, 그 나머지 지역에서는 정반대의 현상을 보이기도 한다. 이에 따라 '돍다리'(돌로 만든 다리)를 한쪽에서는 '독따리'로 다른 한쪽 지역에서는 '돌따리'로 발음한다.

영동방언의 음절말자음군

　강원도 방언에서도 '굶-, 앉-, 몫, 값'은 자음 어미와 통합될 때 각각 'ㄹ, ㅈ, ㅅ, ㅅ'을 탈락시켜 '굼-, 안-, 목, 갑'으로 실현되는 듯하다. 그런데, 영동방언에서는 '-ㄺ, -ㄼ'의 경우 후행하는 자음을 탈락시키고 'ㄹ'음이 보존되는 경향을 보인다. 즉, '늙 + 지 → 늘찌, 읽 + 다가 → 일따가, 흙 + 도 → 흘뚜, 밟 + 지 → 발찌'로 실현된다. 이 같은 현상이 구체적으로 어떤 분포를 보이는지, 그리고 세대별로 어떤 차이를 나타내는지는 아직 분명히 밝혀지지 않았다.

　강릉방언의 경우 '흙만, 흙탕물, 닭만'에 대해 노년층에서는 '흘만, 흘탕물, 달만'의 어형이 주도적임과 달리 50대 이하에서는 오히려 '흑만, 흑탕물'이 우세한 양상을 보이는데, '달만'은 장년층에서도 우세하게 나타난다. '뚫다, 긁다, 밟다'는 세대차에 상관없이 '뚤따, 굴따, 발따'가 우세하나, '넓적하다'는 '널쩍하다 → 넙쩍하다'로 옮아가는 양상을 보인다. 결국 용언과 체언이 활용시에 겹자음의 탈락 현상에서 차이를 보인다. 체언에서는 곡용시에 노년층에서 겹자음 중 'ㄹ'이 유지되던 것이 연령이 낮아 질수록 오히려 후행 자음을 보존하는 경향을 뚜렷이 보이고 있다.

5) ㄷ변칙 활용

ㄷ변칙 활용의 문제

동사 '듣다'의 경우 '듣고, 듣지, 듣더니, 듣겠어, …'와 '들으니, 들어서, 들어라, … '와 같이 활용한다. 자음 앞에서는 어간이 /듣-/이고, 모음 어미 앞에서는 /들-/이 된다. 이 중 어느 하나를 기본형으로 잡으면, 다른 쪽은 음운론적으로 설명하기 힘들다. 따라서, 이도 저도 아닌 추상적 기본형 /듳-/을 기본형으로 잡을 수 있다. 이와 같은 동사들을 가리켜 일명 ㄷ변칙 활용 동사라 한다.

영동방언의 ㄷ변칙 활용

영동방언에는 ㄷ변칙 활용이 없다. 표준어에서는 '묻다, 묻고, 묻지, …'처럼 자음 어미 앞에서는 ㄷ말음을 간직하던 것이 모음 어미를 만나면 '물으니, 물어, …'와 같 이 ㄹ로 변한다. 그러나 영동 방언에선

　　　물:는다, 물:째, 물:뜨라, 물:네야
　　　'물어라, '물우, '물으니'

등과 같이 변한다. '(걸음을) 걷다, (물건을) 싣다'의 경우도 이와 마찬가지다. 이들 동 사들은 그 기본형을 단순히 /물다, 걸다, 실다/로 표시하기가 곤란하다. 따라서 경음 화를 일으키는 요소인 /ㆆ/을 덧붙여 /묽다, 겷다, 싫다/로 표기하는 편이 더 낫다. 이 들은 어간이 /묽-, 겷-, 싫-/로 재구조화되어 활용을 하는 것으로 이해할 필요가 있다.

6) ㄹ불규칙 활용과 탈락

ㄹ불규칙 활용의 문제

동사 '살다'와 같은 경우 '살고, 살지, 살더라, 살아서, …'와 '사는, 사시더라, 삽니 다, 사니, …'로 활용한다. 이러한 동사들을 가리켜 흔히 ㄹ불규칙 동사라 한다. 그러 나, 엄밀히 따지자면 이것은 불규칙적인 활용이 아니라고 볼 수도 있다. 일정한 음운 조건 밑에서만 어간말의 'ㄹ'이 탈락되기 때문이다.

영동방언의 ㄹ불규칙 활용

ㄹ불규칙 활용에서 어간 말음 'ㄹ'이 탈락하는 현상은 영동방언에서도 일어난다. 자음 'ㄴ, ㅂ, ㅅ'으로 시작되는 어미나 하오체의 어미 앞에서 'ㄹ'이 탈락한다. 즉, '울다'의 경우 '우:니, 우:는, 웁:니다, 우:시다'와 같이 활용한다. 그런데 영동 지역의 강릉 이남 지역에서는 이 밖에도 'ㄷ, ㅈ' 앞에서도 'ㄹ' 탈락현상이 광범위하게 일어난다. '머:지두(←멀지도), 노:더(←놀다), 사:다가(←살다가)' 등과 같은 것이 그 예이다. 이 지역에서는 하우체 어미 앞에서도 '머:우?(←멀우)'와 같은 어형이 곧잘 발견됨은 물론이다.

삼척 지역에서는 'ㄹ'탈락현상이 좀더 확산되어 있다. 어미 '-면, -고' 앞에서도 탈락하여, '파면(←팔면), 맹그고(←맹글고)' 등으로 실현된다. 그런데, 삼척방언에서의 이 현상은 활용에 국한되지 않는다. '미:까리(←밀가루)' 등과 같이 복합어에서 'ㄹ' 탈락이 일어나기도 한다. 따라서 'ㄹ' 탈락현상의 양상과 그 분포에 관해 좀더 세밀히 고찰할 필요가 있다.

7) 동사활용시의 모음조화

의성어와 의태어 등은 형태소 내부에서 모음조화가 잘 유지된다. 이는 영동방언에서도 마찬가지이다. 형태소 경계 특히 용언의 활용시에는 조건에 따라 모음조화 실현 양상이 다르게 나타난다. 어간의 말음절이 양성모음 'ㅏ, ㅗ'로 끝난 경우에는 양성모음 '-아' 계통의 어미들 즉, '-아, -아서, -아라, -았' 등이 통합된다. 이에 따라 '보다'는 '봐:/바:, 봐:서/바:서, 봐:라/바:라, 봤:다/봤:다' 등으로 실현된다.

그런데, 어간 말음절에 양성모음 'ㅏ, ㅗ'가 있다 하여도 말음이 'ㅎ'(예: 놓다, 좋다, 쌓다, 빻다)이 아닌 자음들로 끝나는 동사들은 모두 양성모음 '-아' 계통의 어미들을 음성모음으로 바꾸어 실현시킨다. 즉, '-아, -아서, -아라, -았' 등의 어미가 각각 '-어, -어서, -어라, -었' 등으로 나타나는 것이다. '죽다'가 '죽어, 죽어서, 죽어라, 죽었다'로 실현되는 것은 모음조화의 원리상 당연한 것이나, '잡다' 역시 '잡어, 잡어서, 잡어라, 잡었다'로 실현된다. 후자의 경우 한글 맞춤법에서는 아직 모음조화 원칙을 고수하여 글로 쓸 때는 '잡아, 잡아서, 잡아라, 잡았다'로 쓰게끔 규정하고 있으나, 실제 발음은 이미 수도권에서도 음성 모음이 통합된 어형으로 발음하고 있다. 이는 영동방언에서도 마찬가지라 하겠다.

영동방언에서 표준어와 다른 점 중의 하나는, 강릉과 삼척방언에서 자음으로 끝난 어간에는 반말체 종결어미로 양성모음의 어미 '-아'가 통합된다는 사실이다. 이는 평서법과 의문법, 명령법에서 동일하다. 따라서 '잡아. 좁아.' 등과 마찬가지로 음성 모음 어간 뒤에서도 역시 '먹아. 싫아. 추와.' 등으로 나타난다. 이 현상은 '벌었아.'의 예에서 보듯 2차적인 어간 뒤에서도 마찬가지의 양상을 보이는 듯하다. 그런데 이런 현상들이 북부 영동방언에서는 거의 출현하지 않는다.

특이한 점은 강릉방언에서 동사 어간이 2음절이고 제2음절이 치찰음 /ㅅ, ㅈ, ㅊ/로 시작되면 반말체 종결어미 '-아'가 통합된다는 사실이다. 이에 따라 강릉방언에서는 '가자.(가지- + -아, 가져), '마사.(마시- + -아, 마셔.), 오사.(오- + -시- + -아, 오셔.)' 등과 같이 나타난다. 이 용법은 현재 강릉방언에서 현격하게 변화되고 있다. 예컨대, 같은 또래나 손아랫사람에게 물을 마시라고 말할 때, 노년층에선 '물으 '마사!'라 한다. 그러나, 30대 이상의 중·장년층에서는 '물으 '마새('마세)!'라고 하며, 청소년층에서는 거의 대부분 '물으 '마셔!'를 쓴다. 청소년층에선 강릉 방언의 '먹아!' 대신에 '먹어!'를 사용하는 편이 오히려 더 많다는 점을 감안하면 "마셔!'는 당연한 결과일 성싶다. "던자!, '던재!, '던저/'던저'의 예도 마찬가지다. 결국 삼대(三代)의 언어가 각각이라 할 만큼 급진적인 변화 양상을 드러내고 있다.

8) 활음화 규칙과 형태음운

활음화란 하나의 모음이 반모음 w나 j로 되는 것을 일컫는다. 이는 음절을 형성하던 모음이 다른 음절의 일부로 된다는 점에서 비음절화(非音節化)라고도 하며, 또는 모음이 반모음이 된다는 점에서 반모음화라고도 한다.

j 활음화

j 활음화는 '(싸움에) 이기- + -어 → 이겨, (머리에) 이- + -어도 → 여:도' 등에서 나타난다. 이는 영서방언에서 대체로 유효한 규칙이다. 그러나, 영동방언에서는 1음절 모음어간이라는 조건 하에서만 위와 같은 현상을 보인다. 즉, '(머리에) 이다'가 '여:, 여:더(이어다가)' 등으로 실현된다.

이를 제외하면 영동방언에서는 'ㅣ + ㅓ → ㅔ'로 실현됨이 보편적이다. 표준어의 '살펴, 신켜, 옮겨, (옷을) 다리어/다려, (땅에) 겨:간다'가 영동방언에서는 '살페, 신케, 옴게/욍게, 다레, 게:간다' 등으로 실현된다. 이들 중 '살페, 신케, 다레'는 음조를 지닌 동남방언권에서 대체로 첫음절이 고조로 실현된다. 이 현상은 일단 'ㅣ + ㅓ → ㅕ → ㅔ'로 해석할 수 있으므로(이병근 1973 참조), 영동방언에서 j 활음화 규칙이 적용되지 않는다기보다는 이중모음 jə가 단모음 e로 실현되는 규칙을 추가로 설정할 필요가 있다.

그런데, 강릉방언에서는 어간 말음에 치찰음이 선행하는 경우 즉, '시, 지, 치, 찌' 등의 말음을 가진 동사들 뒤에 연결 어미 '-어'가 붙으면 '서, 저, 처, 쩌'로 실현된다. '여보서요!'가 대표적인 예이고, '쩌요(쩌요), '하서야지(하셔야지), '마첬소?(마쳤소)' 등 등에서도 확인된다. 치찰음이라는 조건은 간혹 다른 지역 방언에서도 형태음운규칙 형성에 관여하는 듯하다. 삼척방언에서 '지어, 치어' 등이 '*제, *체'가 아니라 '저, 처'로 나타나기도 하기 때문이다. 다만, 강릉방언에서도 기원적으로 이중모음을 지녔던 어사들은 'ㅣ + ㅓ → ㅔ'로 실현된다. '가세(가시어), 부세(부시어)'는 치찰음을 지녔음에도 불구하고 '가시다/가싀다, 부싀다/부쇠다'에서 유래한 단어인 까닭에 '*가서, *부서'로 실현되지 않는다고 본다.

w 활음화

w 활음화는 '오- + -아 → 와, 바꾸- + -어 → 바꿔' 등에서 나타나는 현상이다. 이 중 전자는 강원도 방언에서도 유효한 규칙이다. '봐:도/바:도'와 같이 wa가 a와 수의적 교체를 보이나 이것이 강원도 방언을 구획하지는 않는다고 하겠다. 후자의 경우 영서방언에서는 표준어의 그것과 대체로 동일한 현상을 보인다. 순음(脣音) 뒤에 나타나는 'ㅜ'의 경우 역시 강원도 전역에서 'ㅜ + ㅓ → ㅝ → ㅓ:'로 실현된다고 본다. '푸 + -어 → 퍼:'가 그 대표적인 예이다.

그런데, 삼척방언에서는 '담배 하나 좌:!'(담배 하나 주어!), '운:제 배왔:나?'(언제 배왔나?)'와 같은 표현을 곧잘 들을 수 있다. 이와 같이 末音이 '우'로 끝난 동사 어간에 어미 '-어'가 연결될 때 표준어의 '-워'와는 달리 '-와:'로 실현된다. 표준어 '바꾸어/바꿔'는 삼척방언에서 '바까'로 실현되는데, 이는 경상도 방언에서와 거의 마찬가지로 자음 연쇄상의 제한을 받는 것으로 해석된다. 또한 하우체 어미 '-우'에 '-아'가 통합된 것으로 추정되는 경우, 예컨대 '어대 가시와?(어디 가시우?), 왜 따지와?(왜 따지우?), 들어 오시와!(들어 오시우!)'의 경우에도 '-와'로 실현된다. 그러므로, 삼척방언에서는 'ㅜ + ㅓ → ㅘ (→ ㅏ)'로 실현된다고 할 수 있다.

이와 달리 강릉을 비롯한 영동 방언에서는 일반적으로 순음을 제외한 자음들이 'ㅜ'에 선행하면 'ㅜ + ㅓ → ㅝ → ㅗ:'로 실현된다. '조:(←주어), 바꼬:(←바꾸어)'가 그 예이다. 이는 삼척방언 및 다른 강원도 방언들과 두드러진 차이를 보인다.

또한 강릉을 비롯한 영동방언에서는 단모음 'y(ㅟ)'로 끝나는 동사 어간 뒤에 이 연결 어미 '-어'가 붙을 때도 '외:'로 실현되는 특이성을 보여 준다. 강릉방언의 '쇠:서(쉬어서), '뙤:야(뛰어야)'가 그 좋은 예이다.

9) 활용시의 음운축약

선어말어미 '-았/었-' 또는 선어말어미 '-겠-'에 해라체 의문형 어미 '-나?'가 통합될 경우 'ㅆ'과 '-나?'가 축약되어 '-ㄴ'으로도 나타나는 특이한 현상이 있다. '어대 있나?/어대 인:?, 떨어지겠나?/떨어지갠?'이 그 예이다. 선어말어미 '-았/었-'과 '-겠-'에 관형형 어미 '-는'이 통합될 경우에도 'ㅆ'과 '-는'이 '-ㄴ'으로 축약된다. '먹언 사람, 완 사람'은 각각 표준어의 '먹은 사람, 온 사람'에, 경상도 방언에서의 '먹었는 사람, 왔는 사람'에 해당되어 양자의 중간 단계 모습을 보인다. '다 까먹어 모르갠데.'에서 '모르갠데'는 '모르겠는데'의 축약형이다. 위의 두 가지 현상은 강릉방언을 비롯하여 삼척방언 등에 두루 나타난다.

【 익힘 문제 】

1. 모음 'ㅐ'와 'ㅔ'를 반복하여 익혀서 양자를 구별할 수 있도록 하자.
2. 영동방언의 특이한 발음들에 대하여 평소에 관심을 갖고 주의 깊게 듣고, 기회 닿는 대로 기록하여 두도록 하자.
3. 영동방언의 여러 가지 음운 현상과 규칙들을 이해하고 주변에서 그 용례를 채집하고, 원칙에 맞는지 아닌지를 살펴 보자.

문 법

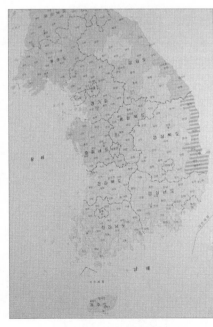

〈지도 4〉 '듣다'의 활용 분포도
(한국 언어 지도집)

제4장 문법

4.1. 조어(造語)

어간의 합성

영동방언에서 동사 어간의 합성 예가 눈에 띈다. '낮:-'가 그 예인데, 이는 동사 어간 '나-'와 '앉-'이 직접 통합된 것으로 보인다. '낟:자!(나앉아)'와 같은 활용형의 용례가 있다. '인나쿠다'(일으켜 세우다), 일나다'(일어나다), 들앉다(들어앉다)'와 '드가:노:니까네'의 '드가-'(들어가-) 역시 이에 속하는 예들이다. 명사 어간끼리의 복합 중 특이한 것으로는 '어자:치게'(어제아침에)를 들 수 있다. 명사 어간 '엊'(어제)과 '아칙'(아침)의 복합어에 처격 조사가 붙은 형태로 추정된다.

파생명사

명사에 접사를 붙여 또 다른 하나의 파생명사를 만드는 예들이 있다. 접사 '-아지'가 붙는 말들이 있으니, '목'에 '-아지'가 붙은 '모가지'와 같은 말이 이에 해당한다. 영동방언에서 이들을 적잖이 발견할 수 있다. 예를 몇 가지 들면, '가:˘아지/가:˘지(강아지), 마:˘지/말마:˘지(망아지), 뽀라지(볼거리)' 등과 같은 단어들이 있다. '뻬가지(뼈+아지)' 역시 접미사 '-아지'가 접미된 단어로 추정되는데, 어중 /ㄱ/음의 존재가 눈여겨 볼 만하다. 그런가 하면, '올챙이, 굼벵이'와 같은 유형의 파생명사들도 꽤 있음은 다른 방언에서의 경우와 마찬가지다. 이들은 각각 '올창+이, 굼벙+이'에서 유래한 것으로 역행동화를 입은 결과로 생각된다. 접미사 '-앙이'가 ㅣ모음역행동화를 입어 '-앵이'로 나타나는 어형들 또한 적잖다. 영동방언에서 '호메˘이˘(호미), 저테˘이˘(곁), 모게˘이˘(모기), 자박새˘이˘(머리), 꼬래˘이˘(꼬리)' 등의 단어들이 그 예이다.

강릉방언의 '지두룸'은 동사에서 파생된 명사의 예이다. 이들 중 눈여겨 볼 만한 것으로는 영동방언의 '마쭈˘이'가 또 있다. 동사 '맞-'에서 파생된 것으로 추정되는데, 서로 만나는 것이나 도로 등이 교차하는 것을 가리킨다.

사동사와 피동사

'알다'의 사동형은 강원도 방언의 구획과 관련하여 음미해 볼 만하다. 영서방언은 대체로 '알리다'로 나타나나, 영동방언에서는 일반적으로 '알구다'로 나타난다. 영서 북부 지역에선 '알기다, 알귀다'의 변이형으로 실현되기도 한다. 이와 같이 영동방언 에서는 사동 접미사 '-구-'의 쓰임이 생산적이다. '줄구다(줄이다), 살구다(살리다), 발 쿠다(바르게 하다)' 등이 그 예이다. 강릉방언에선 '옳다'의 사역형 '올쿠다(←옳구다)' 도 발견된다. 이것은 잘못 바뀐 것을 바로 바꾸어 오는 것을 뜻하는데 예컨대, 거스 름돈을 잘못 받았을 경우 되돌려 달라 하면서 '올코: 조:'(올바로 주어)라 한다.

강원도 방언의 사동사 및 피동사에서 두드러진 특징 중의 하나는 접미사 '-키-'가 매우 생산적이라는 점이다. 이것은 경기도에 인접한 지역을 제외한 강원도 전 지역 에서 발견된다. '-키-'는 표준어의 '-이/히/리/기-' 접미사가 쓰일 자리에 쓰이기도 하 고, 이들 접미사 뒤에 통합되기도 하며, 때로는 표준어에 대응형이 없는 사·피동사 를 만들어 준다. 피동사로는 '바꾸키다(바뀌다), 쏘키다/쐬키다(쏘이다), 기다리키다/ 지달리키다(기다려지다), 만지키다(만져지다), 뵈키다/베키다(보이다)' 등이 있고, 사 동사로는 '신키다(신기다), 뵈키다/베키다(보이다), 뉘키다(뉘다), 뛰키다(뛰게 하다), 이키다(이게 하다), 앉히키다(앉히다)' 등이 있다. 접미사 '-키-'에 의한 사동·피동형 역시 대체로 영동방언에서 좀더 생산적인 양상을 보이는 듯하다.

4.2. 곡용(曲用)

곡용(曲用)이란?

명사류에 조사가 결합하는 현상을 곡용이라 한다. 예컨대, '꽃이, 꽃을, 꽃으로, 꽃 에, …' 등과 같다. 곡용할 때 명사류 어간에 붙는 어미를 학교문법에서 조사(助詞) 라 하는데, 이것은 곡용의 관점에서 보면 곡용어미(曲用語尾)라고 할 수 있다. 곡용 시의 어간은 명사, 대명사, 수사 중의 어느 하나가 되고, 어미는 조사가 되는 셈이다.

1) 곡용어간

비자동적 교체

한 형태소의 변이형이 음성 환경에 따라 자동적으로 결정되는 것을 자동적 교체 (automatic alternation)이라 한다. 그리고, 이와 반대의 경우를 일컬어 비자동적 교 체라 한다. 예를 들면, '감'(柿, 과일의 하나)은 다른 어떤 형태들과 결합하여도 그 음 상(音相)이 바뀌지 않는다. 그런데, '값'이라는 단어는 '값, 값도, 값만'으로 곡용할 때 실제 음이 [갑시, 갑도, 감만]으로 실현되므로, 문법 형태들을 떼어 놓은 나머지 어간은 /값, 갑, 감/으로 달라진다. 그렇지만, 이들은 한 형태소에 속하는 변이형 또는 이형태로서 /값/을 기본형으로 설정하면 뒤따르는 음성 환경에 따라 나머지 변이형들을 예측할 수가 있다. 이와 달리 동사 '흐르다'는 '흐르니, 흐르고, 흐르지, …'로 교체되므로 어간을 /흐르-/로 설정할 수 있으나, 이것으로는 '흘러, 흘러서'에서의 어간 /흘ㄹ-/을 예측하기 어렵다. 따라서 이 경우는 비자동적 교체에 해당된다.

영동방언의 비자동적교체 명사

표준어의 '시루'에 해당하는 단어가 영동방언에서 비자동적 교체를 보이는 대표적인 예이다. 이것의 단독형은 영동방언에서 '시르, 시리, 시루' 등 비교적 다양하게 나타난다. 이것에 주격 조사가 통합되면 '실기'로 실현되는데, 이것을 단독형으로 잘못 인식하는 경우가 적잖다. '실기'에 다시 주격조사를 붙인 '실기가'라고 표현하는 경우조차 발생한다. 그러나, '시루떡, 시루구멍, 시루번'과 같은 복합어들에서는 '시르떡, 시르꾸무/시르구녕, 시르뻔' 등과 같이 실현되는 점을 감안하여 보더라도, '시르'를 본래의 단독형으로 설정할 수 있다. 그리고, 강릉방언에서 '실기 머: 이러 작:나?(시루가 뭐 이렇게 작은가?), 실그 조:(시루를 주어.). 실게 언자!(시루에 얹어!)' 등에서 보듯 곡용의 경우 주격은 '실기', 대격은 '실그', 처격은 '실게'로 실현된다. 따라서, 이들의 기본형은 /시르/와 /싥/로 설정된다.

영동방언에는 이 밖에도 '자루/잚, 가루/갊, 노루/놁'의 비자동적 교체형이 발견된다. 이 중 '놁'의 경우엔 변이형 '놀게ㅡ이'도 나타난다. 삼척과 영월 지역에서는 '하루'의 주격형이 '할리/할:이'로 실현되곤 한다.

특이한 대명사

강릉방언의 제3인칭 대명사는 지시어 '이, 그, 저'에 명사 또는 형식명사가 복합되어 실현된다.

    야: (← 이 + 아)   갸: (← 그 + 아)   자: (← 저 + 아)
    이개 (← 이 + 개)   그개 (← 그 + 개)   저개 (← 저 + 개)

이 경우 '개'는 '아무개, 딴개'에서 확인되는 어형으로서, '이, 분'과 같이 사람을 가리키는 형식명사이다. '딴개'는 '다른 사람' 정도의 의미를 지닌다. '이개, 그개, 저개' 등은 여자들이 주로 하게체를 쓸 사람에게 쓰는 대명사이다.

수사

수사 체계의 같고 다름이 강원도 방언 구획에 한 몫을 할 수 있다. 즉, '63'을 '예순 셋/예순 서이'라 하는 서북방언권과 '육십 셋/육십 서이'라고 일컫는 동남방언권의 차이를 확인할 수 있다. 영동 방언 어촌 지역에서 수를 세는 방식이 농촌 지역과 다른 것도 눈에 띈다. 즉, 일반적으로 50 이상을 셀 때는 물건을 세거나 나이를 세거나 상관없이 '오십 일곱, 육십 하나, 칠십 서:이, 팔십 둘' 등과 같이 센다. 십 단위는 한자어계 수사로, 열 미만의 한자리 숫자는 고유어계로 센다. 백 단위와 천 단위 등은 한자어계를 사용한다. 예컨대, 358은 '삼백 오십 여덟'으로 세는 것이다. 일부 어촌에서는 나이를 셀 때 40 이상부터 이와 같은 혼합형을 쓰는 듯하다.

2) 곡용어미

격조사

영동방언의 주격조사로는 '-이/가'가 널리 쓰인다. 그러나 강릉 방언에서는 명사 어간 말음이 모음으로 끝났을 경우 '-가'대신 '-거'가 쓰이고 있으며 또한 모음으로 끝나는 명사 다음에 '-가'나 '-거'가 아닌 '-이'가 쓰이는 특징을 나타내기도 한다. 이 때 '-이'의 쓰임은 수의적이라 할 수 있다. 삼척 지역에선 주격조사 중복형인 '-이가'가 곧잘 쓰인다. 이는 강릉의 노년층에서도 이따금 발견되긴 하나 일반적으로 찾아보기 어렵다.

> 자네 키거 왜서 그러 작:는가?' (자네 키가 왜 그렇게 작은가?)
> 파이 참 비싸대이.(파가 참 비싸다.)
> 파리가 아푸나?(팔이 아프냐?)

속격조사 '-의' 대신에 '-어'를 사용하는 점도 영동방언의 특색 중의 하나다. 선행 명사가 '앙'으로 끝난 경우엔 말음 'ㅇ'이 약화되면서 비음화되어 속격조사 '-어'가 '-아'로 동화되어 실현된다.

> 남어 '아:(남의 아이)
> 곡석어 손해(곡식의 손해)
> 신라~아 집(신랑의 집)

이 방언의 대격조사는 표준어와 마찬가지로 '-을/를/ㄹ'이 쓰인다. 강릉과 삼척 지역에선 '-으/르'를 사용한다. 이 중 '-으'는 선행 체언이 자음으로 끝난 경우에 통합되는데, 선행 체언의 말음이 약화되면서 모음이 비음화될 경우 그 모음에 따라 '-아, -어, -오'로 동화되어 실현된다. '-르'는 선행 체언이 모음으로 끝난 경우에 통합된다. 고성·양양 지역에서는 표준어와 영동방언의 두 가지 형태가 공존하는 양상을 보인다. '-으/르'는 함경도 방언에서도 쓰인다.

　　　감재르(감자를), '배차르(배추를) '집으(집을), 돈으(돈을)
　　　'자~아 보니(場을 보니), 서~어 보니(兒을 보니), 코~오 보니(콩을 보니)

　처격조사는 '-에/애'이다. 양자는 거의 대부분 중화되어 /E/로 실현된다. 강릉방언
에서는 대체로 ε에 가깝게 발음되는 경향을 보이는데, 이는 '-갰-'(겠)의 경우와 거의
同軌에 속하는 현상이다. 처격 자리에는 '-다/다가'가 쓰이기도 하며 이들은 또한 '-에/
애'와 결합되어 쓰이기도 하는데, 강릉방언에서는 '-더/더거'로 실현됨이 특징이다.

　　　목판에더거, 베틀더 〈강릉〉
　　　머리에다, 가:매다가(轎에다가), 새:다(사이에다)

　'-(으)로/(으)루'가 向格 및 造格조사로 쓰이며, 후자의 경우 도구나 자격, 수단 등의
의미기능을 수행한다. 與格조사로는 '-에게, -한테'가 널리 쓰인다. 이 중 '-한테'는 영
동방언과 영서 지역 일부에서 '-인데/인테'로도 실현된다. 공동격조사로는 '-와/과' 및
'-하구'를 비롯하여, '-(이)랑', '-(이)고' 등이 사용된다. 고성방언에서는 '-하과' 이외에 '-
까'도 공동격에 사용되어 다양한 모습을 보인다. 이 중 '-하과'는 영서 북부 지역에서
도 일부 사용되며, 삼척에서는 '-하가'로 실현된다. 강릉을 비롯한 영동 일부 지역에
서는 '-보다'와 비슷한 의미 기능을 갖는 '-대문'과, '-처럼'과 비슷한 의미 기능을 가진
'-매름/매루'가 사용됨이 특징적이다.

　　　나허구, 나하과, 나와, 날와
　　　멀구까 다래까 까먹는데 〈이상 고성〉
　　　간대루 니:매름 '그랠라구.(아무려면 너처럼 그럴려구) 〈강릉〉
　　　야:대문 크구 말구지 머. 〈강릉 및 삼척〉
　　　호박하가 감재하가 파다라고.(호박하고 감자하고 팔더라고) 〈삼척〉

　호격조사는 평창에 '-아'와 '-야'가 쓰이는데, 각각 선행 체언의 말음이 자음인가 모
음인가에 따라 교체된다. 호격조사에 부가어라 할 만한 '-이'를 덧붙이고, 웃사람에게
는 '-요'를 덧붙여 사용하는 경우가 빈번하다. 또한 어머니나 손위누이 등을 부를 때
에도 '-야'를 쓰는 점이 특징적이다.

　　　철수야, 철수야이
　　　어머~야(어머니!), 어머~야이
　　　영석아, 영석아이
　　　선상님요
　　　하르버이요

보조사

주제화 첨사라고도 불리는 보조사 '-은/는'을 중첩 사용하는 현상이 삼척 및 정선, 영월 등 일부 지역에서 종종 발견되는데 선행 체언이 자음인 경우에 한정되는 듯하다.

> 아들으는 하낙두 읎:구
> 팥으는
> 사람으는

이 밖에 보조사로 사용되는 형태들로는 '-도/두, -만, -만끔, -마둥/마당('마다'), -부텀/버텀, -꺼지/꺼짐, -마주('마저'), -보담/보덤('보다')' 등등이 있다.

4.3. 활용(活用)

활용(活用)이란?

활용은 동사 어간에 여러 어미가 통합되는 현상을 가리킨다. 예컨대, '잡다' 동사의 경우 '잡으니, 잡아서, 잡아라, 잡더니, 잡으시고, …'와 같이 교체되는 것을 말한다. 이 경우 동사 본래의 의미를 나타내는 형태이면서 일반적으로 변하지 않는 형태를 어간이라 하고, 나머지 형태들을 어미라 한다. 어미는 다시 단어의 맨 끝에 놓이는 어말어미(語末語尾)와, 이 어말어미와 어간 사이에 놓이는 선어말어미(先語末語尾)로 나눈다. '잡더니'의 경우 '잡-(어간) + -더-(선어말어미) + -니(어말어미)'의 구조로 분석된다.

1) 선어말어미

영동 방언에 대한 각 방언별로 선어말어미의 분포와 의미 기능, 그리고 문법 범주 등에 관한 구체적인 논의는 거의 찾아볼 수 없다. 다만, 삼척방언의 선어말어미에 대한 전반적인 기술을 한 것이 있어 이에 따라 소개하면 다음과 같다. 삼척방언의 선어말어미는 대략 네 개의 문법범주로 나뉜다. 경어법 선어말어미에는 존칭의 '-시-'가 사용된다. 이것에 어미 '-어'가 통합되면 '세'로 실현됨은 물론이다. '-오-'가 어쩌다가 발견되는데, 이것을 겸양으로 볼지가 다소 의문이다. 인칭법 및 대상법으로, 혹은 서법에 넣어 처리하는 방법이 있을 것이다. '-오-'가 없는 '하리다'의 구문이 있다.

> 그거르 내가 서너 마도 하오리다.(그것을 내가 서너 마디 하리다)

시제는 과거의 '-았-'이 사용된다. 서법의 선어말어미는 회상의 '-다-', 확인의 '-거/그

-', 직설의 '-느/니/네', 추측·의지의 '-겠'과 '-리-'로 나뉜다. 이 중 회상의 '-다'는 '-더/드/대/데/디-'의 이형태들을 갖는다. 직설의 '-느-'는 진행의 '-느-'와 달리 어말어미 앞에서만 실현되는 제약을 받는다. 시상(時相)의 선어말어미에는 진행의 '-느/니/는/ㄴ-'이 있고, 완료의 '-았-'이 있다.

2) 연결어미

연결어미의 종류는 매우 다양하다. 이것은 영동방언에서도 마찬가지다.

대등한 접속 또는 나열의 기능을 하는 표준어의 '-고'는 영동 방언에서 '-고/구'로 실현되는데, '-구'가 훨씬 더 우세한 양상을 띤다. 이 연결어미 뒤에 지역 및 화자에 따라서는 '-설랑, 설라네, 설라무네' 등이 통합되기도 하며, '-ㄹ라무설랑' 역시 '-고' 또는 '-서'와 비슷한 의미 기능을 수행한다.

> 기도하구설라네 〈양양〉
> 밀려가질라무설랑 〈영월〉

표준어의 '-며'는 대체로 '-(으)민'으로 실현된다. '-(으)민'은 말음 ㄴ이 약화되어 '-(으)미:'로 음성실현되는 경우가 적잖다. '-(으)민'에 '-서'가 결합된 '-(으)민서'가 간혹 사용되기도 한다.

> 쫓어나가민 싸움질으 하민 〈영동방언〉
> 야:거 뛰민서 좋아하는 기 〈강릉〉

'-은데/는데'에 대응하는 방언형은 큰 차이를 보이지 않는다. 다만 형용사에도 '-는데'가 연결되는 점이 특이하다. '-는데'는 문종결의 위치에서도 곧잘 쓰인다.

> 이러 작는데 좋:는가? 〈강릉〉
> 밥으는 먹았는데 … 〈삼척〉
> 오늘두 오겠는데. 〈삼척〉

가정(假定)의 '-면'은 대체로 '-(으)문'으로 나타난다. 영서방언에서는 이것의 개신형이라 할 만한 '-(으)먼'과 '-(으)면'도 적잖이 실현되는 양상을 보인다.

> 오래되문
> 가문요(가면요)
> 맞으먼/맞으면

얕으먼/얕으면

이유를 나타내는 '-(으)니' 역시 방언차를 별로 보이지 않는다. 지역에 따라서는 이 것에 '-까, -까네, -까는, -께, -깐드루' 등이 통합되어 쓰인다.

표준어의 '-아/어'와 '-아서/어서' 역시 방언차를 별로 보이지 않는 듯하다. 이들 형 태 뒤에 '가지구'가 결합되는 경우가 매우 빈번하며, 또한 연결어미 '-구'의 경우와 마 찬가지로 '-르랑, -르라네' 등이 접미되기도 한다.

부사형 어미 '-게'가 널리 사용되고 이것에 '-르'를 결합한 '-게르'가 사용되기도 한다. 강릉에서는 '-게'에 '-더'를 덧붙여 추측의 의미를 나타내는 경우가 있음이 특이하다.

간이 마치맞게르 왜간장 조금 늫구
이러케르 (서낭님을) 뫼세낫:다가
잘 살개더 돈:두 부치구 기래지. 〈강릉〉

'-다가'는 끝의 '-가'를 생략하여 쓰기도 한다. 강릉방언에서는 '-더거'로 실현됨이 특 징적이다.

노:더거(놀다가) 〈강릉〉
노:다가 〈삼척 및 영동 지역 일부〉

강원도 방언의 연결어미 중에는 경상도나 함경도 방언에서 보이는 형태들과 유사 한 것들이 적잖은 듯하다. '-는둥'도 그 중의 한 예이다. 강릉방언에서 발견되는 '-지 비'는 중세국어의 '-디비'에 이어지는 형태로서 주목할 만하다.

얼매나 고맙는둥
이러 사람이 많으니 집애 있는 기 낫지비 마:러 완:? 〈강릉〉

3) 전성어미

전성어미는 일반적으로 동사를 체언 또는 관형어처럼 쓰이게 하는 어미를 가리킨 다. 예를 들어 '잡고, 잡으니, 잡아서, 잡아라, 잡냐?, 잡으시더라, …' 등은 동사 본래 의 서술적 기능을 그대로 유지하고 있다. 이와 달리 '잡기, 잡음'은 뒤에 조사를 붙일 수 있을 뿐만 아니라 체언으로서의 기능을 갖는다. 따라서 이 경우의 어미 '-기, -(으) ㅁ'을 일컬어 명사형 어미라 한다. 또한, '잡은, 잡을' 역시 후행하는 체언을 꾸며 주는 역할을 하게 하므로, '-(으)ㄴ, -(으)ㄹ'을 가리켜 관형사형 어미라 한다.

명사형 어미 중 '-기'는 널리 쓰이나, '-(으)ㅁ'은 비교적 잘 쓰이지 않는다는 점은 영동방언에서도 마찬가지이다. 강릉과 삼척을 비롯한 일부 지역에서는 관형사형 어미 '-는'이 형용사에 통합되기도 한다. 이것은 또한 '-았/었-' 및 '-겠-'에 연결되어 쓰이는데, '씨'과 '-는'이 축약되어 '-ㄴ-'으로 실현되기도 하는 점이 특징적이다.

> 작는가?
> 완 사람(왔는 사람)
> 방으 마카 치와야 하갠데.(방을 전부 치워야 하겠는데.) 〈삼척〉

4.4. 경어법 및 기타

1) 경어법

상대경어법이란?

현대 표준어의 경어법은 동사의 선어말어미에 의한 것과 어말어미- 그 중에서도 문장의 마지막에 놓이는 문말어미(文末語尾)에 의한 것으로 나누어 볼 수 있다. 이 중 전자는 선어말어미 '-시-'에 의해 표현된다. "아버님이 장에 가시다."에서 '가다' 동사 어간에 통합된 선어말어미 '-시-'는 문장의 주체가 '아버님'인 까닭에 그 주체를 높이기 위해 들어간 것이다. 이것을 가리켜 주체존대 즉 주체경어법이라 한다. 그런데, "비가 오다."라는 문장을 누구한테 말하는가에 따라 문장의 마지막 어말어미가 달라진다. "비가 옵니다/와요/오오/오네/와."처럼 모습을 달리한다. 이것은 말을 듣는 이가 누구인지에 따라 달라진 것이므로 상대존대 또는 상대경어법이라 한다. 말하자면, '비가 오-'까지는 같고, 청자(聽者)에 따라 문말어미가 달라지는 것이다.

표준어의 상대경어법

표준어에서 상대경어법은 다음과 같이 여섯 등급으로 나누는 것이 무난하다.

평서문	의문문	명령문	
빨리 하다.	/ 빨리 하니?	/ 빨리 해라!	〈해라체〉
빨리 해.	/ 빨리 해?	/ 빨리 해!	〈반말체〉
빨리 하네.	/ 빨리 하나?	/ 빨리 하게!	〈하게체〉
빨리 하오.	/ 빨리 하오?	/ 빨리 하오!	〈하오체〉
빨리 해요.	/ 빨리 해요?	/ 빨리 해요!	〈해요체〉
빨리 합니다.	/ 빨리 합니까?	/ 빨리 하십시오!	〈합쇼체〉

이에 따라 상대경어법의 여섯 등급에 대한 명칭은 명령문의 문말어미를 기준으로 붙인다. 즉, 해라체, 해체, 하게체, 하오체, 해요체, 하십시오체가 된다. 그런데, 해체

는 표현이 좀 이상하기 때문에 흔히 반말체로 부른다. '하십시오'는 일제강점기 때만 하더라도 '합쇼'였다. 오늘날에는 '어서 옵쇼!'에서만 남아있긴 하지만, 예전의 이 문말어미 형태에 따라 합쇼체라 이름을 붙인다.

의문형 어미 '-나?'의 차이

제 2 장에서 언급했듯이, 의문형 어미 '-나?'의 용법 차이는 강원도를 동남방언권과 서북방언권으로 구획짓는 중요한 지표 중의 하나이다. '-나?'는 두 방언권에서 다 나타나지만 그 용법과 기능이 전혀 다르다. 이로 말미암아 표준어에 익숙한 화자들에게는 동남방언권의 경어법이 매우 낯설고 때로는 불쾌하게 느껴질 때가 많다. '-나?'는 동남방언권에서 해라체에 속하는데, 아랫사람은 물론 같은 또래와의 대화에서 스스럼없이 쓰이는 말이다. 강원도의 서북방언권과 표준어에서 '-나?'는 하게체에 해당한다. 이 어미는 손아랫사람에게 쓰는 말이기 때문이다. 회사의 국장이나 과장쯤 되는 사람이 신입사원 정도의 아랫사람에게 '지금 비가 오나?'라고 묻는 말들에 쓰인다. 고성·속초·양양 지역에서도 이것은 거의 마찬가지이다. 장인이 사위에게 묻거나, 결혼한 조카에게 묻는 말투에서 '-나?'가 쓰인다. 이 지역에선 다른 지역과 마찬가지로 '-ㄴ가/는가?'도 공존하고 있는데, 대체로 '-ㄴ가/는가?'가 '-나?'보다 등급이 다소 높게 쓰인다. 예컨대, 조카라 하더라도 나이가 많거나 손위인 경우에는 대체로 '-ㄴ가/는가?'가 선택된다.

영동방언의 상대경어법

강원도 서북방언권의 상대경어법은 표준어의 그것과 상당히 유사한 체계를 갖는 듯하다. 이와 달리 동남방언권의 상대경어법은 대체로 네 등급으로 세분된다. 해라체, 하게체, 하오체, 합쇼체이다. 그러나 하게체에 해당하는 두번째 등급은 그다지 많이 쓰이지 않는다. 이렇다 할 만한 명령형이 없는 것도 유념할 필요가 있다. 또한 가장 높은 등급도 사용빈도가 상당히 낮다. 따라서 얼핏 보아 동남방언권의 상대경어법은 두 가지 즉, 두루쓰는말과 두루높임말로 나누어 볼 소지가 있다. 두루높임 표현에는 존칭 선어말어미 '-시-'와 어말어미 '-요'가 자유롭게 달라붙기도 한다. '삼척이래요., 잡으시우!' 등과 같은 표현이다. 그러나 하우체에 속하는 '앉으우'와 '-시-'가 접미된 형태 '앉으시우, 앉으셔요'에서 이들 셋 사이에 비록 약간의 어감 차이는 있을지언정 현격한 등급의 차이로 인식되기보다는 모두 두루높임말로 인식한다. 이 글에서는 동남방언권의 상대경어법 체계에 따라 종결어미 중 몇 가지에 관해서 언급하기로 한다.

상대경어법 중 가장 낮은 등급인 해라체는 흔히 반말체로 통할 만하다. 명령문과 의문문의 '앉어!, 와?'와 '앉어라!, 오나?'가 인식상의 큰 차이를 일으키지 않을 뿐만 아니라, '오재?'(오지?) 역시 이들과 같은 등급으로 인식되기 때문이다. 서북방언권에서는 이 두 등급에 대해 그 차이를 인식하고 있다. 친구나 같은 또래들에게 쓰는 말과 막내동생 정도에게 쓰는 말이 다르다는 점을 분명히 인식하는 것이다. 그리고, 이 두 등급에 대한 태도가 농촌과 어촌에서 전혀 반대로 나타나고 있다. 농촌에서 일반적으로 반말체가 해라체보다 더 대우해 주는 말투로 인식하는 것과 정반대로 어촌에서는 해라체가 반말체보다 더 대우해 주는 말투가 된다. 그러나 일반적으로 동남방언권에선 이 두 등급에 대한 인식이 뚜렷하지 않아서 혼용되고 있다. 해라체 어미로 가장 널리 쓰이는 종결어미는 '-아/어'이다. '-지'도 곧잘 쓰이는데, 강릉에서는 의문법에서 '-재?'로 실현된다(예. 춥재?). 평서문 종결어미로 '-다, -ㄴ다, -는다'가 널리 쓰임은 물론이다. 삼척방언에서는 '잘 가, 잘 가거라' 대신에 '잘 가자.'와 같은 청유문 형식이 흔히 쓰인다. 의문문 종결어미로 '-나?'(예컨대 '니: 어대 아푸나?')를 폭넓게 사용하는 것이 특징임은 앞서 지적한 바와 같다.

하게체의 평서문 어미로는 '-네'가 널리 쓰인다. 강릉에서 주로 여자들 사이의 말투에 나타나는 '-과'가 특이한데 하게체에 귀속되는 듯하다(예. '하겠과. '만내는과.). 의문문 어미로는 '-ㄴ가/는가'가 널리 쓰인다. 특히 '-는가'는 형용사 어간에도 통합되며, '-는'이 '-았/었-'과 '-겠-'과 축약되면 'ㅆ'과 '-는'이 '-ㄴ'으로 실현되기도 한다. 명령문 어미로는 '-게/개'가 쓰이고, 청유문 어미로는 '-세/새'가 쓰인다. 그런데, 웃사람이라 하더라도 어머니, 할머니, 고모 등 여자들한테는 하게체 어미를 사용하는 것이 보편적이다. '어머˘이˘, 그 신이 작는가?', '할머˘이˘, 배 안 고푼가?'와 같은 표현을 곧잘 듣게 된다.

하오체 어미로는 '-(으)우, -(으)오'와 '-소', 그리고 해라체 어미 '-아/어'에 '-요'를 덧붙인 형태가 주로 쓰인다. 동남방언권 안에서도 이들의 분포 및 기능에 다소간의 차이가 있다. 영동방언에서는 명사에 계사가 통합된 하우체 표현이 '삼척이래요.'와 같이 '-이래요'로 나타나는 것이 특징이다. 하우체 표현에는 때때로 친밀감을 표현하는 일종의 부가어 '-야'가 덧붙기도 한다. '잘 다녀 오우.'라는 표현은 강릉 지역에서 결코 아랫사람이나 같은 또래에게 쓰지 않는 것임에도 불구하고, '-야'를 덧붙인 '잘 다녀 오우야.'도 사용한다. 또한 그다지 큰 어려움이 없는 상대방에게 대답하는 말로서 '야:아.'를 많이 쓰는데, 이것이 같은 또래는 물론이고 하우체를 쓸 대상 중 친근한 이들에 대하여도 쓰는 점이 특이하다.

합쇼체의 평서문 어미는 '-ㅂ니다/습니다'와 계사 뒤의 '-올씨다'가 쓰인다. 회상 선어말어미가 통합된 경우엔 '-습디다'로 나타난다. 강릉을 비롯한 일부 지역에선 '-습닌다'의 형태도 발견되는 듯하다. 명령문 종결어미로는 '-(시)ㅂ시오'와 '-서요/세요', 의문문에는 '-ㅂ니까/습니까'가 일반적이다. 명령문과 청유문의 어미로서 '-시지오니껴'가 삼척과 강릉에서 일부 사용되고 있다. 그러나 어촌 지역에선 이 어미가 확인되지 않는다.

2) 부사

영동방언의 부사에 관해서는 뚜렷이 밝혀진 바가 거의 없다. 영동방언에서는 '모두, 다'의 뜻으로 '마커'가 널리 쓰인다. 젊은층일수록 '마커' 대신 '마카'라는 발음을 한다. 그런데 이 '마커'와 유사하면서도 의미 기능이 조금씩 다른 어사들이 많이 발견된다. '오부데˜이, 모지리, 젠부, 말짱, 달부' 등이 그것이다. 이들 유의어들의 분포와 의미 변별 또한 앞으로의 연구 과제라 하겠다. 이 밖에도 영동방언에는 '시나:미(천천히), 얼푼(얼른), 쫄로리(쪽, 일렬로)' 등등의 특이한 어형을 가진 부사어들이 꽤 많다.

3) 부가어

특정한 의미 없이 문장 끝에 붙어 다니는 말들이 몇 있다. 이것은 주로 강릉을 비롯한 영동방언 일부에서 잘 나타나는데, 경상도 방언에서도 종종 발견된다. 굳이 이름을 붙이자면 부가어라고나 할 만한 존재다. '감재 쩌 먹는대이.'(감자 쩌 먹는다), '시나:미 가거래이.'(천천히 가거라) 등에서 문장 끝의 '이'를 가리킨다. 이것은 호칭어에도 붙곤 한다. '철수야이', '복돌아이' 등이다. 부가어 '이'가 없다 해서 문장의 의미가 달라지지는 않는다.

'-야'라는 부가어도 있다. '나도 니:매름 놀랐다야.'(나도 너만큼 놀랐다), '사람이다야.', '떡으 먹자야.'(떡을 먹자) 등에 나타난다. '-야'가 하우체 종결어미 뒤에도 곧잘 붙음은 앞서 설명한 바 있다. 부가어의 존재 여부가 의사 전달에 아무런 영향을 주지 않는다는 점, 그리고 윗사람에게 쓰지 않는다는 점 등이 특색이다. 말하자면 화자의 뜻을 친근하게 다시 한번 확인하며 상대방에게 은연중에 다짐하는 역할을 한다고 생각된다. '답답해 미치겠다니.'의 경우엔 '-니' 형태도 확인되는데, 앞서의 '-이, -야'와는 통사구조가 다르다고 본다.

【 익힘 문제 】

1. 영동방언에서 어간끼리 직접 결합하여 복합어를 만드는 등 특이한 조어법이 적잖다. 주변에서 듣는 말 중에서 조어법이 표준어와 사뭇 다르다고 생각되는 것들을 몇 개씩 찾아보자.
2. 활용어미들은 그 가짓수가 참 많다. 이 글에서는 일일이 설명하는 것을 피했다. 주변에서 채집한 말을 대상으로 활용어미를 분석하고, 표준어의 어미와 대비해 보자.
3. 영동방언에서 서로 말을 주고 받을 때 마지막 문말어미가 어떻게 쓰이는지를 유심히 살펴 보자.

어 휘

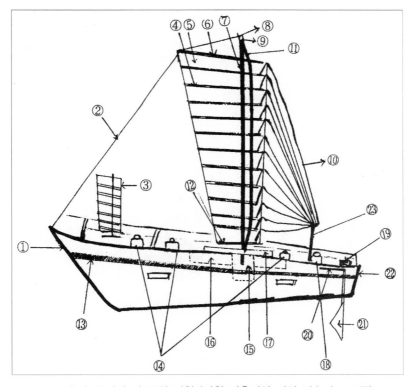

〈그림 5〉 돛배의 각 부위 명칭 (강원 어촌지역 전설 민속지, 424쪽)
1.이물 2.앞대부리 3.초풍 4.활대 5.돛 6.상활대 7.돛대 8.용총 9.종노
10.아돛줄 11.용총줄 12.지활대 13.통도리 14.옆놀 15.구레(통) 16.살림통
17.몽에 18.한놀 19.놀쫏 20.창손 21.키 22.고물 23.닻줄임줄

제5장 │ 어휘

5.1. 영동방언 어휘의 특징

어휘 특징 개관

이 글에서 지금까지 예로 든 단어들만 훑어 보더라도 알 수 있듯이 영동방언에는 표준어와 사뭇 다른 단어들이 꽤 많다. 이들 중 어떤 것들은 옛문헌에서 발견되는 단어와 연관을 맺어야 이해되기도 한다. 중부방언에 비해 고형을 유지하고 있는 단어들이 적잖이 눈에 띈다. 신라 향가의 처용가(處容歌)에 나오는 '脚烏伊 四是良羅' 중의 '脚烏伊'도 영동방언의 '가달배ˉ이ˉ/가다리'와 연관지어 해석할 수 있다고 본다.

영동방언에 특이한 단어들이 많다는 사실 못지 않게 더욱 중요한 것은 영동 방언 안에서도 방언권에 따라 단어의 어형이 확연히 다르게 분포된다는 사실이다. 이익섭(1981)은 강원도 방언을 하위분류하는 과정에서 어휘 분화의 요소를 강조한 바 있다. 영동과 영서방언을 가르는 어휘들이 많음은 앞서 언급하였다. 영동방언을 하위구분하는 어휘들도 적잖다. '느르배기'는 '새총'을 일컫는데, 이 단어는 영동방언 안에서도 오직 강릉 지역에서만 쓰인다. 또한 '대끼지'는 삼척 지역에서만 발견된다. 그런가 하면, '누룽지'에 해당하는 단어들이 영동방언의 각 방언권마다 다르게 나타난다. 북부 영동방언권은 '소쩨ˉ이', 강릉방언권은 '소꼴기', 삼척방언권은 '소디끼/소데끼', 그리고 서남 영동방언권에서는 '누렁지' 또는 그와 유사한 음상으로 나타난다. 따라서 한두 단어만 살펴 보더라도 동일한 영동방언 안에서 어느 지역의 말인가를 알 수 있을 정도다. 영서방언 안에서도 때때로 지역에 따른 고유한 어형이 발견된다. 홍천 지역에서의 '발구'는 다른 영서 지역에서 '스게또, 안질뱅이스게또'라는 어형에 대응하는 특이한 형태이고, '자리틀'을 '지직틀'이라 하는 것도 홍천 고유의 어형이 아닌가 한다.

고유어와 한자어

국어는 한자어와 고유어의 두 계열이 어휘체계의 주축을 형성하고 있는데, 이것은 영동방언의 경우에도 예외가 아닐 것이다. 어휘면에서 한자어와 고유어 두 계열의 존립양상은 몇 가지 유형으로 나뉜다. 단어에 따라서는 두 가지 어형이 동시에 사용

되기도 한다. '지시랑물'과 '낙수(落水)물'의 공존 현상이 그 좋은 예이다. 사용빈도상
으로 보자면, '지시랑물'이 농·어촌을 막론하고 '낙수물'보다 우세하다고 하겠다. '開
化주머니'에서 온 것으로 추정되는 '개와'와 '주머니'의 공존 현상도 이 예에 속한다.
그런데 '홍수'를 뜻하는 '개락'과 '포락'의 관계는 매우 흥미있다. 고유어 계열은 '개락'
이라고 본다. '가래기'라는 어형도 있음을 감안해서다. 그런데 '포락'은 고유어인 이
'개락'을 한자로 옮겨 '浦落'이라고 문서 등에 적은 것인데, 이것이 굳혀져 음독(音讀)
되는 바람에 형성된 신어라고 생각된다.

고유어의 간섭과 혼효

고유어 사이의 간섭 현상도 주목할 필요가 있다. 특히 어촌을 대상으로 하는 경우
에는 더욱 그렇다고 생각한다. '맷돌'과 '망'의 관계도 이런 관점에서 볼 필요가 있다.
'망'은 고성군 지역을 비롯하여 속초시와 양양군 일대에 골고루 분포되어 있다. 양양
군 현북면의 농촌에서도 이 어형이 확인된다. 어촌에서도 '망'은 확인된다. 그러나 토
박이라 하더라도 50대 이하에서는 '맷돌'로 답하기가 일쑤다. 이미 개신형(改新形)
에 의한 대치 현상을 보이고 있다 하겠다. 이것은 영동 지역의 어디에서든 요즘엔
'감재' 대신에 '감자'라는 표현을 곧잘 듣곤 하는 것과 일맥상통한다.
'뜰팡'은 혼효형의 대표적인 예이다. 고성군의 '구팡'과 양양군의 '뜨럭'이 혼합된 것
으로 추정되기 때문이다. '바다 밑 모래밭'을 뜻하는 '허겁'도 '허통'과 '미겁'의 혼효형
이 아닌가 생각된다.

농촌과 어촌 어휘

'아재'가 아저씨뻘 되는 사람을 지칭하는 지역이 있는가 하면, 아주머니뻘 되는 이
들을 지칭하는 지역이 있다. 같은 영동방언 안에서도 차이를 보인다. 이와 같이 한
단어에 대한 세밀한 고찰 역시 방언의 구획은 물론, 상호관련성과 차이점을 드러내
는 데 매우 긴요한 역할을 한다. 농촌과 어촌의 어휘적 차이 또한 주목할 만하다. 강
릉 지역 농촌에서의 '지렁(간장), 주벅(주걱)'이 이웃한 어촌에서는 '장물, 박쪽'으로
나타나고, 삼척 지역에서도 농촌의 '후찡이, 오두'가 어촌에서는 '쟁기, 포도'로 나타나
는 차이를 보이기 때문이다.

5.2. 고형(古形)의 보존

영동방언에서 고형(古形)을 유지하고 있는 단어들을 잠깐 살펴 보기로 한다. 여기
서는 편의상 어중의 자음을 그대로 간직한 예들만 대상으로 한다.

ㄱ음의 보존

어중(語中)에 /ㄱ/음을 간직하고 있는 단어들이 영동방언에서 적잖이 발견된다. '낭기/낭구(나무), 얼개미/얼게미(어레미), 실겅/실공/실광(시렁)' 등의 명사들과, '달개다(달래다)'와 같은 동사들이 이에 해당한다. 어중 /ㄱ/음의 유지 현상, 즉 '몰개(모래), 웅굴(우물), 갈강비(가랑비), 멀구(머루), 농구다(노누다, 나누다), 매굽다(맵다), 씨굽다(맛이 쓰다)' 등의 어형들은 이 지역에서 폭넓게 발견된다. 이 중 '갈강비'는 화천과 양구 지역에서도 보고된 바 있으며, '멀구(머루)' 역시 영서의 북쪽 지역에서도 발견된다. /ㄱ/음은 어말에서도 곧잘 유지되는 현상을 찾아볼 수 있는데, 이 역시 영동지역에 많이 나타난다. '지붕게(지붕에), 개울게(개울에), 입술기(입술이), 갈:게(가을에), 겨울게/저울게(겨울에)' 등의 어형에서 발견된다. 특히 강릉 방언에서는 '지붕캐(지붕에)'가 나타남이 특징적이다. 앞서의 예 '얼개미/얼게미'는 원래 동사 어간 말음의 'ㄱ'을 유지한 파생어로 볼 수 있다.

ㅂ음의 보존

어중에 /ㅂ/음을 유지한 단어도 종종 발견된다. '또바리(또아리), 버버리(벙어리)'가 그 대표적인 예이다. 어중 /ㅂ/음은 특히 경상도에 인접한 지역에 널리 분포되어 있다. '호박(확)'이 삼척을 중심으로 하여 인접한 영월과 정선 일부 지역에 분포되어 있음이 그 예이다. '졸음'에 대한 방언형이 삼척과 그 인근 지역에서 '자부름', 강릉 지역에선 '자우름', 기타 강원도 전역에서 '졸음'으로 나타나는 것은 이와 관련하여 의미심장하다. 그런데, '새우'의 경우엔 강원도 전역에서 /ㅂ/음이 유지된 어형을 찾을 수 없다.

ㅅ음의 보존

어중에 /ㅅ/음을 유지한 단어의 대표적인 예는 '가새(가위), 나새이/나생이(냉이), 끄실다(그을다)' 등이다. 그러나 이들 단어의 분포를 세부적으로 살피면 적잖은 차이가 발견된다. '가새'는 대체로 동남방언권에서 어두에 된소리이며 동시에 고조로 실현되어 "까새'로 나타난다. '나새이/나생이(냉이)'는 경기도에 인접한 영서 지역에서 개신형 '냉이'로 실현되는 현상을 보인다. '끄실다'의 파생명사형이 동남방언권에서만 '끄시름/끄스름'으로 나타나고 그 이외의 지역에서는 'ㅅ'음이 탈락된 어형을 보인다. '마실(마을)'의 경우 역시 대체로 강릉과 삼척 지역에서 어형이 확인되는데, '마실가다(마을가다)'는 비교적 폭넓게 분포를 보여 영동방언은 물론 영서 지역에서도 일부 나타난다. '아우' 역시 개신형 '아우'로 나타나지만, '아시타사/아수타다, 아시보다/아수보다'는 비교적 폭넓게 고루 분포된다. '여우'는 동남방언권에서 '여께~이'가 주도적으로 실현되나, '여~우' 역시 공존형으로 곧잘 발견되는데 고성·양양 지역에서는 후자가 주로 발견된다. 영월군에선 '모이'가 '모시'로 실현될 뿐만 아니라, '가위'에 대한 어형 '가재'도 발견되어 매우 특이한 양상을 보인다.

5.3. 어촌 어휘

어촌에 고유한 어휘들 역시 고찰의 대상임은 물론이다. 영동 지역은 잘 알려져 있 듯이 수려한 동해를 끼고 있어 어촌이 잘 발달되어 있다. 따라서, 어업을 생계로 하 는 사람들의 독특한 어휘들이 많음은 물론이다. 어선과 어업에 관련된 어휘들을 비 롯하여, 어장(漁場)과 고기잡이 도구에 관한 명칭들, 그리고 바람 및 조류(潮流)와 파 도, 물고기와 조개류에 관한 명칭 등 어촌에서만 사용되는 고유한 어휘들이 많다. 이 들 중 몇 가지만 예를 들어 보기로 한다.

	고성군	속초시	양양 현북	양양 현남	강릉 안인	삼척 정라	울진 북면
북	샛바람	샛바람 급새	샛바람	샛바람	샛바람	샛바람	샛바람
북동	새대바람		새대바람 새마바람	마들바람	새대바람	새대바람 새갈기바람 을진풍	샛바람
동	들바람	들바람 서마바람	들바람	들바람	들바람	들바람	들바람
동남	서마바람		마대바람 서마바람	마대바람 마대들바람	마대바람 서마바람	마대바람	마대바람
남	마파람	마파람	마파람	마파람	마파람	마파람	마파람
남서	갈바람	갈바람	마갈바람	마갈수바람	마갈바람 청갈바람	마갈바람 마갈수바람	벗가리
서	하누바람 하네바람	하누바람	하누바람	하누바람 내바람	하누바람	하늘바람	하누바람
서북	원산매기	온산내기 뒷새바람	설악산매기	원산매기 설악산매기 새갈수바람	원산매기 갈기바람	설악산매기 갈기바람	새갈기바람
급새	된바람 샛바람 서마바람 도새	급새 서마바람	서마바람 새마바람	새파람 마파람	새파람 하누바람	을진풍	새파람 하누바람

〈표 4〉 영동방언의 풍명(風名)

바람에 관한 명칭

바람에 관한 명칭 즉 풍명(風名)은 동해안에만 국한된 것이 아님은 물론이다. 영 동 지역에서 사용되고 있는 것들과 다른 지역에서 사용되는 것들을 상호 비교해 보 면 흥미로울 것이다. 영동 지역의 동해안 어촌에서 조사한 바람에 관한 명칭을 표로 보이면 다음과 같다. 마지막 줄의 급새는 해당 지역에서 가장 무서워하는 바람으로서, 매우 강하고 때론 해일을 동반하는 바람을 지칭한다.

위 표에서 보듯 동·서·남·북을 가리키는 풍명(風名)이 일관되게 나타나는 점이 주목된다. 그런데 동풍을 가리키는 말인 「들바람」과, 북풍을 가리키는 「샛바람」은 서해안을 비롯한 전국의 여러 지역에서 보고된 바와 큰 차이를 보여 관심을 끈다. 서해안 지역에선 동쪽이 대체로 '새'로 나타나며, 북쪽은 일정치 않으나 '높' 정도로 나타나기 때문이다. 동해안 지역에서 '들바람'의 '들'은 양양군 현남면에서 조사된 '내바람'과 관련지어 생각해야 할 듯하다. 고성군 지역에서 '내바람'이라는 어형을 찾아 보고한 바가 있다. 따라서 '들'과 '내'는 동사 '들다'와 '내다'와 연관이 있지 않은가 싶다.

위 표 중 속초지역에서 북동풍을 가리키는 어형인 「뒷새」와 고성군 지역 방언형으로 보고된 바 있는 「뒤새바람」도 주목을 끈다. 그런데 바람에 관한 명칭이 지나칠 이만큼 똑같아서 지역방언적인 차이점을 보이지 않는 점에 대해 다소 의심을 가져볼 필요가 있다. 서풍만 하더라도 하누바람 일색인데, 내바람이라는 어형이 간간이 나타난다는 점에 유의해야 한다고 생각한다. 이것은 결국 위 표에서 제시된 어형 중에 상당수가 어쩌면 개신형(改新形)으로 대체된 것일지 모른다는 추측을 낳게 한다. 바람에 관한 명칭이 인접한 농촌 지역과 많은 차이를 보인다는 사실도 이를 뒷받침한다. 속초시 도문동과 같은 농촌에서는 「샛바람」이 위 표와는 달리 동풍을 가리킨다. 그리고 강릉 지역 농촌에선 북풍을 「북새」, 남풍에 대해선 「마파람」 이외에 「남새, 앞새」 등으로 부른다. 이 때의 「새」를 위 표에 의거하여 '북'으로 해석하기가 곤란한 것이다.

조류(潮流)에 관한 명칭

조류에 관한 명칭은 동해안 어촌 지역에서 동일하게 나타난다. 다만, 삼척의 일부 지역에서는 북에서 남으로 흐르는 물결을 「만물」 대신에 「마발물」, 남에서 동으로 흐르는 것을 「새안낼물」 대신에 「새발물」이라 하기도 하였다. 따라서 조류명에 대해서도 좀더 세밀히 조사 분석해 볼 필요가 있다.

〈조류의 방향〉	〈명칭〉
북에서 남으로	만물
남에서 북으로	설물
동에서 서로(육지쪽으로)	들물
서에서(육지에서) 동으로(바다로)	날물
북동에서 남서로(북동에서 육지로)	마안들물
남동에서 북서로(남동에서 육지로)	새안들물
남서에서 북동으로(육지에서 북동으로)	새안낼물

파도에 관한 명칭

영동 지역 어촌에서는 흔히 파도치는 것을 일컬어 '멀기(몰개) 치다, 멀기(몰개) 인:다, 멀기(몰개)가 크다'라고 말한다. 그리고 영동 북부에서는 대체로 큰파도를 가리켜 '나울'이라 하며, 해일과 태풍을 겸한 파도를 가리켜 '서마나울'이라고도 한다. 서마나울은 동남풍인 서마바람이 불 때 겸하여 큰파도가 일어나는 것을 가리킴으로써 생성된 어형인 듯하다. 삼척시 원덕읍에서는 해일과 태풍을 겸한 파도를 가리켜 '가나디기'라고 칭한다고도 한다.

파도에 관한 명칭 중의 일부 단어는 흥미롭다. 영동 지역에 골고루 분포되어 있는 단어가 있는가 하면, 그렇지 못한 단어도 있다. '외갈이' 및 '외대멀기'는 고성군을 제외한 나머지 지역을 하나로 묶는 역할을 한다. '웅덩몰기'와 '바람멀기'도 시사하는 바가 많다 하겠다. 이것은 무엇보다도 경상도 및 함경도로부터 오는 개신파(改新波)의 물결에서 영동 지역이 독립해 있음을 반증해 주는 좋은 예로 받아들일 수 있기 때문이다. '멍게/우렁쉥이'의 방언형도 이와 함께 매우 귀중한 예이다. 이것은 영동 지역을 정확히 양분하는 어형이다. 강릉을 포함한 영동 북부에서는 '해̃우'이고, 삼척 지역에서는 "울며̃"으로 나타난다. 파도에 관한 영동 지역의 명칭을 표로 보이면 다음과 같다.

파도명	고 성 군		양 양 군		강릉시 안인	삼척시 정라	울진군 북면
	현내면	토성면	현북면	현남면			
외갈이 와달이 외달이몰기 외대멀기			○	○	○ ○	○	
샛멀기	○	○	○	○	○	○	○
맛멀기	○	○	○	○	○	○	○
까풀몰개 까풀이 까치미	○	○	○	○			○
대설 대설몰개 대설몰기 대멀기	○	○ ○ ○	○	○	○	○	○
웅덩몰개 웅덩몰기	○					○	○
바람멀기	○	○				○	○

〈표 5〉 영동방언의 파도 명칭

【 익힘 문제 】

1. 영동방언의 특이한 어형들을 몇 개 골라 한국방언사전이나 다른 지역방언 자료집 또는 방언사전에 수록된 어형들과 비교하여 보자.
2. 어촌방언 중 관심 있는 분야의 어휘들을 다른 어촌 지역에서 보고된 어형들과 비교하여 보자.

제6장

조사 방법론

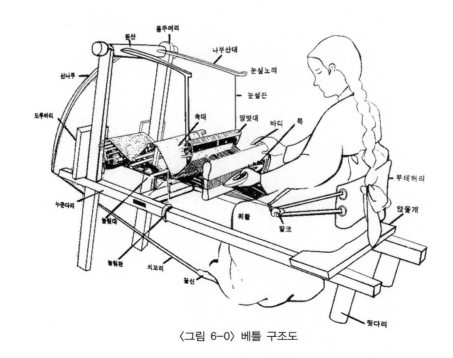

〈그림 6-0〉 베틀 구조도

제6장 조사 방법론

6.1. 지역방언의 조사 방법

지역방언에 대한 조사는 육하원칙(六何原則) - 언제 어디서 누가 무엇을 어떻게 왜 -에 따라 생각해 볼 수 있다. 즉, 언제 어떤 지역의 방언을 어떠한 목적으로 누가 어떻게 조사하느냐에 따라 달라질 수 있다. 비교적 짧은 시간 안에 대상 지역의 방언의 윤곽을 잡기 위해서는 격식을 갖춘 조사가 유용할 것이다. 이것은 한편으로 다른 지역의 방언과의 대비 및 비교를 위해서도 필요하다. 때로는 특정의 목적 이를 테면, 어촌 어휘만을 조사한다든가, 베짜기와 관련된 어휘만을 조사한다든가, 성조 또는 사동사만을 조사한다든가 할 경우도 있다. 이 경우에도 미리 의도한 목적에 따라 어느 정도 체계를 갖춘 조사를 하여야 할 것이다.

그런데, 어느 지역의 방언을 그 때 그 때 들리는 대로 적어둔다든가, 또는 자연스러운 대화 및 이야기 자료 즉 자연발화를 채록하기 위한 것이라면 미리부터 격식을 갖출 필요는 없을 것이다. 기록하겠다는 마음가짐만 있으면 되기 때문이다. 필기도구만으로도 충분할 수가 있고, 좀더 욕심을 낸다면 녹음할 수 있는 기구 하나 쯤이면 족할 것이다.

이와 같이 방언 조사도 격식 조사와 비격식 조사로 나누어 볼 수 있다. 이 글에서는 먼저 격식 조사에 관한 것을 몇 가지 살펴 본 후에 비격식 조사에 대한 것을 일부 곁들여 설명하기로 한다.

1) 질문지

방언 조사를 하려면 우선 무엇을 조사하여야 할 것인가를 결정하여야 하는데 이 '무엇'을 정리하여 놓은 것이 곧 질문지이다. 성공적인 자료 수집은 무엇보다 먼저 좋은 질문지를 준비하는 일에서부터 시작된다고 할 수 있다. 질문지를 작성하는 일은 조사 목적에 따라 항목을 선정하는 일이 우선이며, 항목의 수를 결정하는 것도 중요한 일이다.

조사항목의 선정

어느 한 방언의 언어 특징을 제대로 파악하기 위해서는 음운(音韻)이나 문법(文法), 어휘(語彙)의 세 분야에 걸친 특징이 골고루 파악되어야 한다. 따라서 질문지의 조사항목을 선정할 때는 이 세 분야에 걸친 항목들이 두루두루 선정되도록 배려하여야 한다. 이들 중에서 조사하기가 대체로 쉽고, 또 큰 몫을 차지하고 있는 것이 어휘라 할 수 있다. 어휘는 지역이나 시대, 세대 등의 외적 요인에 의하여 쉽게 분화되는 특성을 갖고 있다. 이뿐만 아니라 전에 사용하던 단어가 해당 사물이나 관심사가 사라짐에 따라 곧바로 잊혀지기도 하고, 이와 반대로 새 물건이 나타나면서 그것을 일컫는 이름 또는 단어들이 등장하기도 한다.

격식질문지의 예 : 『한국방언조사설문지』(왼쪽 면)

경 작		
001	벼	[그림 1] 이것을 무엇이라 합니까? (논에다 모를 심어서 키운 식물로서 그 열매를 찧으면 쌀이 됨)
1	벼이삭	[그림 1] (벼이삭 부분 지시) 이 부분을 무엇이라 합니까? 보충 ① 벼가 자라서 이삭이 <u>팬다.</u> ② 장작을 <u>팬다.</u>
2	벼(열매)	[그림 1] (이삭이 열매를 지시) 이 열매를 털고서 아직 껍질을 벗기지 아니한 것들을 <u>무엇</u>이라고 합니까? 주의 성장과정의 '벼'(식물)와 탈곡한 '벼'(열매)를 모두 같은 명칭으로 부르는지 아니면 다른 명칭으로 부르는지에 유의
002	뉘	쌀이나 밥 속에 섞여 있는 벼(열매)를 무엇이라고 합니까? 주의 자·모음의 정밀 전사 보충 쌀이나 밥에서 뉘를 <u>골라낸다</u> / <u>발라낸다</u> / <u>가려낸다</u>

어휘와 달리 문법이나 음운의 경우엔 언어 변화의 속도가 비교적 느린 편이다. 그러나, 문법이나 음운과 관련된 항목들은 어휘와 달리 조사하기가 상대적으로 힘이 들고 시간도 많이 걸리는 편이다. 따라서 문법과 음운 관련 항목들을 조사하려면 좀 더 세심한 질문법이 동원되어야 하는 경우가 많다.

어휘 항목을 선정할 때에는 전래적(傳來的)인 것들 즉, 예전에 쓰이던 것들을 중심으로 선정할 것인지 아니면 개신형(改新形)들도 포함시켜야 할지, 그리고 근래에 사용하게 된 새 단어들을 포함시킬 것인가 하는 점에 대하여 고려하여야 한다. 이것은 무엇보다 조사 목적에 따라 어느 것에 더 비중을 두어야 할지 결정하면 될 것이다.

격식질문지의 예 : 『한국방언조사설문지』(오른쪽 면)

경 작		
001	pyə	
1	pyə-i-sak	보충 ① (이삭) 팬다. ② (장작) 팬다.
2	pyə(yər-mɛ)	
002	nü	
		보충 쌀이나 밥에서 뉘를 골라낸다 / 발라낸다 / 가려낸다

조사항목의 수효

조사항목의 수효는 조사의 목적과, 그 조사에 투입될 수 있는 시간에 의해 주로 결정된다. 어느 한 특정 현상에 대해서만 조사하는 경우라면 질문지의 크기는 훨씬 작아질 수도 있다. 이와 달리 전국적인 규모의 방언 조사를 위해서는 각 지역의 방언 특징을 최소한 파악할 수 있을 만큼의 충분한 양이 조사항목에 포함되어야 할 것이다. 한두 시간만으로 그칠 수 있는 조사인지, 아니면 이틀이나 사흘 정도 걸려 조사할 것인지에 따라 항목의 수효가 달라짐은 두 말할 나위 없다. 한국정신문화연구원의 『한국방언조사질문지』는 약 2,300여 항목을 수록하였는데, 조사에 드는 시간은 대략 이틀 정도이다.

조사항목의 수효는 직접 현지에서 조사를 하는 질문지의 경우와 우편으로 자료를 모으는 통신질문지(postal questionnaire)에 따라서 달라지기도 한다. 통신질문지의 경우 남에게 어려운 부탁을 하는 것이므로 부담을 주지 않을 만큼만 항목에 수록하여야 할 것이다. 너무 많은 항목을 수록한다면, 자기 일을 남에게 떠맡기는 꼴이 될 수 있기 때문이다.

약식질문지와 격식질문지

질문지는 현지 조사에 참여할 대상에 따라 약식질문지(略式質問紙, informal questionnaire)를 써야 할지 격식질문지(格式質問紙, formal questionnaire)를 써야 할지를 결정하여야 한다. 조사자 혼자서 쓸 질문지이거나 현지조사원이 이미 훈련된 경우라면 약식질문지를 쓰는 것이 좋겠고, 현지조사에 참여할 사람이 여럿이고 사전에 어떤 훈련을 받지 않은 사람이라면 격식질문지가 한결 효용성이 클 것이다.

약식질문지는 조사항목만 나열해 놓은 것이다. 혼자서 조사하거나, 조사 참여자가 많지 않으면 수첩 또는 노트에 항목만 적어 놓을 수도 있을 것이다. 격식질문지는 항목에 따라 질문할 문장을 미리 만들어 놓은 형식의 질문지이다. 현지에서 제보자에게 질문할 때 쓸 질문 문장을 미리 만들어 놓는 까닭은 동일한 조건 아래 동일한 개념의 조사가 이루어지도록 하기 위함이다. 한국정신문화연구원에서 전국의 방언 조사를 위해 만든 질문지 책자는 격식질문지의 대표적인 예이다.

2) 제보자

제보자란?

방언의 자료를 제공해 주는 사람, 다시 말하면 방언 조사에 있어서의 피조사자(被調査者)를 제보자(informant)라 한다. 그런데, 어촌 지역에서는 이 용어 사용에 유의할 점이 있다. 어촌 지역에서는 종전에 거동이 수상한 자를 파출소 및 기타 행정 관서에 신고하는 이를 가리켜 제보자라 하였다. 따라서, 제보자라고 하면 부정적인 이미지를 갖고 있기 때문에 함부로 제보자라는 용어를 사용해서는 안 된다. 다른 말로 하자면 면담에 응하는 사람 즉, 피면담자(被面談者) 정도가 무난하다.

제보자를 어떤 사람으로 선정하느냐에 따라 같은 지역 방언이라도 그 모습이 사뭇 달라질 수 있으므로, 방언 조사에서 제보자의 비중은 말할 수 없이 크다. 따라서, 어떤 사람을 제보자로 삼을 것인가에 대해서는 매우 신중한 배려(配慮)가 요청된다.

제보자 선정 요령

사전에 충분한 준비를 하지 않을 경우 마땅한 제보자를 선정하지 못해 쩔쩔매는 수가 적잖다. 때에 따라서는 제보자를 찾느라고 하루 해를 넘기기 일쑤이기도 하다. 가장 무난하고 빠른 방법 중의 하나는 마을의 이장(里長)을 먼저 만나 뵙고, 조사 내용을 설명 드린 후 적절한 제보자를 추천 받는 것이다. 면사무소에 들려 제보자 선정을 의뢰할 수도 있다. 면사무소에 근무하는 사람들이 일반적으로 각 마을 사정에 환하기 때문이다. 다만, 이 경우 한학(漢學)에 밝은 분들이나 지역 유지를 천거하는 경우가 없잖기 때문에 유의해야 한다.

거의 대부분의 마을마다 마을회관 또는 노인회관을 갖추고 있으므로, 이런 곳을 불쑥 방문하는 방안도 있다. 농번기가 아닌 계절에는 거의 늘 노인분들이 이곳에 모여 소일(消日)하시기 때문이다. 때로는 시장에 들려 나물 등을 팔고 계신 할머니들을 제보자로 선정할 수도 있다. 장사 일에 방해를 주지 않고, 필요하면 한두 개 사 드리면서 이런 저런 조사항목들에 대해 여유를 가지고 여쭈어 보면 된다. 마을로 들어가는 버스 안에서 무거운 짐을 들어 드리거나, 승용차로 행선지까지 모셔 드리면서, 예의를 갖추어 주변 일들에 관해 여쭈어 보다가 모시고 내린 후 본격적인 조사를 하는 방법도 있을 것이다.

중요한 점은 제보자로 모실 분을 예의 바르게 대하면서 부드러운 분위기 즉, 친교 (親交)의 분위기를 사전에 형성하는 일이다. 제보자로 모시기에 앞서 큰절을 드리는 것은 당연하고도 꼭 필요한 일임은 두 말할 나위 없다.

제보자의 조건

지역방언을 조사하기에 좋은 제보자가 갖추어야 조건으로는 다음과 같은 것들이 있다.

① 토박이

제보자가 갖추어야 할 요건 중 가장 중요한 것은 토박이어야 한다는 것이다. 토박이는 어떤 지역에 뿌리를 가지고 대대로 살아오는 사람을 가리킨다. 몇 대(代)를 이어 살아야 토박이어야 한다는 규정은 딱히 없지만, 보통 토박이라면 적어도 3대 이상을 한곳에서 살아야 한다고 본다. 할아버지, 아버지에 이어 한곳에서 살면 그 아들을 토박이라고 하는 것이 일반적이다. 그런데, 방언 조사의 제보자로서의 토박이 조건에는 어머니의 조건도 함께 고려하여야 한다. 누구한테서 주로 말을 배우고 영향 받았는가를 살펴야 하기 때문이다. 할머니와 주로 생활하는 가운데 자연스레 말을 배우는 경우도 적잖으므로, 어머니와 할머니의 출신지 또한 고려할 필요가 있다. 인근 마을이나 면(面)에서 시집 온 경우는 무난하지만, 적어도 방언권이 다른 지역에서 시집을 온 경우엔 제보자로 적절하지 않을 수가 있다.

토박이와 모어 화자(母語 話者, native speaker)는 개념을 달리하기도 한다. 모어 화자는 한곳에서 태어나 줄곧 그곳에서 자라면서 말을 배우고 하는 사람을 다 포괄하여 일컫는다. 그러나, 토박이는 적어도 그 부모 또한 그곳에서 생장한 사람이어야 하는 조건이 붙는다. 부모가 외지에서 이주해 오고 자식들만 그곳에서 생장하였다면 그 자식들을 그곳의 토박이라고 하지 않는다.

토박이가 외지에 너무 오래 나가 살지 않은 사람이어야 한다는 조건도 덧붙는다. 오랜 외지생활에서 그쪽 언어에 오염이 된 사람은 좋은 제보자로서의 조건을 충족시키지 못한다. 군대 생활을 외지에서 한 할아버지들이 많은데, 이것은 그리 큰 문제가 되지 않는다. 그러나, 외지에서의 생활 기간이 적어도 2~3년이 넘는 사람은 되도록 피하여야 할 것이다.

우리나라 농촌에서는 대체로 할머니들이 할아버지들보다 좋은 제보자인 경우가 많다. 예전에는 장을 보러 가는 일도 남자들이 했을 뿐만 아니라 할아버지들은 외지 사람들과 접촉할 기회가 상대적으로 아주 많기 때문에 외지 언어에 노출되어 무의식 중에 지역 고유의 사투리 대신 외지 언어를 사용하는 수가 많다.

　② 나이
　어느 연령층의 사람을 제보자로 삼을 것인가 하는 것은 제보자를 선정하는 기준을 논할 때 늘 중요한 문제로 등장한다. TV와 접하는 시간이 많고, 교통 통신이 발달함으로 말미암아 요즘과 같이 언어가 급격한 변화를 겪고 있는 변혁기에 있어서는 노년층 제보자라 하더라도 표준어에 이끌리기 쉽다. 그리고, 중년층이나 청소년층의 제보자를 택한다면 지역방언의 순수한 모습을 잡아내기 어려울 것이다. 세대차에 따른 언어 분화는 언제나 있는 보편적인 사실이므로, 지역 간의 방언차를 비교하려 할 때 한 지역에서는 노년층의 제보자를 다른 한 지역에서는 청소년층의 제보자를 선택하는 식의 들쑥날쑥한 제보자 선정은 절대로 삼가야 한다.
　각 지역에서 전해 내려오는 방언의 모습을 온전히 찾기 위해서는 노년층의 제보자를 택할 것이 요구된다. 고풍스러운 언어 자료를 기록 보존한다는 입장에서는 이미 사라져 가고 있는 사물에 대한 조사항목을 많이 포함시키게 된다. 가령, 베틀이나 농구(農具), 정월 대보름과 영등제의 풍습, 구식 결혼식의 절차와 실제 등에 대한 질문은 중년층 이하 사람들에게는 도저히 물을 수 없는 것들이다. 노년층은 방언 조사에 응해 줄 시간적 여유를 비교적 많이 가지고 있다는 이점도 있다. 농한기(農閑期)인 겨울철을 제외하고는 농촌에 가서 2~3일씩 방언 조사에 응해 줄 제보자를 구하기란 결코 쉬운 일이 아니다. 일손이 워낙 부족한 요즈음 80대의 노인들마저 논밭에 나가는 형편이지만, 그래도 젊은이들보다는 시간 여유를 더 가지는 편이다. 그리고 노년층은 낯선 사람 앞에서도 말투를 쉽게 바꾸지 않는 장점도 가지고 있다.
　지역방언을 조사하기 위한 적절한 노년층은 70대 이상이라고 할 수 있다. 60대라 하더라도 하루가 다르게 표준어에 동화되는 모습을 보여주는 것이 현 실정이기 때문이다. 다만, 60대의 경우엔 아직 원래의 사투리를 잊지 않고 있으므로 조금만 주의를 기울이면 소기(所期)의 성과를 이끌어낼 수 있다.

　③ 신체적 조건
　무엇보다도 제보자의 치아(齒牙) 상태에 유의해야 한다. 이가 없으면 말소리가 제대로 나오지 못하는 것은 당연한 이치이겠지만, 몇 개만 빠진 경우에도 어떤 음(音)의 발음에는 결정적인 영향을 미치기 때문이다. 다만, 틀니의 경우는 그다지 문제되지 않는다. 제보자는 또한 귀가 밝아야 한다. 조사자의 말뜻을 정확히 파악해야만 의도한 대로의 응답형을 줄 수 있기 때문이다. 제보자의 눈이 밝지 못한 것도 흠이 된다. 사진이나 그림을 보이면서 물어야 할 경우가 있는데, 이 경우 시력이 좋지 않아 다른 방식으로 질문해야 하는 일이 생기기 때문이다.

말을 더듬는 사람, 콧소리 등이 섞여 발음이 부정확한 사람도 물론 좋지 않다. 해소병이 있어 기침을 자주 하는 사람도 피하는 것이 좋다. 입술이 너무 두껍거나 너무 얇거나 턱이 좀 이상한 사람도 발음에 영향을 주어 좋지 않다고 하는 견해도 있으나 거기까지 신경을 쓰기는 어렵다고 본다. 수염을 길게 기른 사람도 입모습을 볼 수 없어 좋지 않다는 경험담이 이야기되기도 한다.

④ 학력과 직업, 성격

제보자의 선정 기준으로 이상의 조건 이외에 흔히 학력, 지능, 사회신분, 직업 등이 더 고려된다. 이 중 학력의 경우는 학교교육을 아예 안 받았거나 덜 받은 사람이 지역방언 제보자로서 더 좋은 것이 일반적이다. 무학자(無學者), 또는 아주 초보적인 교육만을 받은 사람을 제보자로 삼는 것이 순수한 지역 방언을 캐려는 방언 조사에서 널리 통용되는 원칙이다. 우리나라의 경우 노년층을 제보자로 할 때 이 문제는 쉽게 해결되는 편이다. 할아버지의 경우 서당에 다녔거나, 한학(漢學)을 많이 한 분은 피하는 것이 좋다. 고유어 대신 한자어를 사용하기 일쑤이며, 때로 한자(漢字)의 우리말 새김 또는 한자의 고저(高低)와 장단(長短)에 대한 지식이 결정적인 영향을 끼치는 일이 적잖기 때문이다.

비록 학교 교육은 받지 않았어도 제보자가 조사 내용에 대하여 잘 알고 있으며 그 의도를 제대로 파악하면 할수록 방언 조사는 수월해지기 마련이다. 질문을 잘못 이해하여 엉뚱한 응답을 하면 조사가 여간 힘들어지지 않기 때문이다. 언어에 대한 감각이 뛰어난 제보자라면 더할 나위 없이 좋을 것이다. 우리나라의 경우 노년층 중에는 '핵교 문턱에 가본 적도 없다'는 분들임에도 불구하고 의외로 이런 분들이 많은 편이다.

농촌의 경우 거의 대부분의 노년층 직업은 농업이 된다. 할머니들도 웬만한 밭일은 직접 해 왔고, 또 농사와 관련된 기구나 일에 늘 접해 왔기 때문에 농업에 관해서도 잘 알고 있어 문제가 되지 않는다. 어촌의 경우 역시 별다른 어려움은 없으나, 돛단배의 각 부위 명칭이나 파도 명칭 등의 일부 어촌 어휘에 대해서는 할아버지들이 대체로 잘 알고 있는 편이다.

지역 토박이라 하더라도 공직(公職) 생활 경험이 있는 분들 역시 제보자로 적절치 못한 경우가 많다. 대인 관계에서의 오랜 경험으로 말미암아 점잖게 말씀하시려는 태도를 보일 뿐만 아니라, 특히 어휘 면에서 고유어 대신 표준어 또는 한자어를 본인도 모르게 사용하는 경우가 많기 때문이다. 이런 관점에서 볼 때 지체가 너무 높은 양반, 그리고 지역 유지에 속하는 분들도 특수 계층의 언어를 관심사로 하는 경우가 아니면 피하는 것이 좋다. 따라서, 남자의 경우 일정한 직업을 가지고 있되, 지나치게 가난에 시달리지 않는 서민층이라면 무난한 제보자라 하여 좋을 것이다.

제보자의 성격 면에서 본다면, 과묵한 사람이 제보자로서 적당치 않음은 당연할 것이다. 묻는 말에 마지못해 겨우 대답하는 경우라면 방언 조사 작업이 아주 더디고 힘들게 된다. 이와 반대로, 수다형도 썩 좋은 편이 아니다. 말하기를 즐기는 사람은 무난하지만, 질문할 틈을 주지 않고 자기 이야기만 장황하게 늘어놓는 사람 역시 작업을 능률적으로 진행하지 못하게 만든다.

⑤ 제보자의 수

한 조사지점에서 제보자를 한 사람만 쓸 것인가 몇 사람을 쓸 것인가에 대해서도 이렇다 할 만한 원칙은 따로 없다. 제보자로서의 여러 조건을 잘 갖추고 있을 뿐만 아니라 언어에 대한 감각 역시 뛰어난 분이라면, 제보자 한 분만 모시고 조사하는 것이 가장 이상적이다. 이것은 조사한 자료의 동질성(同質性)을 확보할 수 있다는 점에서 볼 때 매우 유리하다.

그런데, 격식질문지를 사용할 경우 상당히 지루하고 심지어는 취조하는 듯한 느낌을 주기 때문에 거부감을 줄이기 위해서라도 두세 분을 제보자로 쓰는 편이 오히려 더 나은 경우도 많다. 내외(內外)를 함께 모셔서 예컨대 할머니한테서 주로 답변을 듣되, 때때로 할아버지가 보충 설명하거나 덧붙이도록 하는 방식이 있다. 그런가 하면, 동성(同性)의 두세 명을 제보자로 모시면 주(主) 제보자가 곧바로 생각나지 않아 머뭇거리거나 갸우뚱할 때 옆의 보조 제보자들이 대신 답변하고 설명해 주기 때문에 이점이 많다. 실제로 2~3명의 제보자를 썼던 방언 조사가 적지 않은 편이다.

여러 명의 제보자를 쓸 때에는 주의할 점이 몇 가지 있다. 한 지역에 사는 사람들일 뿐만 아니라, 나이를 비롯하여 사회계층 및 직업 등의 여러 가지 조건이 같은 토박이라면 무방할 것이다. 조건이 같은 토박이라면 같은 말을 한다는 것이 전통방언학에서의 대전제다. 그렇지 않고서는 한 사람 또는 몇 사람만을 뽑아 그들의 말로 그 지역의 방언을 대표시키는 일은 애당초 성립할 수 없기 때문이다. 그러나 실제로 여러 명을 제보자로 쓸 때 제보자마다 조건이 조금씩 다를 뿐만 아니라, 심지어는 방언권이 다른 지역에서 이주해 왔거나 어머니 조건이 토박이로서의 요건을 갖추지 못한 사람이 끼어 있는 경우가 아주 많다. 이것은 특히 마을회관 같은 데서 조사할 때 더욱 그러하다. 토박이 조건이 불충분한 사람일수록 오히려 질문에 바로바로 응답하는 경향마저 있다. 또 제보자가 여럿일 때는 일반적으로 조사 환경이 열악하다는 점에도 유의하여야 한다. 시끄러운 분위기가 되는가 하면, 녹음을 하더라도 잡음이 심하고 어느 한 쪽에 초점을 맞추기가 어려워 음질(音質) 또한 좋지 않다. 이뿐만 아니라 몇 개의 어형이 동시에 튀어나와 그 중 어느 것이 고형(古形)이고, 어느 것이 개신형

(改新形)인지, 그 중의 어떤 것은 해당 지역 어형인지 아닌지를 가리기 어려운 일도 많다. 따라서 여러 명을 제보자로 모실 경우라 하더라도 그 중 조건에 맞는 분을 주 제보자로 하고, 나머지 사람들은 단순히 참고로만 활용하여야 할 것이다.

⑥ 제보자와 관련한 기타 사항들

제보자의 협조에 대한 사례를 어떻게 하는 것이 좋을까는 미리 생각해 둘 필요가 있다. 사례를 현금으로 하는 일은 절대로 피해야 할 것이다. 방언 조사의 필요성을 인식하고 자발적으로 협조해 줄 사람을 구하면 된다. 근래에 일부 조사 과정에서 얼 마간의 사례금을 일종의 품값으로 요구하는 일조차 있다고 한다. 특수한 기능이나 소질을 보유한 분을 대상으로 조사한다면 워낙 많은 사람들과 기관에서 자주 찾아가 기 때문에 그럴 수도 있으리라 여겨진다. 그러나, 방언 조사의 경우엔 제보자를 돈으 로 사는 일은 어색한 행위이며 방언 조사의 순수성도 해친다고 생각한다. 제보자의 생업에 지장을 주지 않는 한에서 제보자가 기꺼운 마음으로 응하도록 하고, 조사자 는 순수한 감사의 마음으로 대하면 된다. 우리나라 농촌에서는 대체로 마을 노인분 들이 어떤 물질적 보상을 원하거나 하는 일은 없다. 먼 시골 구석까지 찾아와 안 해 도 될 듯싶은 고생을 하면서 애써 하는 학술조사에 협조해 준 일을 즐거운 봉사로 여긴다. 오히려, 조사자에게 음료수는 물론 식사를 대접하는 일조차 적잖다.

제보자에 대한 사례(謝禮)는 미리 양말이나 수건, 보자기, 담배 등 부피가 작고 가 벼우며 지나치게 비싸지 않은 물품 중에서 골라서 하면 좋다. 아이들이 있는 경우라 면, 학용품이나 과자류가 유용할 수 있다. 지나치게 과다한 사례는 오히려 제보자들 의 호의와 배려에 대한 결례가 됨을 깨달아야 한다. 숙식을 하는 경우엔 응분(應分) 의 값을 지불하여야 마땅하다. 시세(時勢)는 이장(里長)이나 다른 사람들에게 물어 알 수 있는데, 시세보다는 약간 후하게 계산하는 편이 좋을 것이다. 근래에는 마을회 관이나 노인회관을 이용하는 일이 빈번하고, 이것이 조사자들의 숙식(宿食)과 휴식 (休息) 등에 편하고 또 부담 없어 좋기는 하지만, 난방비 등을 포함해 약간의 계산을 해 드리는 일을 잊지 말아야 할 것이다.

제보자에 대한 가장 이상적인 사례는 방언 조사를 끝낸 후에 잊지 않고 인사 드리 는 일이다. 돌아 와 감사 편지를 부치는 일은 물론이고, 제보자와 가족 사진 같은 것 을 찍은 경우엔 반드시 보내 드려야 한다. 연말에 연하장이나 달력 등을 부쳐 드리면 더욱 반가와 할 것이다. 방언 조사 결과물을 보내 드리는 것도 좋은 답례의 하나다. 이와 같이 정(情)이 담긴 보답을 하는 것이 바람직한 사례(謝禮)라 하겠다. 방언 조사 를 통하여 알게 된 노인분과의 사귐을 소중히 여기고, 협조를 해준 분들에게 진정으 로 고마움을 느끼는 일, 그리고 그러한 협조에 보답키 위하여 방언 조사에 좀더 성실 하게 임하는 것이 그분들에 대한 무엇보다 큰 사례라는 점을 명심해야 할 것이다.

3) 조사원

조사원은 일명(一名) 조사자라 한다. 그런데, 간혹 양자를 구별하기도 한다. 조사자(researcher)라고 하면 방언 조사를 총괄하며 연구를 진행하는 사람만을 가리키는 용어로 쓸 수가 있다. 이와 달리, 방언 조사에서 조사지점과 제보자의 선정, 면담, 음성 전사(轉寫)와 정리 등 그 여러 가지 일을 실질적으로 수행하는 사람을 조사원(field worker) 또는 현지조사원이라 하여 구분하기도 한다. 이 글에서는 현지조사원에 관해서 주로 언급하게 되나, 조사자와 거의 동일한 의미로 사용하기로 한다.

조사원의 자질

조사원이 우선 갖추어야 자질은 기초적인 언어학 지식이다. 다음으로는 밝은 귀를 가져야 한다. 정밀전사를 요구하는 조사에서는 특히 그러하지만 그렇지 않은 경우에도 음(音)의 특징을 하나하나 정확히 분별할 줄 아는 자질은 조사원이 갖추어야 할 자질 중에서도 가장 필수적이고 값진 것이라 할 수 있다. 밝은 귀란 생리적으로도 어떤 이상이 없는 정상적인 귀라야 하지만, 전문적인 훈련을 통하여 주요한 음성(音聲) 특징들을 정확히 그리고 신속히 구별할 줄 아는 귀를 말한다.

조사원은 또한 참을성과 끈기가 요구되기도 한다. 며칠씩 낯설고 불편한 시골에서 견디려면 어려움을 잘 참을 줄도 알아야 하고 추진력을 가지고 일을 끝내는 지구력도 있어야 한다. 따라서 건강한 체력이 필요함은 물론이다.

조사원에게는 사교성도 요구된다. 관청이나 마을에서 협조를 얻어야 할 때, 그리고 무엇보다도 제보자와 며칠을 같이 보내려면 너무 수줍음을 많이 타거나 무뚝뚝해서는 곤란하다. 늘 웃는 낯으로 공손하면서도 붙임성 있게 사람을 대하는 태도를 가지도록 노력하여야 한다. 마을 어른들이 가지고 있는 전승 지식과 지혜를 배운다는 입장에서 겸손해야 함 역시 두 말할 나위 없다. 얼마간의 연출력도 조사원의 필요한 자질로 거론된다. 제보자를 대함에 있어 지나치게 얌전하기만 한 것보다는 배우처럼 어떤 연기를 약간씩 가미하는 것이 효율적일 수 있기 때문이다.

질문지 내용과 관련되는 여러 가지 사물에 대한 해박한 지식을 조사원은 반드시 갖추어야 한다. 질문 내용을 조사원 스스로 잘 모른다면, 질문하기가 여간 어렵지 않기 때문이다. 또한 조사원은 실험하는 자세로 조금씩 방법을 바꾸어 보면서 가장 정확한 자료를 가장 효율적으로 수집하는 길을 스스로 체득하도록 노력하여야 한다. 방언 조사는 이론이 아니고 실제이며 따라서 무엇보다 풍부한 체험과 훈련이 유능한 조사원을 만든다.

조사원의 수

좁은 지역의 방언 조사는 조사원이 1명인 것이 일반적이겠지만 전국 규모의 방언 조사처럼 넓은 지역을 대상으로 할 경우에는 여러 명이 활동하기도 한다. 그러나, 자료의 균질성(均質性)을 위해서는 여러 명보다는 1명이 적격이라 할 수 있다. 조사원이 여러 명이면 이는 아무리 동일한 조건 밑에서 훈련을 받았다 할지라도 개인차는 어쩔 수 없어 자료의 균질성을 보장받기가 어렵기 때문이다.

하지만 조사원이 1명일 경우 역시 문제는 있다. 한 사람이 줄곧 오랫동안 방언조사 한 가지 일에 종사하기 어렵기도 하고, 무엇보다 시간이 오래 걸린다는 점이다. 오랜 시간이 지날 경우 언어변천이 생길 수 있음은 당연하다. 따라서 일정한 시점에서 각 지역의 언어 모습을 상호 비교한다면 조사원이 여럿일수록 유리하다 할 수 있다. 이와 반대로 길어야 5년 이내에 끝낼 분량의 양(量)이이라면 여러 명의 조사원을 쓰기보다는 한 사람에게 그 일을 전담(全擔)시키는 것이 자료의 동질성 확보를 위해서 한결 낫다고 할 수 있다. 조사원이 1명이라 해도 조사원으로서의 자격을 제대로 갖춘 유능한 조사원이라면 방언 조사를 성공적으로 이끌어 내는 데에는 문제가 없다고 본다. 조사원을 여러 명 쓰는 외국의 주요 방언조사에서도 실질적으로는 남보다 훨씬 많은 지역을 담당한 주(主)조사원이 있었던 것은 우리의 흥미를 끈다.

초보자이거나 경험이 적은 조사원들의 경우엔 3명 내외로 조(組)를 짜서 함께 조사하는 일이 필요하다고 본다. 서로 미진한 부분을 보충해 주기도 하고, 그 나름대로 모여 머리를 짜 내기도 하면서 불안감 없이 조사를 할 수 있기 때문이다. 질문을 주로 담당하는 사람, 기록을 주로 맡으면서 질문을 보충하는 사람, 녹음기나 사진기를 다루고 또는 다과류와 술 대접을 주로 맡는 사람 등으로 역할 분담을 하면 효과적일 수 있다.

3) 면담과 질문 방법

제보자를 선정하면 그 다음에는 준비한 질문지에 따라 제보자와의 면담(interview)을 하게 된다. 제보자와 면담을 할 때 필요한 몇 가지 간단한 요령과 질문 방법에 관해 살펴 보기로 한다.

면담에 임하는 마음가짐

어느 일이나 다 그렇겠지만, 방언 조사에서도 마음가짐이 가장 중요하다. 조사자는 '나도 할 수 있다.'는 자신감을 가져야 한다. 방언 조사의 서두(序頭)를 어떻게 시작해야 할지 막연하게 느끼거나 당황하게 되면 곤란하다. 조사자 자신의 능력을 스스로 충분히 믿고, 이런 경우에는 어떻게 해야 할지를 늘 생각하면서 때로는 과감하며 저돌적(猪突的)인 자세로 조사를 시작할 필요가 있다. 낯선 분들에게 인사를 올리고 가까이 다가가 웃는 낯으로 대하는 일이란 것이 어찌 보면 쉬운 듯 어려운 일임에 틀림없다. 그럴수록 심호흡을 한 두어 번 하고 나서, 용감하게 제보자를 향해 말문을 열고 시작해야 한다. 상대방을 어렵게 대하기 시작하면 조사 자체가 여간 힘든 것이 아니다. 매사가 다 그렇지만, 방언 조사에서 '나도 할 수 있다.'는 자신감은 절대적으로 필요한 마음가짐이다.

조사자는 또한 늘 배운다는 마음가짐을 갖고 있어야 한다. 조사지점의 방언을 이미 스스로 잘 알고 있고 또 본인이 토박이라면 방언 조사는 별도로 할 필요가 없을 것이다. 책상머리에 앉아 본인의 지식을 기록하고 정리하는 것만으로 충분하기 때문이다. 방언 조사의 제보자는 실제로 해당 지역의 언어에 관해서만큼은 조사자보다 더 잘 알고 있으며, 결국 그 제보자들로부터 의도한 내용을 이끌어내는 것이 조사자의 기본 임무다. 따라서, 흔히 제보자와 조사자의 관계는 '선생과 생도의 관계'라 할 수 있다. 제보자를 스승으로 모시고, 지역방언에 대해 조사자는 제자로서 배운다는 입장이라는 점을 늘 명심하여야 한다. 방언 조사 과정에서 조사자가 마치 무슨 취조관이나 된 것처럼 행동하고, 기대되는 응답이 안 나오거나 질문을 잘못 이해하고 엉뚱한 대답을 하기라도 하면 짜증을 부리는 일이란 그야말로 어불성설(語不成說)이다.

마을 촌로(村老)들의 지식과 지혜를 조사자의 것으로 만드는 것이 방언 조사에 임하는 조사자의 근본 목적이요 임무다. 그리하여 한 지역의 언어에 관한 실제의 모습을 정확하게 기록하고 그려냄으로써 다음 세대에게 남겨주는 일 또한 조사자의 몫이다. 그러므로 조사자는 제보자로 하여금 방언 조사라는 것이 어렵고 힘들며 당황하거나 겁먹을 일이 아니라 평소 본인들이 잘 알고 있는 일에 대하여 조사자에게 일러주는 것일 뿐이라고 인식하도록 하는 것이 중요하다. 빨리 인식시켜 드릴수록 방언 조사는 수월하고 재미있으며 유익한 일이 되기 때문이다.

면담 시작 요령

우선 제보자를 만났을 때 큰절로 인사를 드리고 찾아온 목적을 간단히 설명한다. 제보자가 몸이 다소 불편하거나 하여 큰절을 올리기 어려운 경우엔 예의바르게 인사를 올리는 것으로 충분할 것이다. 그 다음 마을의 이름과 크기 등이며, 주민들 중에는 어느 성씨(姓氏)들이 큰 집단을 이루고 있는지 등의 구성 및 조직이라든가, 몇 대(代)를 이어 현지에서 사는지, 외지로의 여행(旅行) 여부와 그 뒷이야기 등을 묻고, 외지 생활의 경험이 있는지, 배우자를 비롯하여 부모 및 집안 식구들의 근황과 그 출신지는 어디인지 등등을 자연스럽게 물어 제보자로서의 적합성을 다시 한번 확인한다.

이때 만일 제보자로서 도저히 부적합하다고 판정될 경우 좀더 적합한 제보자가 없는지 이런 저런 이야기를 통해 자연스레 이끌어 내고, 그 고장의 언어적 특성을 이해하는 데 도움이 될 만한 주변적인 이야기 등으로 대강 마무리를 짓는 것으로 끝내는 것이 좋다. 제보자로서 처음 만난 분에게 이러저러하여 다른 분을 제보자로 다시 모셔야겠다는 말을 솔직하게 하면 안 된다. 그렇게 말하는 것은 상대방에 대한 무례(無禮)이므로 절대로 삼가야 한다. 조사자는 제보자로 적합하지 않은 상대방으로 하여금 불쾌감을 느끼지 않도록 하는 가운데 슬며시 자리를 떠나는 요령을 잘 터득해 두어야 한다.

한자리에 여러 사람들을 동시에 모셔 놓고 면담하는 경우에는, 그 중 제보자로 좋은 분을 점찍어 두었다가 나중에 그분을 따로 모시거나, 또는 그 자리에서 은연중에 질문을 주로 그분한테 집중시키면 된다.

면담의 진행과 분위기

질문은 질문지의 순서에 따라 차례차례 진행하면 된다. 배열은 이미 화제(話題)를 이야기식으로 자연스럽게 이어가도록 짜여 있으므로, 계속 농사 이야기나 제보자가 생활터전으로 잡고 있는 일에 대하여 화제를 이끌어 나가기만 하면 된다. 혹시 도중에 제보자가 자신의 이야기를 덧보태어 질문지 순서에서 벗어나는 방향으로 화제를 이끌어 가게 되면, 그것을 즉시 막지 말고 따라갈 만큼 따라가다가 다시 제 순서로 찾아와야 하는 요령이 필요하다.

면담 분위기는 부드러워야 함은 두 말할 나위 없다. 마을회관에서 여러 노인분들을 모시고 면담할 경우에는 일종의 '술 상무'가 필요할 때조차 있다. 화기애애한 분위기 조성을 위해서다. 그렇다고 해서 제보자 또는 조사원이 술에 취하거나, 너무 달뜬 분위기는 방언 조사를 도리어 훼방 놓는 요소가 된다. 방언 조사는 어디까지나 학술적인 성격과 목적을 띤 조사이므로, 전반적으로 차분하고 치밀함을 바탕으로 깔고 진행되어야 한다.

방언 조사를 딱딱한 분위기 아래 진행하여선 곤란할 것이다. 방언 조사가 다 끝나고 나서 제보자가 오랜만에 참 유익하고 즐거운 시간을 보냈다는 느낌을 가질 수 있도록 서로 즐거운 이야기를 나누는 식으로 조사를 진행하면 된다. 그렇게 할 줄 알아야 유능한 조사원이라 할 수 있다.

조사의 능률을 높이고, 다른 한편으로는 녹음 테이프를 갈아끼우는 등 점검도 할 겸해서 대체로 60분 정도마다 휴식 시간을 가지는 것이 좋다. 이야기가 무르익어 있으면 굳이 기계적으로 60분을 꼭 지킬 필요는 없을 것이다. 그때 그때의 상황에 따라 어떻든 휴식 시간을 가지는 일은 절대 필요하다. 이때 음료수와 다과 및 담배 등을 권하면 좋다. 물론 이런 것은 미리 준비해 가야 한다.

질문 방식

방언 조사시의 질문은 한마디로 퀴즈(quiz) 프로그램 진행과 같다 할 만하다. 조사원이 방언형을 미리 일러주어서는 안 되는 것이 원칙이다. 답을 미리 일러준다면 퀴즈 프로그램을 누가 시청하겠는가 상상해 보면 절로 알 수 있다. 질문 방식에 따라 몇 가지로 나누어 살펴 보기로 한다.

간접질문법

간접질문법은 방언 조사에서 기본적으로 사용되는 방식의 질문법으로서, 해당 방언형을 조사원이 미리 제시하지 않고 제보자로부터 그 방언형을 이끌어 내는 방식의 질문법이다. 간접질문법에는 다음과 같은 몇 가지 방식들이 있다.

예컨대, "이것을 무어라 합니까?"와 같이 질문하는 방식이다. 이 경우엔 직접 실물을 가리키거나, 사진이나 그림을 보이면서 하는 경우가 많다. 이 질문 방식은 가장 쉽고 그에 따라 조사 속도가 빠른 이점이 있다. 그러므로, 미리 그림책 또는 사진첩 등을 준비해 가면 효과적으로 조사를 마칠 수 있다. 이 질문 방식을 명명식 질문법(命名式 質問法, naming question)이라 한다. 때로는 몸짓을 하거나, "남편의 남동생을 뭐라 부르지요?"와 같이 사물의 특징을 진술하는 방식도 이에 포함된다.

"고무줄을 당겼다가 탁 놓으면서, 새를 잡을 때 쓰는 것은 ……?" 또는 "남편이 죽고 혼자 사는 여자는 ……?"이라든가, "국에 소금을 너무 많이 넣으면, 국맛이 ……?"와 같이 말끝을 흐리면서 끝맺음으로써 제보자에게 답변을 유도하는 방식의 질문법도 있다. 이것은 문법 항목 조사시에 특히 유용한 질문법인데, 완결식 질문법(完結式 質問法, completing question)이라 한다.

우리말의 경어법 형태를 조사할 때 유용한 방식의 질문법이 있다. "밖에 있는 사람을요, 안으로 들어오라 할 때, 손자라면 '이리 들어오…'"라고 물은 뒤에, 다시 "결혼한 조카라면요? '이리 들어오…'"라든가, "만약 아들의 담임선상님이라면요? '이리 들어오…'"라는 등으로 바꾸어 가면서 질문하는 방식이다. 이를 가리켜 치환식 질문법(置換式 質問法, conversion question)이라 한다.

제보자로 하여금 관련된 단어들을 나열하게 하는 방식의 질문 방식도 있다. "봄에 산과 들에 나는 나물들엔 어떤 것들이 있나요?", "밭농사로는 어떤 것들을 심나요?"와 같이 묻는 방식이다. 이것은 일명 이야기식 질문법(talking question)이라 한다.

직접질문법 및 기타

방언형을 이끌어 내는 과정에서 때로는 다른 방언 즉, 대개의 경우 표준어형을 제시함으로써 그것에 대응하는 방언형을 묻는 경우도 때때로 있다. "모기를 여기서는 무엇이라 하지요?"라고 질문함으로써 '모기'에 해당하는 방언형을 직접 묻는 방식이다. "모기 때문에 잠을 못 잤다고 할 때, '때문에'를 여기선 뭐라 하는지요?"와 같은 질문 역시 마찬가지다. 이러한 질문 방식을 직접질문법이라 한다.

그런가 하면, "누룽지, 소꼴기, 소데끼, 소쩨이 중에서 어느 말을 쓰는지요?"라고 어형을 나열하여 제보자에게 선택하게 하는 방식도 있고, "쟁기는 어떤 것을 가리키나요?"라든가, "아재라면 누구를 가리킵니까?"하고 이미 나온 방언형에 대해 설명을 요구하는 방식의 질문법도 있다. 이러한 질문 방식들은 대개의 경우 본조사를 마친 후에 정리하는 과정에서 미심쩍거나 의심 나는 것들을 되물을 때 많이 사용하게 된다. 다시 말해 확인조사 과정에서 주로 사용하는 방식이라 할 만하다. 그러나, 첫조사 때에도 간접질문법 틈틈이 섞어 사용하면 면담 분위기를 부드럽게 조성하는 데에도 도움이 되고, 다른 한편으로 단어의 개념과 용법 등을 분명히 밝히는 데에도 도움이 된다.

항목별 조사 요령

어휘 항목의 조사 때에는 위의 명명식 질문법이나 완결식 질문법을 주로 사용하면서 이야기식 질문법을 간간이 사용하면 큰 무리가 없이 조사가 잘 진척된다. 그러나, 음운이나 문법 현상과 관련된 항목 중에는 아무리 간접질문법으로 물으려 해도 그렇게 하기 어려운 것이 있고, 또 그러다가는 오히려 정확한 자료를 얻어내기 힘든 것들도 많다.

문법 현상과 관련된 항목의 조사를 효율적으로 하는 방안 중의 하나는 어휘 항목 조사 때에 이미 제보자로부터 얻은 자료를 활용하는 일이다. 제보자와 면담하는 과정에서 나온 각종의 문법 형태들을 추출하여 가나다 순으로 나열해 놓으면, 문법 항목 중의 상당수에 해당하는 방언형을 미리 캘 수 있기 때문이다. 따라서, 해당 문법 형태에 대해서 필요한 경우엔 건너뛰어도 무방하며, 이미 알아 놓은 방언형을 활용하여 묻게 되면 훨씬 더 효과적일 수 있다. 그러므로, 문법 항목에 대한 질문은 하루쯤 지난 뒤에 하거나, 집중적으로 묻는 시간을 따로 마련하는 것이 좋다.

음운 현상과 관련된 항목의 조사시에는 우선 최소대립어들에 유의할 필요가 있다. "이건 먹는 배이고, 저건 뭐라 합니까?"하면서 사진이나 그림으로 타고 다니는 배를 보이면서 질문한다거나, "'배(먹는 배)를 배(곱절)로 비싸게 샀어'라는 표현을 한번 해 보시죠?"라는 정도의 질문을 할 필요가 있다. 또한 발음할 때의 입 모양을 유심히 살펴 보는 일이 필수적임은 두 말할 나위 없다.

면담 장소와 숙식

제보자와의 면담을 어디에서 하는 것이 좋은가는 그때 그때의 환경에 따라 다르다. 동네에 찾아 들었을 때 제보자 후보들이 마을 정자나 노인정에 모여 있다면 자연히 그 곳을 방문하게 되고 거기서의 사전 점검을 마친 후 바로 그 자리에서 조사를 시작해도 좋을 것이다. 들에 일을 나간 경우는 그 들로 찾아가 일을 거들어 드리면서 조사를 진행해도 무방하다.

이상적인 장소 중의 하나는 역시 제보자의 집이라 할 수 있다. 제보자의 마음을 가장 편안하게 할 장소이기도 하고 여러 사람이 뒤섞여 소란스러워질 염려도 없기 때문이다. 제보자의 집이라면 사랑방이든 마루이든 마당이든 굳이 가릴 것이 없다. 다만 좀 오랜 시간을 계속적으로 조사하려면 방 안에서 하는 것이 가장 좋기는 하다.

하지만 주의할 점이 있다. 너무 이상만을 추구하여 좋은 장소에서만 조사를 하겠다는 생각은 버려야 한다. 제보자가 마당이나 부엌으로 가서 일을 하게 되면 그곳으로 따라가고, 이웃집에 나들이를 가면 또 그리로 따라가 틈틈이 조사를 계속하여야 함은 물론이다. 이처럼 환경을 바꾸면서 조사를 하는 것은 지루한 느낌도 덜고, 좀더 다양한 자료를 얻는 계기도 되어 그 나름의 장점도 있다. 하지만 조사 시간을 마냥 길게 잡을 수 없는 처지에서는 이런 방법은 신중히 고려하여 움직이는 것이 좋다.

마을회관에 모여 있는 노인분들을 제보자로 선정하여 그곳에서 면담할 때에는 대개의 경우 두어 가지 유념할 것이 있다. TV를 시청하거나, 또는 화투놀이를 하는 경우가 많기 때문이다. 노인분들인 까닭에 TV 소리가 다소 높은 편이라, 조사에 다소 불편한 환경이 되는 일이 흔하다. 또 화투놀이에 빠져 있는 분들을 방언 조사에 임하게 유도하는 일이 그리 쉬운 편이 아닌 점도 문제다. 상황에 따라, 그리고 때론 분위기를 바꾸고 관심을 불러 일으키는 일이 필요하다. 조사원의 능력 발휘랄까, 재치 있는 조처가 요청된다.

조사가 하루에 끝날 정도의 간략한 것이 아니라면 어디에서 자고 먹느냐의 문제도 생각해 두어야 한다. 조사 장소가 제보자의 집이라면 숙식도 그곳에서 하는 것이 좋다. 틈틈이 시간나는 대로 조사를 할 수 있고 좀더 쉽게 친숙해질 수 있어 보다 허물 없는 이야기를 나눌 수 있는 이점이 있기 때문이다.

그러나 제보자 집에서 숙식을 하는 것이 그들에게 '손님 접대'라는 부담을 주고 그 때문에 방언 조사 일을 지겨워한다면 이것은 큰일이다. 따라서 숙식 문제를 상의할 때는 제보자의 여러 가지 여건, 방의 여유, 생활 정도 등을 참작하여 무리가 없다면 가벼이 부탁하여 쾌히 승낙하면 제보자 집에서 숙식을 하는 길을 택하는 것이 무난하다. 제보자 집이 아니라면 같은 마을 안에서 마땅한 집을 구하는 방안도 있다.

근래에는 마을마다 회관이 설치 운영되고 있어 숙박 문제는 그다지 큰 어려움이 없다 하겠다. 이장(里長) 또는 회관 운영자에게 의뢰하면 된다. 회관에서 묵는 경우는 조사원들의 식사와 휴식 문제까지 해결할 수 있는 이점이 있다. 마땅히 묵을 장소가 없는 경우 마을에서 몇 km씩 떨어진 여관 신세를 져야 했던 예전의 상황을 돌이켜 보면 요즘엔 방언 조사 환경이 비교도 안 될 만큼 나아진 셈이다.

5) 통신조사

방언 조사에서 때로는 특정한 항목들을 제3자에게 의뢰하여 조사하게 하는 방법도
있다. 전국을 대상으로 하여 상당히 많은 조사지점을 한꺼번에 조사해야 한다든가,
후술할 사회언어학에서 많은 수의 제보자들로부터 답변을 받아야 한다든가 할 때 필
요한 방법이다. 대개의 경우 우편으로 질문지를 보내고, 다시 우편으로 조사 또는 답
변한 내용을 되돌려 받기 때문에 통신조사(通信調査)라 한다. 제보자들에게 질문지
를 나눠 주어 답변을 쓰게 한 후 회수하는 경우도 포함되므로, 통신조사는 말하자면
간접 조사에 속한다고 하겠다.

통신조사용 질문지 일명 통신질문지(postal questionnaire)는 남에게 어려운 부탁을
하는 것인 만큼 방대한 양의 조사항목을 포함시키기 곤란하다. 강원도 방언 중 어휘
항목에 대한 것을 조사하기 위한 통신질문지는 1차와 2차에 걸쳐 두 번 작성되었는
데, 둘을 합하여도 불과 120여 개 항목에 불과하였다.

통신조사 질문지의 회수율은, 특별한 어떤 계기나 동기 유발 장치를 두지 않는 한,
일반적으로 높지 않은 편이다. 입장을 바꾸어 생각해 보면 그럴 수 있으려니 생각되
기도 한다. 따라서 조사의 필요성과 의의 등을 충분히 설명하고 인식시킬 수 있도록
하는 방안을 잘 궁리할 필요가 있다. 통신조사라 하더라도 무조건 남에게 의뢰한다
기보다는, 조사자나 조사원이 직접 조사하는 과정에서 활용하거나 바로 그 자리에서
제보자들로부터 회수하는 방안이 더 나을 것이다. 조사지점이 많을 경우엔 이것이
통할 리 없지만 여하튼 회수율은 높이는 방안은 절대적으로 요청된다.

통신조사를 통해 회수된 질문지에 적힌 답변 내용을 잘 검토해 볼 필요성도 있다.
거의 대부분의 제보자는 성실히 답변하겠지만, 조사 배경과 의도를 잘 몰라서, 심지
어는 귀찮아서 사실과 다르게 답변하는 경우도 흔하기 때문이다. 회수된 질문지를
무조건 다 신뢰할 수 있는 자료로 이용하는 일은 되도록 삼가고 신중을 기하여야 할
것이다.

6) 자연발화의 채록

격식질문지에 의거한 일반적인 방언 조사는 아무래도 단순하고 지루하여 자연스
러운 발화 내용을 담기 어렵다는 단점이 있다. 따라서, 제대로의 지역 방언을 조사하
기 위해서는 방언 조사에 임한다는 의식 없이 일상에서의 자연스러운 말 즉, 자연발
화(自然發話) 자료를 대상으로 할 필요성이 대두된다.

자연발화를 채록하기 위한 방편 중의 하나는 조사자가 해당 지역에서 평소에 메모

장을 늘 휴대하고 다니다가 현지인들이 주고 받는 이야기 중에 나오는 형태 및 단어들을 그때 그때 적는 방법이 있다. 무척 더디고 답답한 방법이긴 하나, 다른 한편으로 대상 방언에 대해 정확하면서도 깊이 있는 성찰(省察)을 할 수 있는 장점이 있다. 학문(學問)에 왕도(王道)는 없다. 로마도 그렇고, 만리장성(萬里長城)도 하루 아침에 이루어진 것이 아님을 분명히 깨달아야 할 것이다. 이러한 목적을 위해서는 방언 조사 및 정리용 낱말카드가 유효하다.

　순수한 지역 방언이 잘 담겨 나오는 몇몇 발화 상황이 있다. 예를 들면, 전화를 주고 받을 때이다. 낯선 조사원 앞에서는 머뭇머뭇하고 어딘가 표준어에 이끌린 듯하던 제보자였건만, 전화를 받는 순간만큼은 언제 그랬냐는 듯이 지역 사투리가 완연한 경우가 흔하다. 비록 좀 상스러운 면은 있지만, 욕지거리를 하며 서로 다투고 싸우는 상황도 좋은 자연발화 환경이다. 말의 속도가 좀 빠르다는 것 이외엔, '오부데ˇ이 진떼ˇ이'(강릉말, 온통 진짜배기)라 할 만하다. 이런 상황들은 일부러 꾸며 만들 수 없다는 점이 못내 아쉽게 느껴진다.

　할아버지들 경우엔 군대 생활 이야기가 자연발화 상황을 도출해 낼 수 있는 좋은 이야기거리 중의 단연 으뜸이라 할 만하다. 여자들이 흔히 듣기 싫어한다는 군대 가서 축구한 이야기라면 더욱 안성마춤이라고나 할는지? 할머니들 경우엔 시집 갈 때랑 시집 가서 고생한 이야기면 충분하고도 남는다. 조사원이 여자라면 애기 낳을 때의 고통이랑 그 뒷이야기 등 숨겨진 이야기거리가 무궁무진할 법하다. 이런 자연스런 발화들을 녹음기에 담았다가 풀어내는 일이 앞서 언급한 격식을 갖춘 방언 조사 못지 않게 중요하며 또 유익한 것이 된다.

6.2. 방언 자료의 정리

1) 음성 전사

음성 전사란?

　제보자 입을 통하여 제공되는 방언 음성 자료를 일정한 형식의 기호로 기록하는 일을 가리켜 음성 전사(轉寫, transcription)라 한다. 음성 전사는 대체로 그 나라에서 쓰는 일반적인 표기 즉, 정서법(正書法)보다는 일정한 형식의 어떤 음성기호를 많이 사용하였다. 근래에는 IPA(Internationnal Phonetic Alphabet 국제음성기호)가 많이 쓰이는 편이다.

　그러나 나라와 사람에 따라서는 국제음성기호와 조금 다르게 사용하는 경우도 흔하다. 국어의 경우에는 'ㅑ, ㅛ, ㅠ' 등의 이중모음을 국제음성기호의 'ja, jo, ju' 대신 'ya, yo, yu'로 표기하는가 하면, 'ㅈ'을 〔ts〕나 〔ʧ〕 대신 〔c〕나 〔č〕를 채택해 쓰는 것이 그 예다. 된소리 'ㄲ, ㄸ, ㅃ'도 [k'], [t'] [p'] 로 적는 이가 있는가 하면, [k?], [t?], [p?] 를 더 즐겨 쓰는 사람도 있다. 여하튼, 음성기호는 그 나름대로 의 일관성만 지키면 어느 체계의 것을 써도 무방할 것이다.

한글에 의한 전사

한글은 훌륭한 음성기호라 할 수 있다. 따라서, 음성전사를 IPA와 같은 음성기호 로 하지 않고, 한글로 하여도 거의 비슷한 효과를 낼 수 있다. 바람 소리, 새와 닭 울음 소리, 개 짖는 소리라도 한글로 적을 수 있을 만큼 한글은 우수한 표음문자로 서 동시에 음성기호이다. 한글 자모로 표기할 수 없는 방언 음소(音素)란 거의 없 다. 다만, 'ㅐ'와 'ㅔ'의 대립이 없는 방언의 경우 양자를 대신하여 이를테면 /E/로 실 현되고, 'ㅓ'와 'ㅡ'의 대립이 없는 방언 역시 양자를 뭉뚱그리는 소리로 실현된다. 이 경우에는 그 소리를 한글 자모로 표기하기 어렵다. 그러나 음소(音素) 단위 이 상의 표기를 하게 되면, 이 경우 'ㅐ'나 'ㅔ' 중 어느 하나로 또는 'ㅓ'와 'ㅡ' 중의 어 느 하나로 적어 나가면 충분하다. 그리고 다른 방언과의 비교를 위해 필요하다면, 이들 모음 글자에 어떤 기호를 덧붙여 구별해 두는 일만으로 충분할 것이다.

음성 차원의 한글 전사

한글로 전사하는 경우 음성(音聲) 차원의 표기에서는 몇 가지 보충할 필요가 있 다. 예컨대, 이중모음 [ji]를 표기할 글자가 현재 없는 것이 그 한 예다. 훈민정음에 서 이 음성 표기를 위해 만들어 놓았던 'ㅢ' 자를 다시 살려 쓰거나, 'ᆜ'를 쓰거나, 아니면 'ㅡ'에 어떤 부호를 달거나 새 글자를 만들어 써야 할 것이다. 이중모음 [ji] 의 표기는 대체로 'ᆜ'로 하고 있다. 폐쇄음의 평음 'ㄱ, ㄷ, ㅂ'의 두 가지 음성 즉, 무성음 'k, t, p'와 유성음 'g, d, b'의 구별을 위해서는 예컨대 무성음은 'ㄱ, ㄷ, ㅂ' 을 그대로 사용하고, 그 대신 유성음은 'ㄱ, ㄷ, ㅂ' 글자 위에 "와 같은 기호를 덧 붙임으로써 구별하여 적으면 될 것이다.

영동방언의 한글 전사

영동방언을 한글로 음성 전사할 경우엔 다음과 같은 사항에 유의하면 된다. 첫째, 영동방언에는 'ㅚ, ㅟ'가 단모음으로 실현되므로 글자를 그대로 쓰되, 'wi'와 같은 이 중모음 소리에 대해서만 별도의 표지를 붙이거나 표시해 두면 된다. 둘째, 비모음(鼻 母音)들은 앞서 언급한 바와 같이 '어머ᶦ이, 소ᶦ아지, 호메ᶦ이'와 같이 적으면 될 것이 다. 셋째, 장단과 고저는 각각 ':'와 ''를 이용하여 적을 수 있다.

한글 전사의 유의점

한글 자모에 의한 음성 전사는 쉽게 현행 맞춤법으로 전환될 수 있다는 장점도 가진다. 조사자의 관심이 어휘이거나 문법적인 것이라면 '바테서, 바튼'보다는 '밭에서, 밭은'이 더 적절하고 부합되는 표기라 하겠다. 다만, 이와 같은 맞춤법식 전사는 실제 발음을 바로 못 듣고 무의식중에 맞춤법에 이끌릴 위험이 있을 수 있으므로 유의해야 한다. 가령 '덮개'의 실제 발음은 '덕개'였는데 이를 맞춤법에 이끌려 '덮개'로 잘못 표기할 가능성이 있기 때문이다.

2) 방언의 기록

방언의 기록

면접을 통하여 제보자로부터 얻은 방언 자료를 어떻게 기록할 것인가를 살펴 보자. 기록 방법으로는 우선 문자 기록 방법과 음성 기록 방법으로 나누어 볼 수 있다. 문자 기록 방법은 음성을 전사(轉寫)하여 방언 조사용 노트 등에 적는 것을 가리키고, 음성 기록 방법은 녹음기와 같은 기계를 이용하여 그 자료를 전부 음성 형태로 수록하는 것을 가리킨다. 요즘엔 캠코더를 이용하여 영상 형태를 음성 형태와 겸하여 기록하기도 한다. 결국 방언의 기록 방법은 위 방법 중의 어느 하나 또는 두 가지 이상을 병행하는 것이다.

음성 전사의 기록

음성 전사한 내용을 노트 등에 적을 때 일정한 형식이 따로 있는 것은 아니다. 대체로 조사항목의 질문에 대한 반응형을 적는 난(欄)과 함께, 방언 조사 중 우발적으로 얻는 자료를 참고 삼아 적을 수 있는 난을 마련하는 정도다. 이 난은 한 면(面)을 반으로 갈라 마련할 수도 있고, 오른쪽 면 전부를 쓸 수도 있다.

기록을 위해 미리 인쇄된 양식을 이용하기도 한다. 양식 중에는 어느 면 어느 행에 어떤 조사항목이 오는 것이 통일되도록 된 것도 있고, 그렇지 않고 칸만 쳐 있고 해당 항목의 번호를 그때그때 써 놓고 해당 방언형을 적어 넣도록 된 것도 있다. 자료의 양이 많을 때 주어진 칸에 구애를 받지 않는 점에서는 후자가 낫겠고, 나중에 자료 정리를 할 때는 전자가 나을 것이다. 방언조사의 성격에 따라 알맞은 형태를 택하여 쓰도록 한다.

음성 형태의 기록

방언은 음성언어인 까닭에 방언 자료를 음성 형태로 기록하는 매우 중요하다. 지나가는 말을 받아 적는 일은 아무래도 완벽을 기하기 어렵기 때문에 나중에 녹음된 것을 다시 들으면서 누락되었던 부분이나 잘못 기록된 부분을 수정 보완하는 일은 녹음기에 의존할 수밖에 없다. 음성 자료의 보존 및 전승을 위해서도 녹음을 하는 일은 필수적이다. 녹음기의 필요성은 나중에 녹음기를 들었을 때 조사 때 관심의 대상이 아니었던 자료가 많이 발견된다는 데에서도 연유한다. 조사할 때는 질문지에 준비되었던 항목에 대한 응답에만 관심이 집중되어 그 이외의 부수적으로 흘러나오는 자료에는 미처 관심을 돌릴 겨를이 없기 때문이다. 특히 활용어미와 같은 문법 요소와, 음장 억양 등의 운율적 요소를 생생하게 보존하는 것은 녹음기의 큰 자랑이라 하겠다.

방언 자료를 그때그때 노트에 필기하지 않고 녹음기에 의존하는 경우에 몇 가지 우려되는 점이 있다. 음성에 따라서는 녹음기만 듣고서는 정확히 전사하기 어려운 것이 있을 수 있기 때문이다. 이는 녹음기를 들으면서 발음하는 사람의 입모습을 직접 볼 수 없다는 점이 그렇다. 근자엔 캠코더를 이용함으로 말미암아 이런 단점을 극복할 수 있게 되었다. 그러나, 가장 좋은 기계는 일차적으로 사람의 귀와 눈이요 또 손이라는 점을 명심해야 할 것이다. 현장에서 조사된 방언 자료는 바로 그 자리에서 귀와 눈을 통해 확인하고 손을 빌려 노트에 기록해 두는 일이 무엇보다도 필요한 일이라 하겠다.

녹음기를 과신하여 녹음 내용을 며칠이고 묵혔다가 나중에 듣는 것도 경계해야 할 일이다. 사람의 기억력은 기억 직후 급격히 떨어지는 성향(性向)이 있다. 따라서 시간이 지나면 지날수록 기억이 희미해지기 마련이다. 제보자의 성함, 주소 등을 함께 녹음해 놓지 않았거나 따로 기록해 두지 않았을 경우라면 성함조차 잊어버리기 일쑤다. 따라서, 녹음한 내용은 바로 그 즉석에서 되돌려 확인하고 듣는 일이 가장 이상적이며, 늦어도 이틀을 넘기지 않는 시점에서 녹음한 내용을 되돌려 보아야 할 것이다.

3) 방언 자료의 정리

현지에서 조사된 방언 자료들은 몇 단계의 정리 과정을 밟게 된다. 이 단계는 정리자가 조사원 스스로인가 제3자인가에 따라 얼마간 달라질 수 있다.

자료의 정확성 확인

방언 자료 정리의 첫 단계는 조사 노트에 기록된 방언형들이 과연 구하고자 하는 것을 정확히 바로 기록하였는가를 검토 확인하는 일일 것이다. 급히 받아쓰느라 글자 자체가 불분명한 것도 있고 한두 자(字) 빠뜨리는 수도 있을 것이다. 기억을 되살려, 또는 녹음된 것을 다시 들으면서 이러한 것들을 바로 정리하여야 한다. 이 일은 현지에서 면담 사이사이에 틈나는 대로 그때그때 해 두는 것이 가장 좋으나, 여의치 못하면 돌아와서라도 시일이 오래 경과하지 않았을 때 해 두는 것이 좋다.

받아쓰기는 정확히 하였어도 제보자가 이쪽 질문을 잘못 이해하여 엉뚱한 어형을 답한 것도 그대로 받아쓴 경우가 있다. 이것을 바로잡는 일도 이 단계에서 해 두는 것이 좋다. 이 잘못은 그리 쉽게 발견되지 않는다는 어려움이 있다. 이웃 지역들을 마저 조사하고 나서 그 지역들의 방언형을 비교하다보면 한 지역에서만 동떨어진 어형이 나타나는 수가 있다. 그러면 그것에 의해서 잘못 채집된 방언형을 발견하게 되는데, 이것은 비교적 흔한 일이다. 하지만 조사 경험이 쌓이고 방언에 대한 지식이 커지면 잘못된 어형의 발견은 일찍 이루어질 수도 있다. 어떻든 이런 유(類)의 오류를 수정하는 일도 자료 정리의 일단계 작업으로 중요성을 가진다.

자료의 동질성(同質性) 점검

음성 전사 기호, 보조기호 등이 일관성 있게 사용되었는지, 전사의 정밀도(精密度)가 비슷하게 지켜졌는지, 의미차를 밝히는 정도가 비슷한 수준으로 되어 있는지 등이 주된 검토 대상이 된다. 조사원이 여럿일 때는 그 중의 한둘이 또는 제3자가 자료 정리의 일을 맡아야 한다. 이 때는 여러 조사원 사이에서 생길 개인차를 최소한으로 줄이는 일이 하나 더 생기게 된다. 미리 통일된 방법에 의해 조사하고 기록하도록 훈련을 받고 방언조사에 임하였지만 결과에 따라 통일되지 못한 부분들이 생기기 마련이다. 조사원이 하나인 경우에도 오랜 기간 동안 조사를 실시하였다면 역시 통일 작업이 필요할 수도 있다. 아무리 혼자이지만 늘 한 가지 통일된 방법으로 일관성 있게 방언조사를 하였으리라는 보장은 없기 때문이다.

방언 카드를 이용한 정리

조사 노트에 기록된 자료들은 이용의 편리를 위해 다시 카드에 옮겨 적게 되는 수가 많다. 이것이 자료 정리의 2단계라 할 수 있다. 조사 노트는 한 지점의 자료만을 수록하도록 되어 있는 것이 일반적이다. 만일 그 지점의 방언 자료만으로 어떤 연구를 하려 한다면 그것들을 굳이 카드에 옮길 필요는 없을지 모른다. 그러나 만일 몇 지점의 방언들을 비교하려면 한 항목의 방언형들이 한자리에 모이도록 재정리하는 일이 필요하게 된다.

방언 카드의 종류

방언 자료를 정리하는 카드에는 여러 종류가 있다. 사용 목적에 따라 다양하게 만들어지기 때문이다. 우선 낱말카드 형식으로 된 것이 있다. 이것은 일정한 양식이 정해져 있는 것이 아니라, 종전의 도서관 목록함에 들어있던 것과 같은 크기의 종이를 그대로 이용하는 것이다. 대체로 한 단어 또는 형태별로 따로 카드에 적어 놓았다가 나중에 자모순으로 정리를 하는 것이다. 낱말카드는 어느 한 지역의 방언 자료를 오

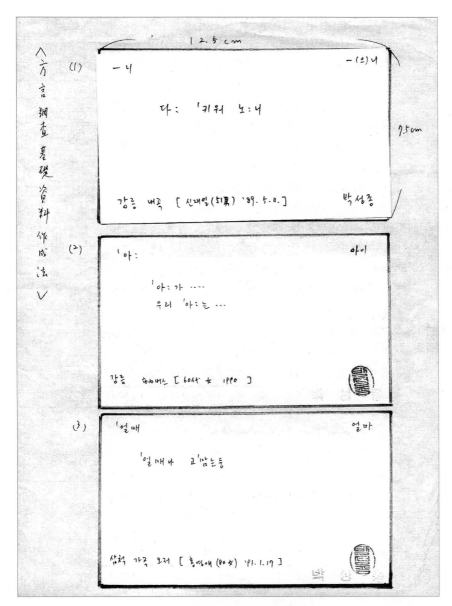

<그림 6-1> 방언 카드(낱말 카드)의 예

랜 기간에 걸쳐 수시로 채집해 두었다가 후에 자료집이나 사전을 만들 때 유용하게
쓸 수 있는 기초적인 성격의 것이라 할 수 있다.

조사 노트에 먹지를 뒤에 대어 복사하여 쓰게 만든 것 중에, 하나는 지점별로 보관
하고 또 다른 하나는 각 항목이 한 장의 카드가 되도록 한 것이 있다. 그런가 하면,

칸을 미리 쳐서 그것을 오리면 카드가 되도록 만들어 노트를 그대로 사용할 수 있게 만들 수도 있다. 조사노트를 그대로 사용할 경우 카드에는 두 가지 번호가 사용된다. 하나는 각 항목의 고유번호이다. 제2권의 32번째 항목이면 2·32(또는 Ⅱ·32)와 같은 번호를 매긴다. 그리고 나머지 하나는 각 조사지점의 고유번호이다. 이 번호도 대개 그 구역을 대표하는 번호와 그 구역 안에서 어떤 조사지점을 대표하는 번호로 이루어지는 이원적(二元的)인 번호가 된다. 예를 들어 강원도의 번호가 5번이고 그 중 강릉이 2번이라면 5·2(또는 5-2)와 같은 번호가 그것이다. 카드를 정리할 때나 이용할 때 이 번호를 찾으면 편리하다. 카드를 별도로 만들어야 하는 경우는 위와 같은 방식으로 만들 수도 있고 한 카드에 칸을 몇 개 만들어 몇 지점의 방언형을 함께 적도록 하는 방식을 취할 수도 있다.

방언 카드 중에는 방언 지도 작성을 겨냥하여 만든 것도 있다. 예컨대, 강원도 행정구획도를 A4 용지 정도의 크기로 미리 인쇄하여 카드를 만든다. 그런 다음 그 카드에다가 조사된 어형을 직접 기재해 넣거나 일정한 기호로 표시하여 구분하거나 하는 방식으로 기재해 나간다. 결국 이 카드 한 장 한 장이 곧 방언지도가 되는 셈이다.

카드 작성시의 유의점

방언 자료를 카드에 새로이 옮길 때에는 조사노트에 있는 정보 중 유익한 것은 가능한 충실히 옮기도록 한다. 지금은 잘 쓰이지 않는 고형(古形)이라든가, 아니면 최근에 와서 활발히 쓰이기 시작한 개신형(改新形)이라든가, 대상이 없어 이름도 아예 없다든가, 어떤 어형이 쓰이지만 그 의미가 어떻게 한정되어 있다든가 등의 정보는 모두 중요한 것들이므로 카드에 이런 것들을 명기해 두는 일은 반드시 필요하다.

카드 정리는 그 내용이 바로 방언 자료집의 원고이면서 또한 방언 지도로 옮겨지게 되는 기본 자료가 된다. 방언 자료를 모아 책으로 간행하는 경우엔 일반적으로 자료집으로 간행하는 일과 지도로 간행하는 일의 두 가지가 된다.

【 익힘 문제 】

1. 방언 조사 방법이 다른 분야에서의 조사 방법들과 어떤 점에서 같고, 어떤 점에서 다른지 대비하여 보자.
2. 영동방언에 대하여 조사한 내용들을 소략하나마 방언지도 형태로 만들어 보자. (부록으로 수록한 일람표를 이용하여도 됨.)

제7장
사회방언

〈그림 7〉 가족 나들이

제7장 사회방언

7.1. 사회방언의 변인

　지역적인 거리차가 아니라 사회의 여러 가지 조건에 따라 언어가 서로 다른 모습을 보이는 경우를 사회방언이라 한다. 이것은 하나의 언어공동체 속에서 일어날 수 있는 다양한 언어의 변종들이 사회적인 여러 요인에 의해 일어나는 것을 가리키는 현상으로서, 이러한 언어분화를 가능하게 하는 사회적인 요인 및 변수로는 계급(또는 계층)과 연령, 성별과 종교, 인종 등이 있다.

　사회계급에 의한 언어 변화로는 인도의 카스트 방언을 대표로 꼽을 수 있다. 인도의 카스트 제도는 그 구분이 워낙 엄격하여 카스트 사이의 이동이 거의 허락되지 않음은 물론이고 언어생활 또한 다른 카스트와 섞여 사용하는 일이 거의 없다. 이에 따라서 실제로 카스트간의 방언 차이는 지역방언의 차이보다 더욱 크게 나타난다. 영국에서도 상류계급과 비상류계급 사이에 언어 차이가 나타나고 있음이 확인되었고, 우리나라 역시 안동 지방의 양반과 상민 후손들의 언어 간에는 친족을 호칭하는 말 등에서 몇 가지 차이가 있는 것이 확인되었다.

　연령에 따른 언어 차이 역시 사회방언에서 중요시된다. 이것은 노년층과 장년층, 청소년층 사이에서 발생하는 언어적인 차이를 살피는 것으로써 시간에 따라 언어 변화가 어떻게 진행되는가를 확인할 수 있는 좋은 사례가 되기도 한다.

　성별도 사회적인 언어 변수로 충분한 자격을 부여받고 있는데, 이것은 남녀의 사회적 역할이 언어에 변수로 작용되어 한 성에만 한정되어 쓰이는 어휘가 있는 반면 성별에 따라 달리 선택하여 사용하는 언어가 있기 때문이다.

　이외에도 언어를 변화시키는 사회적인 요인으로 종교를 들 수 있다. 인도에서의 힌두교와 회교간의 언어차가 대표적인 예이다. 하지만 종교가 다름에 따라 나타나는 언어차는 다른 사회적인 요인에서 볼 수 있는 다양한 형태의 차이를 기대하기는 어렵다. 다만 그와 관련된 몇몇 어휘의 차이가 있는 정도다.

　사회적인 배경이 동일한 한 공동체 속에서도 인종이 다름에 따라서 언어분화가 일어날 수 있는데 이는 미국에서의 백인과 흑인 사이의 언어차가 대표적인 예이다. 캐나다에서도 영어를 사용하는 국민과 불어를 사용하는 국민 사이의 언어차를 볼 수 있고, 아프리카 Ghana의 Accra지방의 경우 교외에 무려 80여 인종이 각기 다른 말을 사용하는 것과 같은 대단한 언어차이도 볼 수 있다. 이 외에도 유고슬라비아의 Sarajevo에서는 세 종족이 같은 언어를 사용하는데 이들 간에는 오랫동안 지속되어 오는 언어차이가 있어 그 말만 듣고도 어느 종족에 속하는지를 구별해 낼 수 있다고 한다.

7.2. 세대차와 언어 변화

세대차와 언어 변화

사람들은 나이에 따라 거기에 어울리는 적절한 행동을 하게 되고 언어의 사용 또한 그러하다. 요즘 들어 흔히 유행하는 말 중에 '물론이다'와 비슷한 뜻을 가진 '당근이다'라는 말이 자주 쓰인다. 이 말의 경우 10대의 청소년층이 사용하는 경우에는 자연스럽지만 50대의 장년층이 사용한다면 아주 부자연스러운 말이 되고 만다. 또한 남편을 부르는 부인의 말로 20대와 30대의 경우에는 '자기야'가 쉽게 통용되지만 50대 이상 노년층의 경우는 전혀 그렇지 못하다. 그 반대로 '여보'나 '당신'의 경우 50대 이상 노년층에서는 아주 자연스러운 호칭이 되고 20대와 30대에서는 다소 부자연스러운 호칭으로 인식되고 있다. 세대차에 따른 언어 변화 현상이란 이와 같이 세대나 연령층에 따라 각기 다르게 나타나는 언어 현상을 말한다. 나이에 맞는 적절한 언어 형식을 골라 써야 함을 생각해 보면 연령이라는 변수에 따라 언어 변화가 일어날 수 있음을 기대하기가 그리 어려운 것은 아니다.

세대간 언어분화 현상은 우리들의 주거 생활이 바뀜에 따라서도 일어날 수 있다. 할아버지 세대에서는 대부분이 기와지붕이나 초가지붕 형태의 가옥에서 살았다. 그것은 요즘 젊은 세대의 아파트 주거 문화와는 많이 다른 형태임이 분명하다. 따라서 노년층에서는 '부엌', '변소'라고 하는 말을 청소년층에서는 각각 '주방', '화장실'이라고 할 것이고, '베란다', '응접실' '씽크대'와 같은 말들은 노년층에서는 쉽게 이해할 수 없는 말들이 되기도 한다. 또한 노년층에서는 '캠코더'나 '컴퓨터'와 같은 새로운 사물의 이름들에 대하여 젊은 세대만큼 밝지 못한 것도 사실이다. 이에 반해 '뒤껼', '뜨럭' 같은 어휘들은 청소년층에서 쉽게 이해하기 어려운 말들이 되는 것이다. 언어의 세대차는 일차적으로 이러한 사물의 변화에서 비롯되는 현상이라고 할 수 있다.

세대차에 따른 언어분화 분석 방법론

어떤 이유에서건 한 세대가 바뀌면 언어도 어느 정도 변화를 가지게 마련이다. 젊은 세대일수록 개신형(innovative form)을 많이 쓰고, 이러한 개신형이 자리를 잡으면 또한 전 세대와 언어차가 생기고, 그렇게 되면 언어변화는 더욱 크게 일어난다. 결국 연령(세대)간의 언어차는 언어변화의 진행상이라고 봄이 좋을 듯싶다. 이러한 모든 사실로 보아 연령차(세대차)는 언어를 변화시킬 수 있는 사회적인 요인의 하나로 간주될 수 있는 충분한 조건이 된다. 이러한 여러 연령층의 언어현상을 관찰하는 것은 다음과 같은 방법론으로 가능해진다.

우선 두 시대를 비교, 검토하는 방법이다. 이는 어떤 특정 지역의 언어를 조사 연구하고서, 10년이나 20년 혹 30년이 지난 다음에 동일한 지역에서, 이전의 제보자와 유사한 조건의 제보자를 찾아 동일한 질문 내용으로 다시 한번 더 확인해 보는 방법이다. 이러한 방법을 실제 시간(real time)에 의한 연구 방법이라고 하는데, 이것은 언어의 변화를 확실하게 관찰할 수 있는 가장 좋은 방법론이 될 수 있다. 하지만 이 방법은 현재 진행 중인 언어변화를 발견하기 위하여 너무 오랜 기간을 소비한다는 단점이 있다.

이와 달리 어느 한 시기에 두 다른 연령 집단의 언어를 비교함으로써 그 변화를 확인하고자 하는 방법으로 현장시간 방법(apparent-time method)이 있다. 이는 한 시기의 두 다른 세대가 실제 시간을 반영해 준다는 개념으로 하나의 고정된 표본집단에다가 다른 비교 집단을 설정하여 두 집단을 비교 검토하는 방법론이다. 여기서도 방법론의 단점은 있다. 흔히 세대차에 따른 언어 차이를 곧바로 언어 변화로 오인하는 것이 그것이다.

영동지역 주민의 세대차에 따른 사투리 사용 정도

영동방언에서 세대가 다름에 따라 나타날 수 있는 어휘 사용, 즉 사투리 사용 정도를 강릉지역을 대상으로 조사한 결과는 〈표 6〉과 같다. 조사어휘는 지역방언의 순수

세대구분 \ 항목	노년층			장년층			청소년층		
	쓴다	쓰지 않지만 뜻을 안다	모른다	쓴다	쓰지 않지만 뜻을 안다	모른다	쓴다	쓰지 않지만 뜻을 안다	모른다
① 새:째	68	14	18	41	21	38	7	10	83
② 건추	76	19	5	57	15	28	5	6	89
③ 뺌짱우	36	20	24	22	13	45	0	3	95
④ 꽤(과일)	67	27	6	70	21	9	18	20	62
⑤ 웅굴	43	25	32	40	16	31	0	11	89
⑥ 소금젱이	69	30	1	48	27	7	34	23	43
⑦ 춘천이여	4	42	54	9	24	48	1	4	95
⑧ 불기	71	4	25	35	15	30	4	4	92
⑨ 또바리	55	33	12	53	19	9	2	10	89
⑩ 풀미풀미	5	25	70	8	14	60	0	0	100
⑪ 사마구	67	33	0	56	18	7	45	43	12
⑫ 아재	58	42	0	50	26	4	18	50	32
평균실현율	78			60			27		

〈표 6〉 항목별 공통어휘 실현 정도(%)

한 모습을 간직한 노년층의 말이 기본이 된다.

위 내용에 대한 노년층의 어휘 사용 정도는 장년층이나 청소년층에 비해 그 쓰임의 정도가 높은 것으로 나타난다. 특히 왕겨를 '새:째'라고 하거나, 시래기를 '건추', 잠자리를 '소금쟁이', 상추를 '불기', 버마재비를 '사마구', 또아리를 '또바리'라고 하는 것 등의 어휘가 그러하다. 그러나 '춘천이여'나 '풀미풀미'와 같은 어휘는 그 반대의 현상을 나타낸다.

'춘천이여'는 그네를 뛰면서 높이 오를 때 흥에 겨워 내는 소리이다. 이는 이제 그 놀이 자체가 사라져 가고 없는 형편이고 보면 노년층에서조차 그 소리의 뜻을 쉽게 인지하지 못함은 당연하다고 본다. '풀미풀미'도 또한 이와 같다. 이것은 갓난아기를 세워 붙잡고 좌우로 흔들면서 내는 소리인데 현대 사회에서 아기를 키우는 대상과 방법이 바뀌어 이제 이 말을 듣기는 매우 어렵게 되었다. 우리의 생활 속에서 함께 했던 이 단어들이 대체어도 남기지 않고 사라져 감은 매우 안타까운 일이다. 이들 단어에 대하여 청소년층에서는 단 한 명도 '안다'는 응답이 없었다.

장년층의 경우 사투리 사용 정도는 노년층보다는 낮은 것으로 나타난다. 이 세대에서는 '쓰지 않지만 무슨 뜻인지 안다'는 응답이 많은 것으로 나타나는데 이를 알고 있는 것으로 간주하여 처리한다면 노년층과 크게 달라지지 않는다. 이는 장년층의 어휘 사용이 노년층과 같은 추세로 변해가고 있다는 것을 알게 한다. 그런데 청소년층에서는 모든 어휘의 쓰임 정도가 심각할 정도로 낮게 나타난다. 이것은 이들 세대의 교육환경이 절대적인 영향을 끼친 것이라 간단히 이해하기로 한다.

지역적으로는 다소의 차이를 가지고 있으나, 영동방언의 언어적 특징을 간직하고 있는 어휘들에 대하여도 그 쓰임의 정도를 살펴보면 그 결과는 대략 비슷하게 나타난다. 이들 어휘는 주로 의·식·주와 동·식물에 관련된 것들로 우리 주변에서 쉽게 찾을 수 있는 것들인데, 조사에 사용된 어휘는 〈표 7〉과 같다.

조사 결과 주변에서 자주 들을 수 있는 '누룽지'나 '멍게', '성냥', '진달래꽃'과 같은 단어는 높은 비율로 전 세대에 걸쳐 본인이 직접 사용하고 있는 것으로 나타난다. 하지만 '덫'이나 '청미래덩굴', '수수', '옆마당', '사랑방', '낙수물'과 같은 단어는 거의 쓰지 않는다는 응답이 대부분이다. 이것은 이들 단어를 써야하는 환경이 전혀 설정되어 있지 않은 것에 기인한 결과라 할 수 있다. 이 단어들은 노년층에서부터 그 소멸의 징조가 보인다. 이들 단어의 쓰임이 특히 낮게 나타나는 것에 대하여는 우리들의 일상과 의·식·주를 연계하여 생각하면 쉽게 그 이유를 찾을 수 있다.

현대인들의 생활에서 가장 빠르게 변화되고 있는 것은 무엇보다도 주거에 관한 것일 테다. 이는 기존의 단독집, 특히 기와집이나 초가집은 대부분 아파트로 바뀌고, 혹간 단독집을 짓는다 해도 대부분 양옥집이고 보면 '옆마당'이나 '사랑방' '낙숫물'과 같은 단어를 생각해 내지 못함은 너무도 당연하다.

번호	표준어	방언		
		양양	강릉	삼척
1	누룽지	소쩽이	소꼴기/소데끼/소디끼	소디끼
2	멍게	명우/행우	명우/행우	행우
3	간장	지렁물	지렁	지렁
4	성냥	다황	다황	다황
5	덫	옹노	옹노/창애	홍노(옹노)/창애
6	노루	놀겡이	놀겡이	놀겡이
7	까치	까쳉이	까쳉이	까치
8	모기	모겡이	모겡이	모겡이
9	솔가리	검불	소갈비	갈비
10	관솔	소쩽이/소까지	소쩽이	소쩽이/소까지
11	청미래덩굴	퉁갈나무	땀바구	깜바구
12	진달래 꽃	참꽃/창꽃	참꽃/창꽃	창꽃
13	수수	수수/쉬시	쉬쉬/쉬시	대끼지
14	사과	사꽤(개)	사꽤(개)	사꽤(개)
15	복숭아	복상	복상(쌍)	복쌍
16	오디	뽕오두	뽕오두/오두	오두
17	도토리	구람	구람/꿀밤/속소리	굴밤
18	냉이	나셍이	나셍이	나셍이
19	기와집	재:집	재:집	재:집
20	초가집	지풀집	지풀집/초개집	지풀집
21	옆마당	사랑머치	동쪽(부엌)-아룻짝/아랫짝 서쪽(굴뚝쪽)-굴뚝모탱이	굴뚝쪽-굴뚝모탱이
22	뒷마당	댄/뒤란	댄	댄
23	안방	구둘	구둘	구둘
24	사랑방	상방	상방	사랑방
25	화장실	정낭	정낭	뒷간/정낭
26	부엌	정지/벅	정지/버강지/벅	정지/벅
27	선반	실경	실경	실광
28	낙숫물	지시랑물	지시랑물	지시랑물

〈표 7〉 지역별 어휘 구분

7.3. 사회계층과 언어 변화

사회계층과 언어 변화

언어분화에 영향을 미치는 사회현상은 여러 가지가 있다. 그 중에서도 사회계층(social stratification)은 사회언어학자들에게 가장 많은 관심거리를 제공한다.

사람들은 그들이 속해 있는 사회에서 자연히 어떤 지위를 부여받게 된다. 태어날 때부터 조상들에게 물려받은 신분적인 지위나 사회적인 활동의 결과로 얻게 되는 위계가 그것이다. 이러한 사회계층의 양상은 어느 사회에서나 반드시 생기는 것도 아니고 그 구분 역시 쉽지가 않다. 물론 인도의 카스트와 같이 그 구분이 엄격하면서 각 등급에 이름까지 붙어 있는 경우는 제외된다고 할 수 있다. 그러므로 대부분의 경우는 직업을 기준으로 나누고 있다. 고급 전문직, 대기업의 대표직, 반전문직, 기술직 및 노동직 등이 그것이다. 학력을 기준으로 나누는 경우도 있다. 대학원 출신, 대학 출신, 고등학교 출신, 중학교 출신, 무학 등. 이 밖에도 수입의 정도와 거주지 및 주택의 양식에 따라 나누기도 한다.

이상의 모든 것을 종합적으로 기준 삼는 경우도 있고, 그 각각을 비중을 달리 하여 기준으로 하는 경우도 있다. 하지만 보통은 4~5개 정도로 분류하여 어느 한 가지 기준에 의존하기보다는 몇 가지 기준을 종합적으로 적용하는 것이 더 일반적이고 타당성을 가지는 것이라 할 수 있다.

언어가 사회계층에 따라 모습을 달리한다고 하는 것은 인도의 카스트처럼 계층에 따라 완전히 다른 어형을 사용하는 경우를 말할 수도 있겠지만, 서구 사회를 비롯한 일반 사회에서의 경우처럼 어떤 언어 어형이 어느 사회계층의 특유한 어형인 것이 아니라 어느 계층에서 어떤 어형을 통계적으로 더 높은 비율로 쓰고 있는지를 말하는 경우라 할 수 있다.

분석 방법론

계층에 관한 언어변화를 확인하기 위한 방법으로는 계량분석(quantitative analysis)과 언어변수를 살필 수 있다. 계량분석은 어떤 언어 현상이 어떤 계층의 언어라고 결정짓는 것이 아니라 이 어형이 어떤 계층에서는 몇 %를 차지하고 어떤 계층에서는 몇 %를 차지하는지 정도를 비율로 나타냄으로써 어느 쪽에서 더 높은 비율로 사용하는지 그 정도를 밝혀내는 것이다. 계량분석과 아울러 언어변수(linguistic variable)도 연구에 주요한 특징의 하나가 될 수 있다.

언어변수들이 사회계층에 따라 어떤 변이 양상을 보이는지 구체적으로 살펴본 것으로는 Labov(1966, 1972)의 연구가 대표적이라 할 수 있다. Labov는 사회계층과 상관관계를 가지는 언어변수의 하나로 [ŋ]과 [ɾ]의 표준발음을 조사 비교하였는데, 그 결과 상위계층으로 갈수록 표준형의 실현율이 높고, 하위 계급으로 갈수록 비표준형의 실현율이 높게 나타난다는 사실을 밝혔다. 이와 같이 언어변수가 사회계층에 따라 그 분포를 달리하는 현상은 여러 곳에서 광범위하게 발견된다.

언어가 사회계층과 상관관계를 보이고 있음은 언어변수의 질에 따라서도 나타날 수 있다. 이것은 발화에 사용된 언어변수가 화자의 사회적 지위를 판단하는 일에 기여하는지 못 하는지에 따라 구분되는데, 이것에 대해 Labov는 사회지시소(social indicator)와 사회표지(social marker), 사회통념형(social stereotype) 등 세 가지로 나누어 살펴보았다. 사회지시소란 언어변수이기는 하지만 그 변이에 대하여 언중이 의식하지 못하는 것, 예컨대 국어의 '어'가 장음으로 발음될 때와 단음으로 발음될 때 그 각각의 의미가 다름에도 불구하고 화자들은 이 두 발음을 구별하여 사용하지 못한다. 사회표지란 딱히 무엇이라 꼬집어 낼 수는 없지만 언어변수임을 언중이 알아차리는 것, 예컨대 fishing, working을 발음할 때 표준발음 [ŋ]과 비표준발음 [n]과 같은 언어변수를 말한다. 사회통념형이란 통념적으로 쉽게 인식될 수 있는 것, 예컨대 충청도 방언의 특징으로 '…유', 경상도 방언의 특징으로 '머라카노' 와 같은 언어변수를 말한다.

영동지역 주민의 사회계층에 따른 사투리 사용 정도

직업이 다름에 따라 일어날 수 있는 어휘 변화를 살펴보면 다음과 같다. 여기서 직업은 공무원과 상업, 농업과 어업으로 구분하여 그 집단 안에서의 사투리(어휘) 사용 정도를 확인하기로 한다. (조사 어휘는 7.2.의 〈표 6〉 참조)

항목 \ 직업별	공무원			상업			농업			어업		
	쓴다	쓰지 않지만 뜻을 안다	모른다	쓴다	쓰지 않지만 뜻을 안다	모른다	쓴다	쓰지 않지만 뜻을 안다	모른다	쓴다	쓰지 않지만 뜻을 안다	모른다
① 새:째	42	16	42	39	20	41	49	19	26	50	17	31
② 건추	55	17	28	53	11	36	63	23	14	50	17	33
③ 뺌짱우	22	23	55	39	30	31	42	24	34	42	9	49
④ 꽤(오얏)	74	18	8	71	28	1	66	15	7	84	9	7
⑤ 웅굴	47	21	32	42	23	35	74	19	7	34	17	49
⑥ 소금젱이	55	35	10	58	33	10	76	23	1	75	25	0
⑦ 추천이여	9	21	70	26	26	48	10	40	50	9	17	74
⑧ 불기	20	14	51	44	25	31	46	33	21	34	17	49
⑨ 또바리	43	28	19	69	15	16	59	24	17	42	17	41
⑩ 풀미풀미	6	17	77	9	18	74	11	22	67	0	17	83
⑪ 사마구	68	24	8	66	23	11	85	15	0	84	16	0
⑫ 아재	51	29	20	60	27	13	77	18	6	67	9	24
평균실현율	63			72			78			64		

〈표 8〉 직업별 공통어휘 실현 정도(%)

앞에서 밝혔듯이 이 논의에 조사 대상이 된 어휘는 모두 이 방언 화자들이 동일한 의미를 가지고 공통적으로 쓰고 있는 것이다. 이것은 이 방언의 사투리형으로 존재하고 있는 어휘에 대하여 직업이 다름에 따라 어떠한 양상으로 실현되고 있는지를 살펴보려는 것이다. 결과는 그리 단순하게 나타나지 않은 듯하다. 예컨대 '풀미풀미'와 같은 어휘는 모든 직업에 걸쳐 매우 낮은 실현 현상을 나타내고 있으며 '춘천이여'도 같은 현상으로 나타난다. 그에 반해 '사마구'(버마재비)와 '소금젱이'(잠자리), '꽤'(오얏)와 같은 어휘는 모든 직업에 두루 걸쳐 매우 높은 실현율을 보여준다.

이들 어휘에 대한 숙지도는 농업에서 가장 높게 나타난다. 그 다음이 상업이고 어업과 공무원이 그 뒤를 잇는다. 이는 하나의 언어공동체 속에서도 직업이 다름에 따라 언어 사용이 각기 다르게 나타날 수 있다는 사실을 보여준 것이라 하겠다.

지역적인 차이는 있지만 이 방언의 언어적인 특징을 잘 드러내준다고 생각되는 어휘들의 경우 전체적으로 그 쓰임의 정도가 높지 않은 것으로 나타난다. 하지만 공통으로 쓰이고 있는 어휘들의 조사 때와 마찬가지로 직업에 따라 구분되어 실현됨은 그 정도가 같다고 볼 수 있다. 이들 조사어휘에 대하여 살펴보면 우선 직업에 관계없이 두루 쓰이고 있는 것으로는 '간장', '성냥', '모기', '복숭아', '냉이', '화장실'과 같은 단어이고, '덫'이나 '청미래덩굴', '옆마당', '안방', '사랑방'과 같은 단어는 거의 쓰이지 않은 단어로 나타난다.

7.4. 성별과 언어 변화

성별과 언어 변화

성별에 따라 언어차가 있을 수 있을 가능성은 여러 곳에서 찾아볼 수 있다. 가장 쉽게 접할 수 있는 것이 가족 명칭의 체계에서 살필 수 있다. 동일한 인물을 두고 화자가 남자인지 여자인지에 따라서 '언니'가 될 수 있고, '누나'가 될 수 있는 것이 그것이다. 물론 '형'과 '오빠'의 경우도 마찬가지다. 이런 예는 Bolivia에 거주하는 아메리칸 인디언 Chiquito족에서도 발견되는데, 여기서는 우리의 국어보다 더욱 심각하게 나타난다. 여기서는 우리의 '형, 오빠'에 대응하는 분화도 있지만 아버지 어머니를 가리키는 단어조차도 화자의 성별에 따라 다르게 나타난다. 더욱 간명한 예로 일본에서의 일반 명사가 분화되어 나타나는 현상을 살펴볼 수 있다. 예를 들면 '물'을 가리키는 단어를 남성형으로는 /mizu/라 하고 여성형으로는 /ohiya/라고 하는 것이다. 이러한 분화는 대명사에서도 잘 드러난다. 가령 타이어에서의 평교간의 점잖은 말에서 자신을 가리키는 1인칭 대명사가 화자가 남자냐 여자냐에 따라 /phom/과 /dichan/으로 갈려지는 것이 그것이다. 성별에 따른 언어차이는 어휘에 국한하지 않고 음운 대응에까지 있을 수 있다는 결과가 보고되었는데, 그 하나가 미국 동북부의 인디언 어인 Gros Ventre에서의 현상이다. 이 언어에서는 남성어의 치폐쇄음이 여성어에서는 규칙적으로 연구개폐쇄음으로 대응한다는 것이다.

또한 성별에 따른 언어차는 청자의 성별에 따라 다르게 표현되는 경우도 있다. 청자의 성이 영향력을 행사하는 예는 인도에서 사용되는 kūrux라는 Dravidia어에서 발견된다. 이 언어에서는 여자가 여자에게 말할 때에만 특이하게 쓰이는 언어 형태가 있고, 남자가 여자에게 말할 때 형태가 각각 다르게 나타나는 경우가 있다. 이것은 성별에 의한 언어차가 복잡 다양한 형태로 실현되고 있다는 것을 알 수 있다. 표준어를 여성이 더 선호하느냐 남성이 선호하느냐에 따라서도 언어차가 일어날 수 있고, 보수적인 성향과 금기(taboo) 또한 언어차를 일으키는 주요한 변수로 작용되고 있다.

영동지역 주민의 성별에 따른 사투리 사용 정도 성별에 따른 사투리 사용 정도를 살펴보면 아래와 같다. 여기서 성별은 남성과 여성으로 구분된다. (조사 어휘는 7.2. 의 〈표 6〉 참조)

성별 / 항목	남성			여성		
	쓴다	쓰지 않지만 뜻을 안다	모른다	쓴다	쓰지 않지만 뜻을 안다	모른다
① 새:째	31	20	49	40	10	50
② 건추	44	17	39	46	7	47
③ 뺌짱우	25	21	54	27	16	56
④ 꽤(과일)	60	23	17	54	17	29
⑤ 웅굴	39	17	44	37	16	47
⑥ 소금젱이	57	31	12	48	26	26
⑦ 춘천이여	8	26	66	7	16	76
⑧ 불기	33	18	49	31	8	61
⑨ 또바리	44	20	36	45	12	43
⑩ 풀미풀미	7	15	78	6	8	86
⑪ 사마구	69	24	7	53	37	10
⑫ 아재	53	34	13	41	40	19
평균실현율	62			54		

〈표 9〉 성별 공통어휘 실현 정도(%)

어휘사용 정도는 항목별로 다소의 차이를 나타낸다. 우선 '뺌장우'와 '추천이여', 그리고 '풀미풀미'와 같은 어휘는 성별에 관계없이 매우 낮게 실현되고 있으며 반대로 '꽤', '소금젱이'와 '사마구'와 같은 어휘는 성별에 관계없이 그 쓰임의 정도가 매우 높은 것으로 나타난다. 지역적인 차이는 있으나 이 방언의 언어적 특징을 잘 나타내 주고 있는 어휘의 경우는 남성과 여성의 차이가 크게 나타나지 않는다. 다만 남성이 여성이 비해 다소 앞서는 것으로 나타나고 있으나 그 폭은 매우 좁은 것으로 나타난다. 여기서 성별에 관계없이 두루 높게 쓰이고 있는 어휘는 '누룽지'와 '성냥' 그리고 '진달래꽃과 '냉이' 등으로 나타났고 '덫', '옆마당', '안방' '낙숫물'과 같은 단어는 그 실현율이 매우 낮은 것으로 나타났다. 특히 여성은 음식에 관련된 '누룽지', '멍우', '복숭아', '오디', '도토리', '나셍이'와 같은 단어에 대하여는 남성보다 다소 높은 응답률을 나타냈으며 반면 남성은 '성냥'이나 '뒷마당', '안방', '부엌'과 같이 주거에 관한 단어에 대해 좀더 많이 알고 있는 것으로 나타났다.

7.5. 언어태도

언어태도란?

우리는 다른 사람과 대화를 하면서 상대방의 말씨나 어조, 그 외의 속성들에 대하여 어떠한 느낌들을 가지게 된다. 이러한 느낌은 곧 상대방의 성격이나 직업, 지위, 출신 등에 관한 정보까지도 파악할 수 있게 하는데, 이처럼 발화된 언어에 대하여 보이는 심리적인 상태(느낌)와 그에 따른 반응 사이의 관계를 언어태도(language attitude)라 한다.

우리가 사람들의 언어태도를 알 수 있다면 이들 언어태도와 관련된 행동도 예측이 가능할 수 있다. 이러한 언어태도는 언어의 많은 현상에 영향을 주게 되고, 또한 그것에 따라 언어가 존속 발전될 수도 있고 쇠퇴하고 소멸할 수도 있다. 그러므로 언어태도는 여러 현상을 파악하기 위한 기초로서 중요한 자리를 가지고 있음을 알 수 있다.

조사 방법론

이러한 언어태도에 대한 조사 방법은 직접방법(direct method)과 간접방법(indirect method)이 있다. 직접방법은 직접적으로 상대에게 인터뷰를 하여 구두 응답을 얻어내는 것을 말한다. 이것은 설문지를 통하여 글로써 답을 쓰도록 하는 방법도 포함된다. 간접방법은 응답자의 관심을 다른 곳으로 돌리게 하여 조사자의 의도를 파악하지 못한 채 자신의 태도를 밝히도록 조사자가 질문을 우회적으로 하는 방법이다.

이 외에도 끼어맞추기 방법을 볼 수 있다. 이는 먼저 조사하고자 하는 언어들을 모두 능통하게 구사할 줄 아는 이중언어자들로 하여금 똑 같은 내용의 이야기를 각각 다른 언어로 구사하게 하여 적당한 거리를 두어 배열함으로써 듣는 사람으로 하여금 다른 사람의 목소리인 것처럼 속도록 하는 방법이다. 한 사람이 여러 사람인 것처럼 하여 내용을 들려주고 그 하나하나에 대해 성격이나 지위 등등을 평가하도록 하는 것인데, 여기에는 몇 가지의 문제점이 대두된다. 가장 큰 문제는 같은 내용을 계속 반복해서 들어야 하는 응답자의 태도이다. 또한 평가방법의 통계처리에 대한 객관성도 문제가 된다. 이것에 대한 개선안의 하나로 Bourhis and Giles(1976)에서 고안되어 쓰인 것이 있다. 이 연구는 웨일스에서 웨일스 및 영어에 대한 언어태도를 조사한 것이다. 여기서는 영어와 웨일스어 및 웨일스어가 섞인 영어로 영화를 보러온 관객들에게 영화 프로 선정에 참고할 설문지를 작성해 줄 것을 부탁하였는데, 어떤 말로 협조를 구하였을 때 호응도가 높은가를 측정한 것이다. 여기서는 다 같은 웨일스인이면서도 그들이 웨일스어를 쓰고 있는가 아닌가에 따라 웨일스어 및 영어에 대한 언어태도가 다르다는 것을 확인할 수 있었다. 이 조사 또한 끼어맞추기 방법과 같이 응답자들이 그들이 언어태도에 대한 조사를 받고 있다는 것을 눈치채지 못한 상태로 실시된 것이다. 이것은 끼어맞추기 방법보다 좀더 개선된 방법이라고는 하지만 이 방법 또한 응답자의 집단에 대한 문제가 대두된다. 이 경우에는 어떠한 집단이든 동일한 반응을 보이리라는 전제가 성립되어야 한다.

영동지역 주민의 언어태도

하나의 언어공동체 속에는 여러 가지 다양한 하위집단들이 존재한다. 직업이나 지위에 따라 나눌 수 있고, 나이나 성별에 따라서도 나눌 수 있다. 또한 취미나 생활 태도에 따라서 집단이 다르게 형성될 수도 있다. 이 같이 다양한 하위집단은 그들 사이의 관계나, 집단 구성원들 간의 상호작용에 따라 여러 가지 서로 다른 언어태도가 나타날 수 있다. 따라서 이것은 직접, 간접적으로 언어변화에 영향을 미치게 된다.

여기서는 하나의 언어공동체로 정의된 영동지역 주민들이 사용하는 언어, 즉 사투리에 대하여 어떤 언어 태도를 가지고 있는지 알아보기로 한다.

항목별 분석 결과는 세대차와 직업, 그리고 성별의 순서로 정리하기로 한다.

질문 1. 사투리에 대해 어떻게 생각하십니까?

이 질문은 사투리에 대한 본인들이 스스로 내린 평가를 알아보기 위한 것이다. 이것을 확인하기 위하여 1) 무뚝뚝하다고 생각한다 2) 촌스럽다고 생각한다 3) 부드럽고 세련됐다고 생각한다로 나누어 그 중 하나를 고르도록 했다. 그리고 어느 정도 그러한 느낌을 가지는지를 알아보기 위하여 (1) 매우 그렇다 (2) 그렇다 (3) 그저 그렇다로 세분하여 그 정도를 확인했다. 우선 세대차에 따른 결과를 살펴보면 아래 표와 같다.

세대구분 \ 내용	무뚝뚝하다고 생각한다				촌스럽다고 생각한다				부드럽고 세련됐다고 생각한다			
	평균율	매우 그렇다	그렇다	그저 그렇다	평균율	매우 그렇다	그렇다	그저 그렇다	평균율	매우 그렇다	그렇다	그저 그렇다
노년층	73		45	28	5		5		22			22
장년층	68	34	14	20	30	6	10	14	2		2	
청소년층	38	13		25	47	13	21	13	15		11	4

〈표 10〉 세대별 사투리 평가(%)

위 표에서 알 수 있듯이 이 방언 화자들의 사투리에 대한 평가는 '무뚝뚝하고 촌스럽다'는 응답이 대부분이었으며, 젊은층으로 내려올수록 그 정도는 더욱 심하여 '매우 무뚝뚝하고, 촌스럽다'에 높은 비율을 보였다. 다만 노년층의 경우는 '무뚝뚝하다'에 절대적으로 높은 비율을 나타낸 반면 장년층과 청소년층의 경우는 '촌스럽다'는 응답을 병행하고 있음이 차이라 할 수 있다. 이것은 노년층보다 장년층이나 청소년층이 사투리에 대한 인식을 조금 더 부정적으로 하고 있음을 보여준 것이라 할 수 있다. 사실 '무뚝뚝하다'와 '촌스럽다'는 반드시 대립적인 성격을 가지는 것은 아니다. 하지만 '무뚝뚝하다'는 단지 부드럽지 못하다 그래서 투박하고 강하다는 이미지를 부연하고 있는 반면 '촌스럽다'는 시골스럽고, 어리숙한, 그래서 조금은 낮은 듯한 이미지를 함께 가진다고 할 수 있다. 따라서 사투리를 '무뚝뚝하고 촌스럽다'고 생각한다는 것은 단지 '무뚝뚝하다'고 생각한다는 경우보다 조금은 더 부정적인 시각으로 관찰하고 있음을 시사한다고 할 수 있다.

이러한 내용들을 같은 방법으로 직업에 따라 조사한 결과는 〈표 11〉과 같다.

내용 직업별	무뚝뚝하다고 생각한다				촌스럽다고 생각한다				부드럽고 세련됐다고 생각한다			
	평균율	매우 그렇다	그렇다	그저 그렇다	평균율	매우 그렇다	그렇다	그저 그렇다	평균율	매우 그렇다	그렇다	그저 그렇다
공무원	64	32	23	9	32	9	9	14	4	0	0	4
상업	77	23	12	42	23	0	12	11	0	0	0	0
농업	72	20	37	15	28	9	9	10	0	0	0	0
어업	69	21	25	23	0	0	0	0	31	0	0	31

〈표 11〉 직업별 사투리 평가(%)

이 질문에 대한 응답 결과는 대체로 '무뚝뚝하고, 촌스럽다'는 것으로 나타난다. 이러한 현상은 모든 직업에 두루 그러하다. 다만 단순히 '무뚝뚝하다'고만 생각하는지, '촌스럽다'고도 함께 생각하는지, 인식 정도에 약간의 차이가 있을 뿐이다. 여기서 어업의 경우 다소 다른 형태를 보여주고 있는데, 그것은 '촌스럽다'는 것에 대한 응답이 전혀 나타나지 않는다는 것이다. 사실 '촌스럽다'에 대한 응답에 '시골스럽고, 어리숙한' 이미지가 포함되어 있다는 것을 고려해 본다면 자신들이 사용하는 언어가 '촌스럽다'고 생각한다는 것은 그것에 대하여 부끄럽게 생각하고 있다는 것도 함께 포함한다고 볼 수 있다. 이 점을 생각해 볼 때 어업에서 '촌스럽다'는 응답이 나타나지 않음은 사투리에 대하여 매우 호의적인 태도를 가지고 있다는 것을 알 수 있다. 이러한 언어태도는 여러 항목에서 두루 증명된다.

이러한 현상이 성별에 따라서는 어떻게 나타나는지 살펴보기로 한다.

성별 \ 내용	무뚝뚝하다고 생각한다				촌스럽다고 생각한다				부드럽고 세련됐다고 생각한다			
	평균율	매우 그렇다	그렇다	그저 그렇다	평균율	매우 그렇다	그렇다	그저 그렇다	평균율	매우 그렇다	그렇다	그저 그렇다
남성	73	36	15	22	20	3	12	5	7	0	7	0
여성	44	15	15	14	54	15	5	34	2	0	2	0

〈표 12〉 성별에 따른 사투리 평가(%)

여기서는 성별에 관계없이 모두 '무뚝뚝하고 촌스럽다는' 부정적인 평가가 절대적이다. 하지만 평가의 기준은 각기 다르게 나타난다. 남성의 경우는 '무뚝뚝하다'는 것에 매우 높은 비율을 보이고 있으며, 여성은 '촌스럽다'는 것에 높은 비율을 나타낸다. 사실 '무뚝뚝하다'는 것과 '촌스럽다는' 것은 둘 다 사투리에 대한 부정적인 평가에 속한다. 하지만 이 둘은 각기 가지는 의미가 다르다. 특히 '촌스럽다'는 것은 지적이지 못하다는 의미를 함께 포함하고 있음으로 하여 여성이 이 단어에 더욱 민감함은 당연하다. 이것은 여성이 표준어를 왜 선호하는지를 생각해 보면 쉽게 이해가 된다.

질문 2. 사투리와 표준어 가운데 어느 것이 더 듣기 좋습니까?

질문 (2)는 사투리와 표준어에 대한 비교 평가를 전제로 한 질문이다. 이 질문에 덧붙여 "고향말(서울말)이 듣기 좋다면 왜 그렇습니까?"와 "듣기 싫다면 왜 그렇습니까?"에 대한 이유를 함께 물었다. 이 응답에 대한 결과를 살펴보기로 한다. 우선 세대차에 따른 결과부터 보기로 한다.

세대구분 \ 내용	사투리	표준어	둘 다 비슷하다
노년층	45	37	18
장년층	37	35	28
청소년층	37	19	44

〈표 13〉 세대별 사투리와 표준어에 대한 비교 평가(%)

이 질문에 대하여 노년층의 화자들은 사투리가 표준말보다 듣기에 더 좋다고 응답하였으며 장년층과 청소년층 또한 표준말보다는 사투리가 듣기에 더 좋다고 응답하였다. 하지만 이것은 세대별로 그 정도가 각기 다르게 표현되고 있다. 노년층에서는 사투리에 대한 선호도가 표준어에 비해 8% 정도 우세한 것으로 나타나고 장년층에서는 2%의 정도의 차이를 나타낸다. 반면 청소년층의 경우는 18%의 차이를 나타내고 있다. 이러한 현상이 나타난 것은 자신들이 실제로 사용하고 있는 말에 대한 심리적인 태도가 반영된 결과라고 할 수 있다. 노년층이나 장년층의 경우 평소 자신들의 고향말에 대하여 '투박하고 촌스럽다'는 사실을 인정하면서 그와는 상대적인 표준어를 '부드럽고 상냥한' 그래서 더 듣기 좋은 말이라고 평가한 것이라 할 수 있다. 하지만 청소년층의 경우는 교육적인 효과로 인하여 표준말에 많이 노출이 되어 있어 자신들의 말이 사투리인 사실에 특별히 민감하지 못하다. 따라서 자신들은 평소 고향말을 사용하고 있다고 인정하면서 그것이 특별히 표준어보다 듣기 싫은 말이라는 것에 관심을 크게 두지 않고 응답한 것이라 할 수 있다. 이것은 청소년층에서 '둘 다 비슷하다'에 44%의 높은 선호도를 나타내는 것에서도 충분히 확인된다.

직업별 \ 내용	사투리	표준어	둘 다 비슷하다
공무원(회사원 포함)	32	46	24
상업(자영업, 서비스업 포함)	48	29	28
농업	42	29	30
어업	59	0	42

〈표 14〉 직업별 사투리와 표준어에 대한 비교 평가(%)

여기서 우리는 표준말이 사투리보다 듣기에 더 좋다고 응답한 계층이 공무원임을 알 수 있다. 공무원의 경우는 직업적인 여건으로 인하여 표준어의 사용에 민감할 수밖에 없는데 표준어 선호 현상은 일종의 의무적인 반응이라 할 수 있다. 이와는 대조적으로 어업의 경우 전혀 표준어를 선호하지 않는다는 절대부정의 태도를 보였다. 실제적으로 이 직업의 경우는 어떠한 대화의 상황이 전개된다 하더라도 그들의 언어에 특별한 주의를 기울이지 않는다. 또한 말씨에 관하여는 더욱 그러하다. 그들에게 다소 '거칠고 투박한' 말씨는 생활을 이어나가는 데 하나의 수단이 되기도 한다. 따라서 조금은 '투박하고 무뚝뚝하게' 들릴 수 있는 자신들의 사투리를 더 듣기에 좋은 말이라고 응답함은 매우 당연한 결과라고 본다. 특히 이 직업에 종사하는 사람들은 표준말에 대하여 '간지럽고, 간사해서' 안 쓴다는 응답이 매우 높게 나타난다. 사투리에 대한 언어태도는 적어도 이 두 계층(공무원과 어업)은 절대적인 대칭의 관계에 있음으로 보인다.

이러한 현상을 성별로 구분하여 살펴보면 〈표 15〉와 같다.

성별 \ 내용	사투리	표준어	둘 다 비슷하다
남성	43	28	29
여성	31	43	26

〈표 15〉 성별 사투리와 표준어에 대한 비교 평가(%)

위 〈표15〉에서 우리는 여성에 비해 남성이 사투리에 대하여 좀더 호의적인 태도를 나타내고 있음을 알 수 있다. 즉 남성은 사투리가 표준어보다 더 듣기에 좋다고 평가하였으며, 여성은 표준말이 사투리보다 듣기에 더 좋다고 응답하였다. 이러한 현상은 여성이 자신들의 여성스러움이나 지적인 모습을 나타내기 위한 하나의 방법으로 언어를 선택한다면 당연 사투리보다는 표준어가 우선일 수 있다는 것을 보여준 것이라 할 수 있다.

(2)번 질문에 대답한 이유를 묻는 것으로 사투리 또는 표준말이 '듣기 좋다'면 무엇 때문에 그러한지, '듣기 싫다'면 무엇 때문에 그러한지를 질문했다. 이에 대한 응답으로 사투리가 듣기 좋은 이유는 '친근감이 있어서 좋다'고 했으며 듣기 싫은 가장 큰 이유로는 '무뚝뚝하고 투박해서'라고 했다. 또한 표준어가 듣기 좋다고 응답한 대다수의 응답자들은 '상냥해서'라고 했으며 듣기 싫은 이유로는 '간사해서'라고 응답했다. 이러한 응답은 세대와 직업, 성별에 공통적으로 나타났다.

질문3. 본인은 평상시 사투리를 쓰고 있습니까?

(3)번 질문은 제보자가 자신의 사투리 사용 정도를 스스로 평가하도록 하여 이 방언 화자들의 사투리 사용 양상을 알아보기 위한 질문이다. 또한 이 질문에 이어 사투리를 사용한다면 왜 사용하고 있는지, 사용하지 않는다면 왜 사용하지 않는지에 관해서도 질문했다.

이 질문에 대한 응답에 대한 결과는 다음과 같다. 우선 세대차에 따라 살펴보면 〈표 16〉과 같다.

세대구분 \ 내용	안 쓴다		쓴다		
	전혀 안 쓴다	별로 안 쓴다	조금 쓴다	조금 많이 쓴다	많이 쓴다
노년층	1	1	44	32	22
장년층	1	1	57	19	22
청소년층	0	0	62	24	14

〈표 16〉 세대별 사투리 사용 정도(%)

모든 세대에 걸쳐 스스로 사투리를 쓰고 있는 것으로 응답했다. 노년층의 경우는 사투리에 대하여 대체로 '많이 쓰고 있다'고 응답한 경우가 54%에 달하며, 장년층은 41%로 노년층보다는 다소 낮은 비율로 나타난다. 청소년층에서는 '조금 쓴다'에 높은 비율을 나타냄으로 해서 상대적으로 '많이 쓴다'는 노년층과 장년층에 비해 낮은 편으로 나타났다. 이러한 현상은 이 방언 화자들이 스스로 사투리를 사용하고 있다고 인정하면서도 세대에 따라 그 사용 양상이 정도의 차이를 가지고 있음을 보여준다고 할 수 있다. 이것은 (2)번 질문에서 나타난 사투리가 표준어보다 '듣기 좋다'고 응답한 것과 일치한다.

항목 직업별	안 쓴다		쓴다		
	전혀 안 쓴다	별로 안 쓴다	조금 쓴다	조금 많이 쓴다	많이 쓴다
공무원(회사원 포함)	1	1	61	14	23
상업(자영업,서비스업포함)	0	0	46	40	14
농업	1	1	43	33	22
어업	0	0	33	17	50

〈표 17〉 직업별 사투리 사용 정도(%)

이 질문에 대한 결과를 직업별로 살펴보면 〈표 17〉과 같다.

이 경우 모든 직업에 걸쳐 스스로 사투리를 쓰고 있는 것으로 답했다. 하지만 공무원의 경우 '안 쓴다'는 응답에 이어 '조금 쓴다'에 높은 비율을 나타냄으로 해서 그 사용 정도에 얼마간은 부정적인 의미를 내포하고 있음을 알 수 있다. 이와는 반대로 어업의 경우 '많이 쓴다'에 50%의 높은 비율을 나타냄으로 하여 질문 (2)에서 나타난 것과 같은 결과를 보여준다.

이를 성별로 살펴보면 〈표 18〉과 같다.

내용 성별	안 쓴다		쓴다		
	전혀 안 쓴다	별로 안 쓴다	조금 쓴다	조금 많이 쓴다	많이 쓴다
남성	0	1	56	23	20
여성	1	0	66	19	14

〈표 18〉 성별 사투리 사용 정도(%)

이 질문에 대한 응답 또한 성별에 관계없이 스스로 사투리를 쓰고 있는 것으로 나타났다. 하지만 남성의 경우는 '많이 쓴다'에 43%의 비율을 나타내고 있는 반면 여성은 33%을 나타내고 있다. 이것은 남성이 여성보다 사투리를 더 많이 쓴다는 것을 알게 함과 동시에 여성이 표준어를 선호하고 있다는 것을 함께 알려 주는 것이 된다.

이처럼 사투리를 쓰고 있는 이유에 대하여는 '본래부터 써왔기 때문에'이라고 응답한 것이 전체적인 추세이고 '친근감 때문이'라는 응답도 간혹 나타났다. 또한 사투리를 사용하지 않는 이유에 대하여는 사투리가 '무뚝뚝하고 촌스러워서'라고 응답한 경우가 대부분이고 '표준말을 배워서'라는 응답과 '다른 사람들이 쓰지 않아서'라는 응답도 간혹 있었다. 특히 여성의 경우는 단순히 '사투리가 싫어서'라는 응답을 하기도 했다.

이 질문에 대한 응답의 결과로 알 수 있는 것은 이 방언의 화자들은 스스로 자신들이 사투리를 쓰고 있음을 인정하고 있으며 이것은 자신들이 속한 언어공동체에 대한 강한 결속력을 느끼고 있다는 것을 보여준 것이라 할 수 있다. 실제적으로 이 방언 화자들은 스스로 사투리가 '투박하고 무뚝뚝해서' 썩 좋지 않다고 하면서도 자신들은 표준말보다는 사투리를 쓰는 경우가 많다는 것을 알고 있다. 청소년의 경우도 예외는 아니다.

다음은 대화를 할 때 상대방의 말씨에 따라 이 방언 화자들의 언어적 반응이 어떻게 달라지는가에 관한 조사이다. 이는 방언권 내에서 표준어를 사용하는 사람과의 대화 상태와 토박이들간의 대화 상태, 방언권 외에서 표준어를 쓰는 사람과의 대화 상태와 고향 사람과의 대화 상태로 나누어 살펴보기로 한다.

질문4-1. 시내에서 표준어를 사용하는 서울 사람을 만났습니다. 우체국 가는 길을 물어보면서 이곳에서 하루 관광할 만한 곳을 물어 봅니다. 이 때 사투리로 대답합니까? 표준말로 대답합니까?

내용 세대구분	사투리로 한다	표준어로 한다	사투리도 하고 표준어도 한다
노년층	63	12	25
장년층	28	25	47
청소년층	25	24	51

〈표 19〉 시내에서 사투리와 표준어의 사용 정도(%) [세대별]

이 질문은 시내에서 사투리를 쓰지 않는 낯선 사람을 만났을 때 낯선 상대와의 대화 상태에서 자신이 어떤 말을 쓰는지에 대하여 살펴보려는 것이다. 이 질문에 대한 응답은 세대에 따라 각기 다른 차이를 보여준다. 노년층의 경우 63%가 '사투리로 한다'고 하여 대체로 상대의 언어에 크게 동화되지 않음을 나타낸 반면 장년층과 청소년층은 '사투리도 하고 표준어도 한다'는 것에 높은 비율을 나타냄으로 하여 발화의 환경에 따라 자신들의 말씨를 바꾸어 쓸 수 있다는 태도를 나타내 보인다.

내용 직업별	사투리로 한다	표준어로 한다	사투리도 하고 표준어도 한다
공무원(회사원 포함)	24	30	46
상업(자영업,서비스업포함)	23	18	59
농업	40	17	43
어업	80	0	20

〈표 20〉 시내에서 사투리와 표준어의 사용 정도(%) [직업별]

우선 농업과 어업에서 표준어보다는 사투리를 사용한다는 응답이 더 높았으며 특히 어업의 경우는 전혀 표준어를 사용하지 않는 것으로 나타난다. 여기서 재미있는 사실을 하나 발견한다. 상업의 경우가 그것인데, '사투리도 하고 표준어도 한다'는 것에 59%의 높은 비율을 나타냈다. 이것은 상대에 따라 자신의 말을 바꿀 수 있다는 의지가 강하게 드러나는 것이라 할 수 있다. 사실 상업을 하는 사람들은 그들과 이익관계가 연결된 상대의 말에 상당히 민감한 반응을 보인다. 일례로 강원도 사람이 경상도 사람과 사업적인 관계에 놓이게 되면 경상도 사투리 한 둘 정도는 서로 주고받는 것을 당연하게 생각하고, 역으로 이러한 관계가 성립됨은 또한 당연하다. 어쩌면 이것은 생존권과도 연결이 되어 있다고 볼 수 있다. 따라서 낯선 사람과의 대화 시 상대자에 따라 자신의 말씨를 충분히 바꾸어 쓸 수 있다는 태도는 직업상 당연한 논리가 된다고 할 수 있다.

성별＼내용	사투리로 한다	표준어로 한다	사투리도 하고 표준어도 한다
남성	36	20	44
여성	24	24	52

〈표 21〉 시내에서 사투리와 표준어의 사용 정도(%) [성별]

여기서 남성은 '사투리를 쓴다'는 것과 '표준말을 쓴다'는 것과의 차이가 16%를 나타낸 반면 여성은 전혀 차이를 두지 않는 것으로 나타난다. 이 같은 사실은 여성이 사투리에 대하여 다소 부정적 태도를 보이고 있음을 알게 하는 것이다. 사실 여성이 위 표와 같은 결과를 보인 것은 굳이 사투리를 써야하는 환경이 설정되어 있지 않다면 가능하면 그것을 쓰지 않겠다는 태도가 반영된 것이라 할 수 있다. 여성의 이러한 태도는 사투리를 써야할 환경이 설정되어 있음에도 '표준어를 쓴다'고 하는 것은 결국은 자신이 속한 공동체를 부정하는 것이기 때문에 적어도 그것은 아니라는 것을 보여주는 것이라 할 수 있다.

이 질문 외에 〈4-1〉과 같은 환경에서 친구와의 대화 상태를 알아보기 위한 항목이 하나 더 있었다. 다만 주어진 환경에 낯선 여자가 함께 있을 때 그 상대방을 의식한 말씨를 선택하는지를 살펴본 것이었다. 그 결과 '사투리로 한다'에 대한 응답은 노년층 55%, 장년층 37%, 청소년층 28%로 나타났으며 직업별로는 공무원 34%, 상업 29%, 농업 36%, 어업 75%로 나타났다. 성별에 따라서는 남성의 40%가 '사투리를 쓴다'고 했으며 여성은 26%를 나타냈다.

다음 질문은 자기의 방언권 이외 지역에서 낯선 사람을 만나 대화를 할 때 어떤 말씨를 쓰는지 알아보기 위한 것이다.

질문4-2. 월드컵 축구 경기를 보려고 서울로 갔습니다. 강남 고속터미널에 내렸는데 축구장까지 어떻게 가야할지 알 수가 없습니다. 마침 옆에 젊은 여자가 있어서 가는 길을 물어 보려고 합니다. 사투리로 하겠습니까? 표준어로 하겠습니까?

이 질문은 시외에서 낯선 상대와의 대화 상태에서 자신이 어떤 말씨를 쓰는지에

내용 세대구분	사투리로 한다	표준어로 한다	사투리도 하고 표준어도 한다
노 년 층	44	18	38
장 년 층	29	29	42
청소년층	27	32	41

〈표 22〉 시외에서 사투리와 표준어의 사용 정도(%) [세대별]

대하여 살펴보려는 것이다. 노년층의 경우 44%가 '사투리로 한다'고 대답하였으나 38%의 적지 않은 비율로 '사투리도 하고 표준어도 한다'는 대답을 함으로써 타지역에서 낯선 사람과의 대화는 상대방의 말씨에 어느 정도 자신의 말씨를 고려하려는 태도를 가지고 있음을 보여 준다. 이러한 현상은 장년층과 청소년층도 같은 상태라고 할 수 있다. 이처럼 타지역에서 사투리 사용에 말씨를 고려함은 평소 자신들의 말(사투리)이 '투박하고 촌스럽다'는 인식을 가지기 때문이다. 이것은 이 방언 화자들의 심리적인 언어태도로 설명될 수 있는데 자신들의 '시골스러움'을 조금 벗어나려는 의도가 함께 포함되어 나타난 것이라 할 수 있다.

이 질문에 대한 응답을 직업별로 살펴보면 〈표 23〉과 같다.

내용 직업별	사투리로 한다	표준어로 한다	사투리도 하고 표준어도 한다
공무원(회사원 포함)	23	39	38
상업(자영업, 서비스업 포함)	20	30	50
농업	33	27	40
어업	75	0	25

〈표 23〉 시외에서 사투리와 표준어의 사용 정도(%) [직업별]

사투리 사용에 대하여 공무원 23%, 상업 20%, 농업 33%, 어업 75%로 어업이 가장 높게 나타났으며 상업이 가장 낮게 나타났다. 이것은 위에 언급되어진 질문 〈4-1〉과 모든 결과가 일치한다. 여기서 우리는 표준말을 쓰겠다는 의지가 공무원에서 더욱 확고해졌다는 것을 재삼 확인하게 된다.

성별에 따른 결과는 〈표 24〉와 같다.

내용 성별	사투리로 한다	표준어로 한다	사투리도 하고 표준어도 한다
남성	35	25	40
여성	20	37	43

〈표 24〉 시외에서 사투리와 표준어의 사용 정도(%) [성별]

남성이 여성에 비해 사투리를 더 선호하고 있는 것으로 나타나고 있으며, 이러한 결과는 사투리에 대하여 여성이 보편적으로 부정적인 시각을 가지고 있음을 보여준다. 여성이 사투리에 부정적인 반응을 보이는 것은 젊은층에서 더욱 그러하다.

이 질문 외에 〈4-2〉와 같은 환경에서 친구와의 대화 상태를 알아보기 위한 항목이 하나 더 있었다. 결과는 표준어보다는 '사투리로 한다'는 것의 비율이 세대와 직업, 성별에서 모두 높게 나타났다. 이는 타지역에서 고향 사람을 만났을 경우에는 자신들이 평소 쓰는 사투리를 자연스럽게 쓴다는 사실을 보여준 것이다. 고향이나 가족과 같은 공동체로서의 결속감은 낯선 곳에서는 반가움과 그리움으로 대신된다. 그 반가움과 그리움을 표현하는 한 수단으로 언어(고향말)가 작용할 수 있다는 사실을 이 질문의 응답이 대신한 것이라 하겠다.

다음으로 이 방언 화자들의 사투리에 대한 언어 수용 태도를 살펴보기로 한다.

질문 5. TV에서 9시 뉴스 시간에 아나운서가 자신의 고향 사투리로 보도 진행을 한다면 어떻겠습니까?

내용 세대구분	매우 좋다	좋다	약간좋다	좋지 않다	매우 나쁘다
노 년 층	9	34	8	44	5
장 년 층	8	18	13	52	9
청소년층	6	18	8	52	16

〈표 25〉 공공기관에서 사투리 사용에 대한 호감도(%) [세대별]

이 질문에 대하여 노년층의 경우는 조금 촌스럽기는 하겠지만 친근감이 있고, 무엇보다도 고향말이기 때문에 좋다는 다소 긍정적인 반응을 보인 반면 장년층과 청소년층에서는 격식있는 언어를 구사해야 하는 뉴스에서 '투박하고 촌스러운' 사투리는 어울리지 않는다는 부정적인 반응을 나타냈다.

내용 직업별	매우 좋다	좋다	약간 좋다	좋지 않다	매우 나쁘다
공무원(회사원 포함)	8	13	3	68	8
상업(자영업, 서비스업 포함)	9	11	10	61	9
농업	8	36	19	31	6
어업	17	0	25	58	0

〈표 26〉 공공기관에서 사투리 사용에 대한 호감도(%) [직업별]

직업별로 구분하여 살펴보았을 때 우선 '좋다'고 응답한 경우는 농업에서 가장 높게 나타나고 공무원에서 가장 낮게 나타난다. 여기서 우리는 '좋지 않다'고 응답한 것에 대하여 고려해 보아야 한다. 이는 공무원에서 매우 높은 비율로 부정적인 태도를 보였고 상업과 어업에서도 부정적인 반응이 높게 나타났기 때문이다. 이것은 지금까지 논의된 결과를 유추해 보면 쉽게 그 이유를 찾을 수 있다. 다만 대체로 사투리에 대하여 호감을 높게 표시했던 어업에서 58%에 해당하는 비율로 '좋지 않다'고 응답한 것이 의외라 할 수 있다. 여기에 대하여는 아주 간단하게 그 이유가 설명된다. 이것은 이 계층의 화자들은 자신들이 쓰고 있는 말씨가 '거칠고, 투박하다'는 것을 스스로 인정하고 있다는 것이다. 따라서 그러한 말씨가 공공기관에서 쓰여짐이 자연스럽지 못함은 자명한 사실이고 그것에 대하여 부정할 필요가 전혀 없다는 것을 표현한 것이라 할 수 있다.

성별에 따라서는 다음과 같은 결과를 보여준다.

성별 \ 내용	매우 좋다	약간 좋다	좋다	좋지 않다	매우 나쁘다
남성	10	14	16	48	12
여성	3	12	15	66	4

〈표 27〉 공공기관에서 사투리 사용에 대한 호감도(%) [성별]

남녀 모두 부정적인 반응을 나타낸다. 여기서 여성은 남성보다 좀더 부정적인 태도를 보인다. 이들 모두 공공기관에서 사투리를 사용하는 것이 좋지 않은 이유로 사투리가 덜 '격식적이고 촌스럽기' 때문이라고 했다. 따라서 그처럼 비격식적이고 촌스러운 언어로 뉴스를 진행한다면 신뢰성도 없을 것이고 청각적인 면에서도 매우 나쁠 것이라는 것이다.

이 질문에 이어 지방 방송에서의 사투리 사용에 대하여도 질문하였다. 이 또한 공공기관에서의 사투리에 대한 호감도를 질문한 것인데 여기서는 세대와 직업, 성별에 걸쳐 대체로 긍정적인 반응을 나타냈다. 이러한 현상은 〈5번〉 응답과는 다소 차이를 가지고 있으나 〈4번〉 질문에서 사투리에 대한 선호도가 표준말보다 높게 나타나는 것과는 같은 맥락으로 해석될 수 있다. 실제적으로 직접 면접을 한 경우 이러한 질문에 대하여 대부분의 응답자들은 공공기관의 역할이 지역발전에 힘이 된다는 사실을 강조하면서 지역발전 차원에서라도 지방 방송의 사투리 사용은 활성화되는 것도 좋다고 했다.

질문 5-2. 학교 교육에 사투리를 가르치는 시간을 배정하면 어떻겠습니까?

이 질문은 전통문화의 계승 발전이라는 차원에서 사투리에 대한 언어태도를 알아본 것이다.

이 질문에 대하여 노년층은 대체로 찬성한다는 의견이었고 장년층의 경우 또한 노

세대구분 \ 내용	매우 찬성한다	찬성한다	찬성하는 편이다	반대하는 편이다	매우 반대한다
노 년 층	2	36	31	31	0
장 년 층	8	22	28	40	2
청소년층	2	6	33	45	14

〈표 28〉 교육차원에서의 사투리 사용에 대한 호감도(%) [세대별]

년층보다는 낮지만 대체로 찬성한다는 것에 의견을 모았다. 하지만 청소년층에서는 대체로 '반대한다는' 것에 의견이 모아졌다. 이 질문에 대한 반대의 의견은 세대에 따라 각각 다르게 나타난다. 특히 장년층의 경우는 교육적으로 학생들에게 이롭지 않다는 것을 이유로 들었다. 반면 청소년층은 단지 학교 수업의 과다에 따라 과목이 증가되는 것은 부담스럽다는 것이 반대하는 가장 큰 이유로 나타났다.

이 질문에 대한 응답의 결과를 직업별로 구분하여 보면 〈표 29〉와 같다.

직업별 \ 내용	매우 찬성한다	찬성한다	찬성하는 편이다	반대하는 편이다	매우 반대한다
공무원(회사원 포함)	9	8	43	40	0
상업(자영업 ,서비스업 포함)	6	25	19	47	3
농업	8	41	15	34	2
어업	0	0	41	25	34

〈표 29〉 교육차원에서의 사투리 사용에 대한 호감도(%) [직업별]

농업과 공무원의 경우 교육적인 차원에서 사투리를 가르치는 시간을 배정하는 것은 좋다는 것으로 다소 긍정적인 태도를 보였는데 이는 이 두 직업의 부모 화자들에 대한 교육열이 반영된 결과인 듯하다. 실제로 공무원이나 농업에 종사하는 사람들은 교육적인 환경에 노출될 경우 그 관심 정도가 다른 계층에 비해 상대적으로 높게 나타난다. 그것은 자연스럽게 그들에게 교육의 중요성에 대한 인식을 불러일으킴과 동시에 곧바로 자녀들의 교육에 동참하려는 태도로 작용하기도 한다.

이러한 경향을 성별로 살펴보면 다음과 같다.

성별 \ 내용	매우 찬성한다	찬성한다	찬성하는 편이다	반대하는 편이다	매우 반대한다
남성	8	27	23	40	2
여성	3	31	16	48	2

〈표 30〉 교육차원에서의 사투리 사용에 대한 호감도(%) [성별]

높은 비율은 아니지만 남성과 여성 모두 다소 긍정적인 반응을 보여준다. 이것은 이 방언의 화자들이, 자신들이 속한 언어공동체 속에서 하나의 전통문화로 사투리를 지켜나가고자 하는 희망이 내포되어 나타난 결과라 할 수 있다.

【 익힘 문제 】

1. 부록에 수록된 사회방언 조사용 질문지 중 한 분야만 선택하여 조사해 보자.
2. 부록에 수록된 사회방언 조사용 질문지 중 언어태도에 관한 것을 조사해 보자.

참고문헌

I. 한국어 방언론 관련 참고문헌 (연도순)
II. 영동방언 관련 참고문헌 (논저자 자모순)

참고문헌

I. 한국어 방언론 관련 참고문헌 (연도순)

1) 연구논저편

小倉進平(1944), 『朝鮮語方言の 硏究(上·下)』, 東京: 岩波書店.

河野六郎(1945), 『朝鮮方言學試攷 - 「鋏」語考』, 서울: 東都書籍.

이숭녕(1967), "한국방언사", 『한국문화사대계 5 - 언어 문학사(상)』, 고려대 민족문
　　　　　화연구소.

이기문 외 2인 편(1977), 『국어학 논문선: 방언연구』, 민중서관.

이익섭(1978), "한국 방언 연구의 한 방향", 『어학연구』 14권 2호, 서울대 어학연구소.

이병근(1979), "국어 방언 연구의 흐름과 반성", 『방언』 1, 한국정신문화연구원.

최명옥(1980), 『경북 동해안 방언 연구』, 영남대 출판부.

김영황(1982), 『조선어방언학』, 평양: 김일성종합대학출판사.

최학근(1982), 『한국방언학』, 태학사.

이익섭(1984), 『방언학』, 민음사.

이병근(1985), "방언", 『국어국문학 연구사』, 우석출판사.

최학근(1986), "「한국방언의 구획문제」에 대해서", 『국어학 신연구』, 탑출판사.

김병제(1988), 『조선언어지리학시고』, 평양: 과학백과사전출판사.

국어국문학회(1990), 『방언학의 자료와 이론』, 지식산업사.

최명옥(1990), "방언", 『국어연구 어디까지 왔나』, 동아출판사.

이기문·김완진·최명옥(1991), "한국어 방언의 기초적 연구", 『학술원 논문집 인
　　　　　문·사회편』 제30호, 학술원.

이익섭(1994), 『사회언어학』, 민음사.

곽충구(1994), 『함북 육진방언의 음운론』, 태학사.

이상규(2003), 『국어방언학』, 학연사 (초판; 『방언학』, 1995).

2) 자료 및 사전류편

경성사범학교 조선어연구부(1936-7), 『方言集』, 서울: 경성사범학교. (모산학술연구

소 편,『方言集』, 국학자료원, 1995년 참조)

김형규(1974),『한국방언연구』, 서울대출판부.

최학근(1978),『한국방언사전』, 현문사.

김병제(1980),『방언사전』, 평양: 과학,백과사전출판사.

한국정신문화연구원(1987-95),『한국방언자료집』. 총 9책.

리윤규 외 2인(1992),『조선어방언사전』, 연변인민출판사.

대한민국 학술원(1993),『한국 언어 지도집』, 성지문화사.

『한국방언학사전』, 태학사, 2001년.

II. 영동방언 관련 참고문헌 (논저자 자모순)

경성사범학교 조선어연구부(1936-7),『方言集』, 서울: 경성사범학교. (모산학술연구
        소 편,『方言集』, 국학자료원, 1995년 참조)

곽충구(1994),『함북 육진방언의 음운론』, 태학사.

국어국문학회(1990),『방언학의 자료와 이론』, 서울: 지식산업사.

권순일(1976), "강원도 방언의 연구 -횡성,평창,영월지방의 어휘를 중심으로", 석사
        학위논문, 고려대.

길민자(1986), "강원도 지방의 산이름 연구", 석사학위논문, 세종대 대학원.

김강산(1989),『태백의 지명유래』, 태백문화원.

김강산(1992), "竹嶺縣考",『悉直文化』 제3집, 삼척문화원.

김기설(1992),『강릉지역지명유래』, 서울: 인애사.

김무헌(1977), "영동지방 어민어 조사연구",『논문집』 9, 강릉교육대학.

김병제(1980),『방언사전』, 평양: 과학,백과사전출판사.

김병제(1988),『조선언어지리학시고』, 평양: 과학백과사전출판사.

김봉국(1998), "삼척지역어의 성조 연구", 서울대 대학원 석사학위논문.

김봉국(1999), "삼척지역어의 상승조에 대한 실험음성학적 고찰",『관악어문연구』 24,
        서울대국어국문학과

김봉국(2000), "강릉·삼척 지역어의 활음화",『한국문화』 26, 서울대 한국문화연구소.

김영황(1978), 조선민족어발전력사연구, 과학,백과사전출판사.

김영황(1982),『조선어방언학』, 평양: 김일성종합대학출판사.

김인기(1998),『江陵方言叢覽』, 한림출판사.

김주원(2003), "음운론적 관점에서 본 동해안 방언의 특성",『동해안 지역의 방언과
        구비문학 연구』, 영남대학교출판부.

김형규(1973), "경기·강원도 방언 연구",『학술원 논문집』 12, 대한민국 학술원.

김형규(1974), 『한국방언연구』, 서울: 서울대출판부.

나완이(1936), "방언채집에 대하야", 『한글』 4권 9호(1936년 10월호).

남기탁,손주일(1990), "강원도 어촌 문화와 산촌 문화의 인류학적 비교 연구-방언부문", 『강원문화연구』10, 강원대 강원문화연구소.

대한민국 학술원(1993), 『한국 언어 지도집』, 성지문화사.

류렬(1983), 『세나라시기의 리두에 대한 연구』, 과학,백과사전출판사.

리윤규 외 2인(1992), 『조선어방언사전』, 연변인민출판사.

문효근(1969), "영동방언의 운율자질에 관한 연구", 『인문과학』 22, 연세대 인문과학 연구소.

문효근(1972), "영동 북부방언의 운율음소", 『연세논총』 9, 연세대.

문효근(1982), "영동 영서 방언의 어휘적 비교 연구", 『인문과학』 46-47, 연세대 인 문과학연구소.

민현식(1991), "속초방언에 대하여", 『인문학보』 11집, 강릉대 인문과학연구소.

박성종(1994), "북평지방의 지명유래", 『동해북평공단조성지역문화유적발굴조사보 고서』, 관동대 박물관.(동해문화연구회 편, 『동해문화논총』 제1집, 1996에 재수록)

박성종(1995ㄱ), "영동 지역의 어촌 언어", 『강원 어촌지역 전설 민속지』, 강원도.

박성종(1995ㄴ), "삼척시 미로면 방언 어휘", 『삼척시 미로 지역의 기층문화』, 삼척 문화원.

박성종(1996), "정선군 정선읍 및 신동읍 방언 어휘", 『한강상류(정선읍 · 신동읍) 지 역의 기층문화』, 정선군청.

박성종(1997), "고성군 간성읍 및 거진읍의 방언", 『고성 지역의 기층문화』, 고성군 문화원.

박성종(1998ㄱ), "강원도 방언의 성격과 특징", 『방언학과 국어학』, 태학사.

박성종(1998ㄴ), "언어 생활", 『태백시지』, 태백시청.

박성종(1998ㄷ), "영월군 영월읍 일대 방언", 『영월군의 기층문화』, 영월문화원.

박성종(2000), 『동해시 지명지』, 동해문화원.

박성종(2002), "정선군 북면의 방언", 『정선군 민속 기층조사』, 정선문화원.

박성종(2003), "제1절 방언", 『평창군지』 상권, 평창군.

박재문(1970), "삼척지방 방언의 특성과 표준말의 생활화 지도 방안", 『삼척공전 논 문집』 2.

박종철(1982), "고성군지역 향토문화 조사보고: 방언부문", 『강원문화연구』 2, 강원 대 강원문화연구소.

박종철(1984), "강원도 방언 연구 - 고성군을 중심으로", 『숭전어문』 1집, 숭전대 인문대 국어국문학과.

박희만(1993), "삼척방언의 경어법 사용에 관한 사회언어학적 연구", 석사학위논문, 강원대.

沙川面誌 발간위원회(1994), 『沙越』, 강원도 명주군 사천면.

삼척군(1994), 『三陟郡地名由來誌』, 삼척군.

성광수(1981), "嶺東地方 地名에 대한 語源論的 硏究 - 江陵 溟州를 중심으로", 口碑文學 4.

성광수(1981), "영동 지방 지명에 대한 어원론적 연구 - 강릉, 명주를 중심으로", 『구비문학』 4.

小倉進平(1944), 『朝鮮語方言の 硏究(上・下)』, 東京: 岩波書店.

속초문화원(1990), 『속초의 지명』, 속초문화원.

신경철(1990), "강원도 원주 지역어 연구", 『논문집』 9, 상지전문대학.

申淑澈・鄭泰潤(1939), "시골말", 『한글』 71-72호(7권 9, 10호), 조선어학회.

신태현(1958), 三國史記地理志의 硏究, 서울: 宇鍾社.

원훈의(1978), "강원도 방언 연구(1) - 평창,정선,영월 등지를 중심으로", 『관동향토문화연구』 2, 춘천교대.

원훈의(1979), "강원도 방언 연구(2) - 평창,정선,영월 등지의 문법을 중심으로", 『관동향토문화연구』 3, 춘천교대.

원훈의(1980), "강원도 방언 연구(3) - 평창,정선,영월 등지의 어휘를 중심으로", 『관동향토문화연구』 4, 춘천교대.

원훈의(1982), "강원도 방언 연구(4) - 영서남부방언의 어휘를 중심으로", 『논문집』 22, 춘천교대.

원훈의(1987), "강원도 방언 연구(5) - 홍천군방언의 음운을 중심으로", 『관동향토문화연구』 5, 춘천교대.

원훈의(1988), "강원도 방언 연구(5-2) - 홍천군방언의 어휘를 중심으로", 『관동향토문화연구』 6, 춘천교대.

원훈의(1989), "강원도 방언 연구(6-1) - 춘천 춘성군 방언의 어휘를 중심으로", 『관동향토문화연구』 7, 춘천교대.

원훈의(1990), "강원도 방언 연구(6-2) - 춘천 춘성군 방언의 음운을 중심으로", 『관동향토문화연구』 8, 춘천교대.

원훈의(1991), "강원도 방언 연구(7-1) - 화천군 방언의 어휘를 중심으로", 『관동향토문화연구』 9, 춘천교대.

원훈의(1992), "강원도 방언 연구(7-2), - 화천군 방언의 음운을 중심으로", 『관동향토문화연구』 10, 춘천교대.

윤길자(1995), "삼척방언의 선어말어미에 대한 연구", 석사학위논문, 관동대 대학원.

윤종남(1987), "강릉 방언의 초분절음소에 대한 고찰", 『동악어문논집』 22, 동국대 동악어문학회

윤종남(1987), "강릉 방언의 초분절음소에 대한 고찰", 석사학위논문, 동국대 대학원.

이기문 외 2인 편(1977), 『국어학 논문선: 방언연구』, 서울: 민중서관.

이기문 · 김완진 · 최명옥(1991), "한국어 방언의 기초적 연구", 『학술원 논문집 인문 · 사회편』 제30호, 학술원.

이병근(1973), "동해안 방언의 이중모음에 대하여", 『진단학보』 36, 진단학회.

이병근(1979), "국어 방언 연구의 흐름과 반성", 『방언』 1, 한국정신문화연구원.

이병근(1985), "방언", 『국어국문학 연구사』, 서울: 우석출판사.

이상규(1995), "강원방언", 『방언학』, 학연사.

이상규(1995), 『방언학』, 학연사.

이상복(1984), "강원도 영동 · 영서 교차지역 문화조사 보고(1)--방언부문", 『강원문화연구』4, 강원대 강원문화연구소

이상복(1985), "강원도 영동 · 영서 교차지역 문화조사 보고(2)--방언부문", 『강원문화연구』5, 강원대 강원문화연구소

이상복(1986ㄱ), "강원도 영동 · 서 문화 비교연구--방언부분", 『강원문화연구』6, 강원대 강원문화연구소

이상복(1986ㄴ), "태기산 주변지역 문화조사--방언부분", 『강원문화연구』6, 강원대 강원문화연구소

이상복(1987), "치악산 주변지역 문화 조사-방언부문", 『강원문화연구』7, 강원대 강원문화연구소

이상복(1988), "철원군 지역 문화 조사-방언부문", 『강원문화연구』8, 강원대 강원문화연구소

이상복(1989), "춘천 · 춘성지역 문화 조사-방언부문", 『강원문화연구』9, 강원대 강원문화연구소

이상복(1990), "섬강 유역 향토문화 조사-방언부문", 『강원문화연구』10, 강원대 강원문화연구소

이상복(1992), "강원도 방언 연구의 현황과 과제", 『강원문화연구』11, 강원대 강원문화연구소

이상복(1995), "강원도 방언에 대한 고찰", 『강원문화연구』14, 강원대 강원문화연구소.

이숭녕(1967), "한국방언사", 『한국문화사대계 5 - 언어 문학사(상)』, 고려대 민족문화연구소.

이익섭(1972ㄱ), "강릉방언의 형태음소론적 고찰", 『진단학보』 36, 진단학회.

이익섭(1972ㄴ), "영동방언의 Suprasegmental Phoneme 체계", 『동악어문』 2, 동덕여
　　　대 국어국문학과.

이익섭(1974), "영동방언의 경어법 연구", 『논문집』 6, 서울대 교양과정부.

이익섭(1976ㄱ), "한국 어촌방언의 사회언어학적 연구", 『진단학보』 42, 진단학회.

이익섭(1976ㄴ), "아재고", 『동아문화』 13, 서울대 동아문화연구소.

이익섭(1978), "강릉지방의 방언", 『임영문화』 2, 강릉문화원.

이익섭(1978), "한국 방언 연구의 한 방향", 『어학연구』 14권 2호, 서울대 어학연구소.

이익섭(1979), "강원도 영서지방의 언어분화", 『진단학보』 48, 진단학회.

이익섭(1980), "方言에서의 意味 分化", 『方言』 3, 한국정신문화연구원.

이익섭(1980), "영동 영서지방의 언어 접촉", 『임영문화』 4, 강릉문화원.

이익섭(1981), 『영동영서의 언어분화 - 강원도의 언어지리학』, 서울대 출판부.

이익섭(1986), "살려 쓰고 싶은 내 고장 사투리 : 강릉방언을 중심으로", 『국어생활』
　　　제7호, 국어연구소.

이익섭(1987), "강원도 방언의 특징과 그 연구", 『국어생활』 제10호, 국어연구소.

이익섭(1990-1), "강원도 사투리 (1)-(5)", 『태백문화』 '90.12.-'91.2., '91.4., '91.6., 강원
　　　일보사.

이익섭(1991), "영동방언연구의 현황과 과제", 『관동어문학』 7, 관동대 관동어문학회.

이익섭(1995), "한국어촌언어의 사회언어학적 고찰", 『국어사회언어학논총』, 국학자
　　　료원.

이익섭(1997), "방언", 『江陵市史』, 강릉시.

이익섭(2002), "언어로 본 강릉의 정체성", 『강릉 문화 정체성 연구』, 강릉문화예술
　　　진흥재단.

전광현(1978), "동해안 방언의 어휘(1)", 『국문학논집』 8, 단국대 국문과.

전광현(1981), "동해안 방언의 어휘(2)", 『국문학논집』 10, 단국대 국문과.

전광현(1986), "현대국어의 방언권", 『국어생활』 5, 국어연구소.

전성탁(1968), "강릉지방의 방언 연구", 『논문집』 5-2, 춘천교대.

전성탁(1971), "영동지방의 방언 연구", 『논문집』 10, 춘천교대.

전성탁(1977), "강릉방언의 형태론적 고찰", 『논문집』 17, 춘천교대.

전성탁(1978), "삼척 방언 연구", 『관동향토문화연구』 2, 춘천교대 관동향토문화연
　　　구소.

전성탁(1980), "고성지방 방언 연구", 『관동향토문화연구』 3, 춘천교대 관동향토문화
　　　연구소.

전성탁(1981), "양양지방의 방언 연구", 『관동향토문화연구』 4, 춘천교대 관동향토
　　　문화연구소.

전성탁(1982), "철원지방 방언 연구", 『논문집』 22, 춘천교대.

전성탁(1983), "화천지방의 방언 연구", 『논문집』 23, 춘천교대.

전성탁(1987), "인제지방의 방언 연구", 『관동향토문화연구』 5, 춘천교대 관동향토
　　　　　문화연구소.

전성탁(1988), "양구지방의 방언 연구", 『관동향토문화연구』 6, 춘천교대 관동향토
　　　　　문화연구소.

전성탁(1989), "강릉방언의 어휘", 『관동향토문화연구』 7, 춘천교대 관동향토문화연
　　　　　구소.

전성탁(1990), "강릉방언의 어휘", 『임영문화』 14, 강릉문화원.

전혜숙(1996), "강릉방언의 변화에 대한 사회언어학적 연구", 석사학위논문, 관동대
　　　　　대학원.

전혜숙(2003), "강원도 동해안 방언의 사회언어학적 연구", 박사학위논문, 한국외국
　　　　　어대 대학원.

전혜숙(2008), 『강원도 동해안 방언의 사회언어학적 연구』, 한국학술정보.

정호완(1976), "강원도 홍천방언의 음운체계 연구", 석사학위논문, 충남대 대학원.

정호완(1982), "홍천지방말의 음운론적 고찰", 『한사어문논집』 2, 한사대 한국어문
　　　　　연구소.

최돈국(1987), "태백방언의 음운론적 연구", 석사학위논문, 고려대 대학원.

최명옥(1980), 『경북 동해안 방언 연구』, 영남대 출판부.

최명옥(1990), "방언", 『국어연구 어디까지 왔나』, 서울: 동아출판사.

최학근(1978), 『한국방언사전』, 서울: 현문사.

최학근(1982), 『한국방언학』, 서울: 태학사.

최학근(1986), "「한국방언의 구획문제」에 대해서", 『국어학 신연구』, 탑출판사.

河野六郎(1945), 『朝鮮方言學試攷 - 「鋏」語考』, 서울: 東都書籍.

한국어문연구소(1982), "방언어휘자료", 『한국어문논집』 2, 대구대 한국어문연구소.

한국정신문화연구원(1987-95), 『한국방언자료집』. 총 9책.

한국정신문화연구원(1990), 『한국방언자료집 II : 강원도편』, 성남: 한국정신문화연
　　　　　구원.

한글학회(1967), 『한국지명총람 2 (강원편)』, 한글학회.

한영균(1983), "강원 경북울릉 제주방언의 현지조사 과정과 반성", 『방언』 7, 한국
　　　　　정신문화연구원.

한영균(1991), "강원도 방언 연구의 현황과 과제 - 방언구획과 음운론적 특징을 중
　　　　　심으로", 『김영배 선생 회갑기념논문집』, 경운출판사.

한영균(1995), "'ㅚ, ㅟ'의 단모음화와 방언분화 -강원도 방언의 경우", 『국어사와 차

자표기』, 태학사.
함영세(1986), "영동 방언의 활용어미에 대한 연구", 석사학위논문, 경희대 대학원.
황대화(1986), 『동해안 방언 연구』, 평양: 김일성종합대학출판사.

기타 영동지역 市郡誌.

부록(附錄)

부록1.	방언 조사용 질문지

1) 강원도 방언 어휘 조사용 통신질문지

안녕하십니까? 본인은 수년 동안 강원도의 방언을 조사 연구하고 있는 중입니다. 이제 그 마무리 단계로 몇가지 좀더 정밀히 밝혀 보고 싶은 것이 있어 선생님의 협조를 얻고자 합니다.

같은 강원도 안이면서도 군(郡)이 달라짐에 따라 말이 달라지고, 심지어는 같은 군 안에서조차 말이 달라지는 경우도 있지 않습니까? 이 설문 조사는 그러한 지역간의 방언차를 세밀히 면(面) 단위로 밝혀 보고자 하여, 강원도내 각 초등학교의 협조를 얻어 실시코자 하는 것입니다.

내 고장의 전통문화를 보존하고 발전시키는 데 참여하시는 뜻으로 적극 협조하여 주시기를 간곡히 부탁드립니다.

1. 먼저 교장 선생님께서는 귀교 선생님 주에서 이 방면에 관심을 가지신 분을 찾아 이 일을 부탁드려 주시기 바랍니다. 교장 선생님께서 직접 맡아 하셔도 좋겠습니다.

2. 이 일을 맡으신 선생님께서는 먼저 다음의 설문 내용을 검토하시고 이 설문 응답에 협조해 줄 본토박이 한 분을 구하시기 바랍니다. 그 본토박이 분은 조사 때부터 그 고장(선생님 재직 학교가 소재하고 있는 면, 읍, 또는 시)에서 살아온 분으로서 순수한 그 고장 말을 잘 아는 분이어야 할 것입니다. 그리고 되도록 농사를 짓고, 50세가 넘은 분이면 좋겠습니다.

3. 좋은 본토박이분이 구해지셨으면 다음에 있는 응답요령에 따라 설문 하나하나에 응답해 주시되, 그 응답을 선생님 자신의 지식으로서가 아니라, 각 설문의 내용을 본토박이분에게 물어 그분의 판단으로 하는 것임을 명심하시기 바랍니다.

1980년 10월 8일

서울대학교 인문대학 국어국문하과

이　익　섭

●응답요령●

1. 각 설문 끝 괄호 속에는 강원도의 여러 지방에서 쓰이는 방언들이 제시되어 있습니다. 선생님께서는 본토박이분에게 그 앞의 내용을 질문하시어, 만일 그 방언들 중 그 고장의 방언이 있으면 ○표를 쳐 주십시오.

   (예 : 김치, 김치, (짠지,) _____)

2. 만일 두 가지(또는 세 가지) 방언이 다 잘 쓰일 때에는 어느 것이 더 옛날부터 쓰였는가를 물어 옛것에 ○를 하시고, 나중에 쓰이게 된 것에는 △표를 하십시오.

   (예 : 김치, △짐치, (짠지,) _____)

3. 괄호 속에 제시된 방언 중에 해당되는 것이 없을 때는 밑줄 그은 부분에 그 고장의 방언을 적어 주십시오. 맞춤법은 생각지 마시고 소리나는 대로 적기 바랍니다.

4. 이 조사를 하시는 중 본토박이분이 질문을 받고 그 고장의 방언을 생각해 내지 못할 경우가 아니면 괄호 속의 방언들을 미리 가르쳐 주시지 말기 바랍니다.

---

1. 닭이나 병아리한테 보리나 쌀 등을 주면 무엇을 준다고 합니까?
   (멍이, 멩이, 모이, 모시,   )

2. 닭 중의 수컷은?
   (**수닭**, 수탉, 장**닭**,   )

3. 산에 사는 짐승으로 밤에 캥캥 울며 남의 산소도 잘 파헤치는 짐승은?
   (여껭이, 영껭이, 여우, 이수,   )

4. 왼쪽 〈그림 4〉는 무슨 그림입니까?
   (잠자리, 짬자리, 찰레기, 소금젱이,   )

5. 왼쪽 〈그림 5〉는 물 위에 떠서 톡톡 튀기도 하고 가만히 있다 쉭쉭하고 빨리 다니는 것인데 무엇이라 부릅니까?
   (맹건장사, 엿장사, 물거리, 소금젱이,   )

6. 물고기 입속에 참빗의 살처럼 생긴 것으로 소금과 고춧가루에 절였다가 깍두기 만들때도 쓰는 것은?
   (서거리, 아가미, 아금지, 짓,   )

7. 바다에서 나는 것으로 감자만하고 거죽은 빨갛고 울퉁불퉁 튀어나오고 속의 노란 것을 먹는 것은?

(멍기, 멍게, 해우, 울멩이, 울미,　　　　　)

8. 여름에 먹는 것으로 살구보다 조금 작고 새빨갛고 맛이 몹시 시고, 그 종류 중 가장 작은 재래종 과일은?

(꼬야, 오얏, 깨기, 꽤기, 꽤, 자두,　　　　　)

9. 밭둑이나 논둑에 많은 풀에 달리는 열매로, 봄에 노란꽃이 피었다가 열매가 익으면 큰 콩알만한데 새빨갛고 말랑말랑하며 맛이 시큼하고 거죽에는 조그만 씨 같은 것이 다닥다닥 덮여 있는 열매는?

(중딸구, 중어딸구, 중딸, 개미딸, 개미딸구, 논딸구,　　　　　)

10. 길가나 집 부근에서 많이 볼 수 있는 풀로 잎속에 하얀 실같은 것이 있는, 오른쪽 〈그림 10〉의 풀은?

(질겅이, 질경이, 질겡이, 빼짱우, 빼짱이, 뺌짱우, 뻽짱우,　　　　　)

11. 이른 봄에 산에서 피는 분홍색 꽃으로 아이들이 잘 꺾어 오기도 하고 따먹기도 하는 꽃은?

(창꽃, 진달래,　　　　　)

12. 그 꽃 〈11번의 꽃〉이 지면서 뒤따라 피는 꽃으로 꽃색이 더 연하고 못 먹는 꽃은?

(창꽃, 진달래,　　　　　)

13. 야산에 있는 키 작고 가늘고 약간 고불고불하고 가시도 좀 있는 나무로, 잎이 빤질빤질하고 오목하여 물 떠먹기에 좋으며, 열매는 동그랗고 여름에 파랄 때는 다 먹기도 하나 겨울이 되면 껍질이 새빨갛게 빠닥빠닥하게 되어 못 먹음. 그런 나무는?

(깜바구, 땀바구, 퉁갈나무,　　　　 , 그런 나무 없음)

14. 키가 크고 잎이 밤나무 잎 비슷하고 줄기 껍질은 굴피로 벗겨 쓰며, 그 열매가 오른쪽 〈그림 14〉와 같은 나무는?

(참나무, 상수리나무, 보추리나무, 보첩나무,　　　　)

15. 동네 앞으로 폭이 10m 정도, 깊이가 깊어야 사람 무릎밖에 안 오는 물이 흐른다면 무엇이라 부르겠습니까?

(개울, 거랑, 내, 내물, 냇물,　　　　)

16. 두 사람이 양쪽에서 밧줄을 잡고 논에 물을 퍼올릴 때 쓰는 물건은?

(두레박, 파래,　　　　)

17. 논이나 밭을 갈 대 소 한 마리가 앞에서 끄는 농기구로 보습이 흙을 양쪽으로 갈라지게 하는 것은?

(보구래, 후쩽이, 흑쩽이, 가데기, 가제기, 호리,　　　　)

18. 앞 17의 것과 같으나 볏이 있어 흙을 한쪽으로만 넘어가게 하는 농기구는?

(보구래, 양보구래, 애보구래, 연장, 보쟁이, 쟁기, 호리,　　　　)

19. 앞의 17 및 18의 농기구로 논이나 밭을 가는 사람은?

(밭갈애비, 보애비, 쟁기꾼, 신일꾼, _____)

20. 모를 심을 때난 김을 맬 때 6명이면 6명, 7명이면 7명씩, 조를 짜서 할 경우, 그 조를 무엇이라 부릅니까?

(두래, 둘개, 둘게, 질, _____)

21. 논이나 밭이 넓게 펼쳐져 있는 평야는?

(버덩, 들, _____)

22. 논에서 모가 자라서 된 곡식은?

(나락, 베, _____)

23. 밭에 나는 키 큰 곡식으로, 그 줄기는 집의 벽을 만들 때 외를 엮어 쓰고 곡식을 털어낸 부분으로 비를 만들때 쓰는 곡식은?

(수꾸, 수끼지, 쉬끼지, 수수, 쉬시, 대끼지, 데끼지, _____)

24. 앞의 23번과 비슷한 곡식으로 왼쪽 그림의 것은?

(강넹이, 옥수수, 옥씨기, 옥끼, 옥떼끼, _____)

25. 옥수수(강넹이)를 기계에 넣고 뜨겁게 덥혀 '뻥'하고 튀긴 것은?

(광밥, 광정, 박산, 박살, 포데기, 포디기, 토배기, 투배기, 티밥, _____)

26. 논에 든 새떼를 쫓을 때 쓰던 것으로, 짚으로 지게의 밀삐 비슷하게 만들어 빙빙 돌리다가 땅에 '땅'하고 쳐서 소리를 내는 것은?

(파대, 파두, 파래, 탈기, _____)

27. 벼나 보리를 탯돌에다가 털 때 볏단이나 보릿단을 감는 끈은?

(자르개, 조리개, 태빠, _____)

28. 재래식 방아로 앞에 방공이가 달리고 두 갈래로 된 나무에 사람이 올라거면서 찧는 방아는?

(디들방아, 디딜방아, 발방아, _____)

29. 앞의 디딜방아(발방아)를 찧을 때 방공이가 닿는 오목한 부분은?

(방확, 호박, 확, _____)

30. 곡식을 까불 때 쓰는 것은?

(쳉이, 치, 키, _____)

31. 짚의 꼭대기 부분으로 담뱃대의 댓진을 빼낼 때 쓰는 매끄럽고 가느다란 부분은?

(꼬겡이, 짚꼬겡이, 해공이, 해미, _____)

32. 쌈을 싸 먹는, 잎이 넓적한 채소로 잎을 째면 뽀얀 진이 나오는 채소는?

(부루, 불기, 상추, 생추, _____)

33. 무우나 배추를 소금에 절여 고춧가루를 넣고 만든 반찬으로, 독에 넣어 땅에 묻었다가 한겨울동안 먹는 반찬은?

(김치, 짐치, 짠지, _____)

34. 무우나 배추에 고춧가루를 넣지 않고 물을 많이 붓고 슴슴하게 만든 반찬은?

(짐치, 물김치, 힌짐치, _____)

35. 흔히 지붕 위나 담 위에서 밤에 하얀 꽃이 피는 것으로 연할 때는 나물이나 국으로 해먹고 익으면 바가지를 만드는 것은?

    (고지, 박, _____)[補 '박고지']

36. 밥을 풀 때는 무엇으로 풉니까?

    (주걱, 주벅, 박쭉, 밥쭉, 밥쭈벅, _____)

37. 밥을 할 때 좀 타서 솥 바닥에 눌어 붙은 것은?

    (누렁지, 누룽기, 누룽지, 소꼴기, 소데끼, 소디끼, 소지끼, 소쩨, 소쩽이, _____)

38. 밥할 때 쌀에서 돌을 고르는 데 쓰는, 즉 쌀을 일 때 쓰는 것으로, 그 안쪽으로 골을 파서 만든 둥근 나무 그릇은?

    (남박, 이남박, 싸름박, 쌀름박, 쌀리박, 쌀박, 쌀배기, _____)

39. 동이로 물을 일 때 동이 밑에 받치는 것으로, 왕골과 짚으로 만든 동그란 것은?

    (따바리, 또바리, 또뱅이, 똬리, _____)

40. 소한테 먹이려고 짚이나 콩깍지 등을 썬 것을 가마에 끓인 것은?

    (쇠죽, 여물, _____)

41. 마당에서 방으로 들어가는 중간에 신발을 벗어 놓도록 흙으로 마당보다 좀 높게 만든 곳은?

    (구팡, 뜨럭, 토방, 처망, _____)

42. 비가 와서 처마에서 흐르는 물은?

    (낙순물, 낙신물, 지실물, 처매물, _____)

43. 바람이 팽이처럼 뱅글뱅글 돌면서 먼지를 하늘로 일으키며 부는 바람은?

    (돌개바람, 회리바람, _____)

44. 아이들이 얼음 위에서 양손에 송곳 막대기를 잡고 앉아 타는 것으로 나무 널판 밑에 두 줄로 철사를 대고 만든 것은?

    (살매, 스게뜨, 쓰께또, 안진스게트, 안진벵이시께도, 안질뱅이스게또, 안질깨, 안질뱅이, 얼음판, _____)

45. 여자애들이 그릇 깨진 것으로 솥이니 밥이니 하면서 노는 장난은?

    (동구파리, 통구파리, 통구바리, 동갑싸리, 동갑찔, 살림사리, 존곱찔, _____)

46. 바늘, 실패, 가위, 헝겊 등을 넣어 놓는, 버들로 만든 그릇은?

    (도방구리, 토방구리, 반지끄릇, 반짓골, _____)

47. 봄에 아이들이 물이 잘 오른 버드나무 껍질을 틀어서 입에 대고 부는 것은?

    (주레, 호데기, 호들기, 회드기, 회뜨기, _____)

48. 두 갈래로 된 나무 가지에 고무줄을 매고 만든 새 잡을 때 쓰는 물건은?

    (고무총, 느르배기, 새총, _____)

49. 한 아이가 눈을 감고 있으면 다른 아이들이 여기저기에 숨는 놀이는?

(부꾼지노름, 부꿈수끼, 숨바꼬질, 숨박꼭질, _____)

50. 그네(추천) 뛸 때 발을 얹어 놓도록 나뭇가지를 새끼줄로 엮어 만든 것은?
   (그네발, 그네신, 바치개, 발판, 안질깨, 지버배끼, 찍개, _____)

51. 그네 뛸 때 발을 구르면서 앞으로 멀러 나가면서 뭐라고 기분좋게 소리를 지릅니까?
   (우두구네, 후두네, 춘천이여, _____)

52. 아이들을 목 위에 태우되 박을 목 양쪽으로 내리고 아이의 팔을 잡아주는 것을? (동고리, 목말, 무등, _____), 아이들을 어깨 위에 올라서게 하는 것은 뭐라 합니까? 또 52번과 달리 부르면 적어주십시오. (_____)

53. 어린애들에게 재롱을 부리게 하느라고 손바닥에 손가락을 꼭꼭 찌르면서 뭐라 합니까?
   (곤지곤지, 송고송고, 송구송구, 장개장개, 장게장게, _____)

54. 사람 귀의 제일 아래 쪽의 도톰한 부분은?
   (귀뿌리, 귀부랄, 귀빱, 귀빵울, 귀젖, _____)

55. 어디에 세게 부딪쳐서 살이 퍼렇게 된 것을?
   (멍, 멍당구, 멍장구, 싱거무, 신당구, 심당구, 심방우, _____)

56. 헤엄을 치다가 발가락이나 발이 뒤틀리면서 마음대로 놀릴 수 없게 되는 것을?
   (자거품, 쥐, _____)

57. 한복 바지를 입고 발목 있는 데를 매는 헝겊끈은?
   (대미, 댄님, 바뗑이, 바쩽이, 장, _____)

58. 발로 무엇을 '밟지 마라'고 할 때의 '밟지'의 발음은?(발찌 마라, 빱찌 마라)

59. '가늘다, 굵다'할 때의 '굵다'의 발음은? (국따, 굴따)

60. 때 묻은 손을 물에 좀
   (씻어라, 씪어라, 쎄라, 닦아라, _____)

61. 오랫동안 무릎을 꿇고 앉아 있으면 발이
   (재룹다, 저리다, _____) [補 '제리다']

62. 소금의 맛은?
   (짜다, 짜겁다, 짜급다, _____)

63. 누구보고 아프냐구 물을 때 '아푸나?'와 '아푸니' 중 어느것을 씁니까?
   (아푸나?, 아푸니?, _____)[※'누구'는 '아이'였어야 함]

64. "열 개는 줄 줄 알았는데 (   ) 두 개밖에 안주더라"의 (   ) 알맞은 말은?
   (겨우, 제우, 제워, _____)

65. '아재'라는 말을 씁니까? 누구를 보고 '아재'라고 하는지 좀 자세히 말해 주십시오.
   (   )

66. 끝으로 이 질문서에 대해서나 평소 강원도 방언에 대해서 하시고 싶은 좋은 말

씀이 있으시면 적어 주십시오.

(   )

수고 많으셨습니다. 끝으로 다음 참고 사항을 적어 주시기 바랍니다.

조 사 자	성명 : _____ 재직처 : _____ 초등학교 _____ 군(시) _____ 면(읍)
본토박이분 **협조자**	성명 : _____ 나이 : _____ 세 (남, 여) 직업 : _____

생장지 : _____ 군 _____ 면

타지방 거주경력 : _____ 도 _____ 군 _____ 면 ( )년동안

부모의 출생지 { 부 : _____ 군 _____ 면
                   모 : _____ 군 _____ 면

그러면 동봉한 봉투에 이 설문지를 넣어 우송해 주십시오.
여러 가지로 대단히 고맙습니다. 다시 인사드리겠습니다.

2) 강원도 방언 어휘 조사용 통신질문지

지난번의 방언조사에 보내주신 선생님의 솔선적이고 학구적인 협조에 진심으로 감사드립니다. 지금까지 전혀 미개척 분야였던 강원도 방언이 이제 그 윤곽을 드러내게 된 것을 선생님과 함께 기쁘게 생각합니다. 선생님의 보람이며 우리 강원도의 한 자랑이 아닌가 합니다.

지난번의 조사의 큰 성과에 힘입어 이번에 조사질문서를 한번 더 마련하였습니다. 이 조사가 우리 후손들에게 더없이 값진 유산을 남기는 작업임을 인식하시고 번거로우시더라도 한번만 더 수고를 같이 해 주시기 바랍니다.

1. 선생님께서 특히 유의하실 일은, 이 조사가 도(道) 단위도 아니요 군 단위도 아니고 면 단위라는 점입니다. 선생님이 하실 일은 선생님 학교가 자리잡고 있는 바로 그 면(읍, 시)의 방언을 조사하시는 일입니다. 다른 고장의 것은 그곳에서 하도록 되어 있습니다.

2. 따라서 바로 그 면에서 조상 때(적어도 부모대)부터 살아온 토박이분을 찾는 일이 이 조사에서 가장 중요합니다. 시일이 걸리더라도 그러한 분을 찾은 후에 조사를 진행하시기 바랍니다.

3. 토박이분은 농사를 생업으로 하고 50세가 넘은 분이면 가장 좋습니다. 여러분이 바로 그 면의 토박이분일 때는 직접 하셔도 좋으나 애매한 것은 다른 분과 상의하셔서 하시기 바랍니다. 그리고 토박이분이 글을 아시는 분이면 그분에게 직접 작성하게 하시는 것도 좋겠습니다.

4. 질문서 작성요령은 대개 지난번과 같습니다. 괄호 안에 제시된 방언을 토박이분에게 일러주시고 그 중에서 해당 방언을 찾게 하여 ○표를 하시고, 만일 그것 이외에 해당 방언이 또 있을 때는 옛날부터 쓰이는 것에 ○표, 근래에 쓰이게 된 것에는 △를 해 주십시오. 제시된 방언 중에 해당 방언이 없을 때는 밑줄 친 부분에 써 넣어 주시고 앞의 요령으로 ○표나 △표를 하시기 바랍니다.

1981년 2월 일

서울대학교 인문대학 국어국문하과

이 익 섭

1. 국이나 찌게에 넣어 먹으려고 무우잎을 새끼에 엮어 말린 것은?
　(건초, 건추, 시래기, 씨래기, _____)

2. '호박, 가지, 오이'의 '오이'를 '물외'라 합니다. '오이'라 합니까?
　(물외, 오이, _____)

3. '조'와 '서숙' 중에서는 어느 말을 씁니까?
　(조, 서숙,)

4. 벼나 조(서숙)의 이삭이 곧게 섰던 것이 익으면(손으로 꼬부라지는 시늉을 하면서) 이렇게 (곱지요, 숙지요, _____)

5. 벼나 보리의 낟알 끝의 까끌까끌하고 뾰죽한 털. (까끄라기, 까오치, _____)

6. 벼를 찧으면 껍질이 나오는데 그 중 굵은 껍질은?
　(새째, 왕게, 왕겨, 왕제, _____)

7. 쌀을 '빻는다' 그럽니까? '뽛는다' 그럽니까? (빻는다, **뽛는다**, _____)

8. 멍석에 곡식을 넣어 놓고 고루고루 펼 때 쓰는 것으로 자루 끝에 나무 판대기를 대어 만든 것 (곰배, 고밀개, 괴밀개, 밀개, _____) 부엌 아궁이에서 재를 긁어낼 때 쓰는 것도 그렇게 부릅니까? (예, 아니오) 아니라면 뭐라 부릅니까? ( )

9. 화로에 꽂아 두었다가 화롯불을 꼭꼭 누를 때 쓰는 것으로 손바닥만한 쇠에 자루가 달린 것. (불까래, 불도두깨, 불도디깨, 부삽, 불쌉, _____)

10. 화로에 꽂아 두었다가 저고리 동정을 대릴 때 쓰는 것. (윤두, 인두, _____)

11. 화로에 고기를 구울 때 쓰도록 철사에 엮어서 만든 것.
　(모태, 석쇠, 설쇠, 적쇠, 절쇠, _____)

12. 거기(11의 것)에 고기를 어떻게 해 먹는다고 그럽니까?
　(꼬 먹는다, 꽈 먹는다, 궈 먹는다, _____)

13. "국이 식었구나. 좀 따뜻하게
　(데워야겠다, 데페야겠다, 뜨세야겠다, 뜨소야겠다, _____)

14. 젖은 옷을 화롯불에 (말린다, 말운다, _____)

15. (두 손가락으로 가위질 흉내를 내면서) 이렇게 옷감이나 종이를 자를 때 쓰는 것.
　(가새, 가외, 가왜, 가위, 깎개, _____)

16. 가위(가왜, 가새)로 옷감을 자르고 남은 부스러기. (가샛밥, 가윗밥, _____)

17. 목화로 만든 것으로 이불이나 바지 속에 넣는 것. (소개, 소캐, 솜, _____)

18. 옷 같은 것을 넣어 두는 것으로, 농보다 작고 위쪽 반이 문짝으로 되어 위 아래로 열리고 닿히는 나무가구. 까만 무쇠로 장식을 붙이고 자물통도 무쇠로 되어 있음.
　(괴, 궤, 귀, 압따지, _____)

19. "이 자물통이 열려 있는 줄 알았더니 (잠기었구나, 장구키었구나, _____)"

20. 고드랫돌을 넘기며 광골로 자리를 맬 때 쓰는 것.
　(날개빨, 날개틀, 매나무틀, 자리틀, _____)

21. 볏짚 이삭 끝으로 만들어 풀을 바를 때 쓰는 것. (풀삐, 풀쏠, _____) 볏짚이삭
   대신 돼지털로 만든 것도 그렇게 부릅니까? (예, 아니오) 아니라면 뭐라 하는지요?
   (   )

22. 빨래할 때 빨래를 두드리는 방망이.
   (물빵멩이, 물빵치, 빨랫방망이, _____)

23. 소한테 먹이려고 짚이나 콩껍질을 작두로 썰어 놓은 것. (깍지, 여물, ____)
   그것을 넣어 두는 곳을? (깍찌까리, 깍지우리, 여물광, _____)

24. 소가 여물(쇠죽)을 먹고 잠자는 곳?
   (마구, 마구깐, 오양깐, _____)

25. 닭이 낳은 알? (게란, 달겡이, 달걀, _____)

26. "닭 쫓던 개 지붕 쳐다 본다"는 말 있잖습니까? 그러니까 닭이 개한테 쫓겨 어
   디에 올라간 거지요?
   (지붕게, 지붕에, 지붕케, _____)

27. 일하는 아이가 부엌에서 설거지하다 실수로 그릇을 깨는 것을?
   (재간한다, 저지레한다, 저질한다, _____)

28. 물동이를 이고 물을 이러 가는 곳은?
   (운굴, 우물, _____)

29. 샘물이나 빗물이 오목한 곳에 하나 가득 (개빈다, 개인다, 고인다)

30. 여름에 하늘에서 어름이 비처럼 쏟아지는 것. (누리, 느리, 우박, 유리,)

31. 논 가운데나 논가에 늘 샘이 나고 사람이 빠지면 깊숙이 빠져 들어가는 곳.
   (수구, 시구, 수레기, 수부, _____)

32. 산이 가파르게 되어 있는 곳에 만일 누가 집을 지으려고 한다면 "아, 이 편편한
   평지를 놔 두고 왜 저런 어디(___)에 집을 지으려고 하지?"라고 말할까요? (비
   얄, 비탈, 자들박, _____)

33. 소나무잎이 가을에 단풍이 들어 떨어진 것.
   (갈비, 검불, 소갈비, _____)

34. 그 소나무잎을 갈퀴(깍젱이)로 어떻게 해 오나요?(글어 오지요, 끌어 오지요,
   긁어 오지요, _____)

35. 옻나무 비슷한데 옻이 안오르는 나무. 옻나무에는 잎대궁이 말쑥한데 이 나무에
   는 잎대궁에 날개가 있음.
   (불나무, 뿔나무, 뿔진나무, 붕나무, 뿡나무, _____)

36. 늦가을에 들판에 나가면 옷에 잘 달라 붙는 까만 씨. 코스모스씨 비슷한데 양
   쪽 끝이 바늘처럼 뾰족하게 생긴 것.
   (개바늘, 까치바늘, 도깨비바늘, 귀사리, _____)

37. "이 꽃은 먹어도 되지만 그 꽃은 못 먹는다"고 할 때 '꽃은'의 발음은?

(꼬슨, 꼬츤, 꼬튼, _____)

38. 감을 침을 들이지 않고 생감으로 먹으면 맛이 (뜰따, 틀따, 뜹다, 툽다, _____)

39. 이른 봄에 논에 있는 것(가운데 큰 그림). 삶아서 먹기도 함.
    (골벵이, 울벵이, _____)

40. 냇물 돌 밑에 있는 것(왼쪽 작은 그림). 삶아서 먹음. (골벵이, 탈펭이, _____)

41. 위쪽 벌레 그림은? (버마재비, 사마구, 오줌찍개, 황개미, _____)

42. 바다에서 나는 명태, 고등어, 꽁치들은 (고기, 괴기, _____) 냇물에서 나는
    미구라지, 뱀장어들은 (고기, 괴기, _____)

43. 아이들이 벌통이나 땡삐(땅벌)집을 건드리면 벌한테 어떻게 될까요?

44. 아이들 뱃속에 있는 지렁이처럼 생긴 것.
    (거시, 거우, 꺼꾸, 꺼꽹이, 찔꽁이, _____)

45. 여자아이들 머리 속에 많던 이의 새끼. (서캐, 세캐, 쎄가리, 씨가리, _____)

46. 동생이 혼자 모자를 못 쓰니 옆에 있던 형이 (씨워 준다, 씨케 준다, _____)

47. 옷이 너무 크면 어떻게 해 입을까요?
    (줄고 입는다, 줄궈 입는다, 줄여 입는다, _____)

48. 남자는 바지를 입지만, 여자가 입는 것은? (치마, 치매, _____)

49. 겨우 걸음마를 하는 아가를 붙들어 세우고 오른쪽 왼쪽으로 흔들면서 뭐라 하
    나요?
    (부라부라, 풀풀, 풀매풀매, 풀미풀미, _____)

50. 아가들이 귀여운 짓을 하는 것을? (재롱 떤다, 재양피운다, 예살떤다, _____)

51. 걸음을 '잘 걷는다(걷는다)' 그럽니까, '잘 걸른다' 그럽니까?
    (걷는다, 걸른다, _____)

52. 다들 흰고무신을 신고 와서 남의 신과 (바뀌기, 바꾸키기, _____) 쉽겠다.

53. 손가락으로 발바닥을 살살 (간질군다, 간질인다, _____)

54. (턱을 가리키며) 여기를 뭐라 합니까? (택, 턱, _____)

55. 겨울에 추워서(손가락으로 입술을 만지며) 여기가 트면 뭣이 텄다고 할까요?
    (입술기, 입술이, 입설이, _____)

56. 목구멍에 ("어윽 어윽"하고 딸꾹질 흉내를 규칙적인 간격으로 내며) 이러는 소
    리가 나는 것을 뭐라 합니까? (깔대기, 딸꾸기, 패떼기, 패띠기, _____)

57. 물을 마시다 말을 하려고 해서 숨이 막히고 기침이 나는 것을?
    (싸래, 찰레기, _____)

58. 추운 데 있다가 따뜻한 아랫목에 앉으면 사르르 (자우름, 조름,)이 오지요. 그
    러면 '아이, _____' 뭐라 말하나요? (조렵다, 조릅다, 자우릅다, _____) [補
    '자부름' '자부릅다']

59. 점잖은 어르신네들의 앉음새처럼 한 쪽 다리를 다른쪽 무릎 위에 올려 놓고 앉
    는 것을?(가부재 한다, 가부재기 친다, 굴방자루 앉는다, 올방개 친다, 퇴사리
    친다, 팽개 친다, _____)

60. '자네 오랜만일쎄'라고 하개(허개)할 사람에게 자네 왔느냐고 물으려면 (자네
    왔는가?, 자네 왔나?)

61. "자네 지나는 길에 들린 줄 알았더니 (여뿌러, 일부러, _____) 들렸구만,
    고맙네." [※ '여뿌러'는 '역뿌러'여야 했음]

62. "이 아이 좀 보라"라는 말로 "(야 좀 바, 얘 좀 바)"

63. "왜서 그래나(그러니)?" "왜 그러니(그래나)?"의 '왜서'와 '왜' 중 어느 말을 많이
    씁니까? (왜서, 왜)

64. '내일, 모래' 다음날은? (그글피, 그글패, 저글패, _____)

65. 연을 띄울 때 실을 감는 나무틀. (연깡개, 연짜새, 자새, _____)

66. 밭에 곡식을 심으려고 골을 냈을 때 골과 골 사이의 높은 곳. (두둑, 드럭, 등,
    등강, _____) 만일 그곳이 모자리처럼 넓어도 그렇게 부릅니까? (예, 아니오)
    아니라면 무엇이라 부릅니까? (망, ____)

67. 옛날에는 (장가, 장개) 갈 때 무엇을 타고 갔습니까? (가마, 가매)

68. 여러분 고장의 말이 어디까지는 같고 어디서부터 달라집니까?
    평소 느꼈던 대로 말씀해 주십시오.(가령 횡성군 둔내면이라면 동쪽으로 평창
    군 대화면에서부터 말이 달라지고 서쪽으로는 원주 횡성까지는 말이 같으나
    경기도 여주에서부터는 달라진다는 등의 평소 그곳 주민들이 느끼는 점을 적
    어 주십시오.

    _____

    _____

    _____

    _____

수고 많으셨습니다. 빠진 것이 없나 한번 확인해 주십시오.

조 사 자	성명 : _____ 나이 : _____
	재직처 : _____ 초등학교 (직위 : _____)
	(우편번호 : _____) 군(시) _____ 면(읍) _____ 리(동)
	고향(생장지) : _____) 군(시) _____ 면(읍)
본토박이분 협조자	성명 : _____ 나이 : _____
	직업 : _____
	태어난 곳 : _____ 군(시) _____ 면(읍) _____ 리(동)
	자란곳 : _____ 군(시) _____ 면(읍) _____ 리(동)
	타지방 거주경력 : _____ 도 _____ 군 _____ 면 ( )년동안
	부모의 출생지 { 부 : _____ 군 _____ 면
	모 : _____ 군 _____ 면

그리고 끝으로 참고사항을 빠짐없이 적어 주시기 바랍니다.

사회방언질문지 - 직접조사용

성   명 :

연   령 :

직   업 :

학   력 :
(학생: 학교   학년)

출 생 지 :

기 타 사 항 :

음운항목용(1-1):

번호	구분	항목(발음)	응답형(1)	응답형(2)
1	ø (ㅚ)	økasčip		
2		ønamudari(橋)		
3		ø ⇒ č'amøbat'		
3-1		(보충) øu-da, ø-ropda, øči-da		
4		tø(升)		
5		sø(金)		
6		ø ⇒ səksø(darisø)		
7	ø (ㅚ)	øsukmo		
8	we(ㅔ)	k'weda(실을)		
9	wɛ (ㅙ)	wɛnom		
10		kønari-봇짐		
10-1		(보충) (물이)køda		
11		kweč'ak		
12		kwɛŋi(농기구)		
13	y (ㅟ)	y(胃)		
14		yt-mom(일으키기)		
15		y ⇒ t'iysit'i(舞)		
15-1		(보충) yhajə(yhada), yrohada		
16		ky(耳)		
17		čy(鼠)		
18		y⇒kamaky		
18-1		(보충) (심장이 팔딱 팔딱) t'ynda		
19	I (ㅣ)	ki(氣)		
20	y (ㅟ)	kyt'urami(곤충, 보일러 이름)		
21	e (ㅔ)	enuri(깎다)		
22		e ⇒ nuegoči		
23		t'e(群)		
24		ke(바닷게)		
25		seda(힘이)		
26		e ⇒ toŋneč'ənjə		
26-1		(보충)(벼를) peda, (등에 짐을) meda		

음운항목 (1-2)

번호	구분	항목(발음)	응답형(1)	응답형(2)
27	ɛ (ㅐ)	ɛbəlre		
28		ɛ ⇒ čaɛ-ropda		
28-1		(보충) ɛč'əropda, ɛs'inda		
29		t'ɛ(時)		
30		kɛ(犬)		
31		(물이) sɛda		
32		ɛ ⇒ (과거) hjənjɛ (미래)		
32-1		(보충) (작은 고추가) mɛpda		
33	ɨ (ㅡ)	iaksɛ		
34		imči		
35		ɨ ⇒ keirida		
36		kɨl(文)		
37		t'ɨl(機)		
37-1		(보충) t'ɨlni(齒)		
38		ɨ ⇒ hankɨl, pet'ɨl		
38-1		(보충) pit'ɨlda, tɨlda		
39	ə (ㅓ)	ərin(老)		
40		əlda(어름이)		
41		ə ⇒ kwaŋəhø		
42		kəl(윷놀이)		
43		t'əl(毛)		
44		ə ⇒ t'ok'it'əl		
44-1		(보충) t'əlda, təlda		
45	jɨ (ㅢ)	jɨ:l (쓸개)		
46		jɨ:dɨrim		
47		jɨ:ŋgam		
48	jə (ㅕ)	jə:nk'ot		
49		jə:l(數)(jəljə:sət)		
49-1		(보충) jətčaŋsu, hobakjət. jə:n(鳶), paŋp'ejən		
50	jø (ㅛ)	jø		
51	ɨj (ㅢ)	ɨjsa(醫)		
52		ɨjgjən		
53		hanɨjsa(醫)		
54		hapɨj		
55		hɨjmaŋ		
56		nɨjriri		

음운 항목용 질문지 (1)에 대한 질문 내용:

〈질 문 문〉

1. 어머니의 고향집을 어떻게 부릅니까?

 * ( )집에는 누가 살고 계십니까?( )삼촌 ( )숙모 등등.

2. 옛말에 원수는 어떤 다리에서 만난다고 합니까?

3. (사진을 보여준다.) 이것이 무엇입니까?

 * 이것은 과일인데 노란색을 띠고 있으며 모과와 아주 비슷하게 생겼습니다 . 이
   것이 무엇입니까?

4. 쌀을 세는 단위는 한 가마, 한 말, 한 ( )?

 * 한 말은 큰 것으로 몇 정도가 들어갑니까?

 ** 차례로 세어 보세요. 한( ), 두( ), 한( )반, 두( )반

5. 자물통은 보통 무엇으로 만듭니까?

 * 이런 말 아세요. 한번(내친김에)에 일을 끝내라고 말할 때 '( )뽑도 단김에 빼라.'

6. 요즘에는 가스렌지에 고기를 굽지만 예전에는 화로(연탄불)에 이것을 얹어 놓고
   고기를 구웠습니다. 철사를 엮어서 만든 이것은 무엇입니까?

7. 어머니의 오빠 부인을 어떻게 부릅니까?

8. 결혼식 때 무엇이 울리면서 신부가 입장합니까?(딴딴딴-소리를 내 준다.)

 * 옷을 꿰매려고(*꼬매려고)합니다. 바늘에 실을 어떻게 해야 합니까?

9. 우리가 일본 사람을 나쁜 뜻으로 말할 때 ( )놈이라고 합니다.

 * 소고기 좋아하세요? 꿀꿀꿀 하는 고기는 어떤 고기입니까? 좋아하세요?

10. 옛날에 선비가 과거보러 갈 때 필요한 물건을 헝겊으로 둘둘 말아 등에 지고
    (메고) 간 것을 무엇이라고 합니까? (무슨 봇짐이라고 하던데?)

11. 요즘에는 장농에 옷을 넣어 두었지만 예전에는 여기에다 옷을 넣어 두었다고
    합니다. 이것을 무엇이라고 합니까?

12. 땅을 팔 때에나 흙덩어리를 잘게 부술 때 스는 자루가 긴 농기구를 말합니다.
    이것은 무엇입니까?

13. 밥을 먹으면 우리 몸 속 어디에 저장이 됩니까?

 * (TV선전에 나오는) 겔포스는 어디가 아파서 먹는 약입니까?

14. 뱃살을 빼기 위한 운동 중 가장 효과적인 방법은 어떤 것이 있습니까? (동작을
    보여준다.)

15. 요즘 가수 설운도가 부르는 유행가 중에서 '학창시절에..' 이 노래 제목은 무엇
    입니까? 여기서 어떤 춤을 춥니까?

16. (귀를 만지며) 이것이 무엇입니까?

17. 야옹 야옹하는 것은 고양이입니다.   찍찍찍 소리를 내며 다니는 작은 동물은
    무엇입니까?(   )
    * (   )도 종류가 꽤 여럿 되는데 다 알고 있습니까? 들(   ), 생(   ) 등.
18. 새인데 온 몸이 검고 사람이 죽은 곳에 모이는 새는 어떤 새입니까?
    * 옛 시조에 이런 시조가 있습니다. (   )검다고 속조차 검을소냐?
19. 몸이 허약한 사람은 무엇이 빠져서 그렇다고 합니까?
    * (태극기 사진을 보여주면서) 이것은 무엇입니까?
20. 집에서 사용하는 보일러는 가스보일러입니까? 어디 제품입니까?
    * (노래를 불러준다)(   )고요한 밤에 (   ) 글을 읽는다. 가을이라... 이
      노래에 나오는 곤충은 어떤 곤충입니까?
21. 물건을 사면서 값을 깎을 때 쓰는 말입니다.
    * (노래를 불러준다) 시골 영감.....이 세상에 (   )없는 장사가 어디 있어...
22. (사진을 보여준다) 이것이 무엇입니까?
    * ..무슨 고치인데... 몸빛이 희고 뽕나무 잎을 먹고 사는 유충입니다.
23. 아이들이 셋, 넷 무리를 지어 몰려다니면 '(   )지어 몰려다닌다'고 합니다.
24. 이것은 바다에서 나는 것입니다. 꼭 가재처럼 생겼습니다. 장이나 고추장에 담
    가두었다가 반찬을 해먹기도 합니다 이것이 무엇입니까?
    * 영덕하면 유명한 것이 무엇입니까?
25. 씨름을 즐겨 보십니까? 천하장사는 힘이 어때야 합니까?
    * 부부 싸움은 칼로 물(   )기
26. 이 노래를 아십니까? '앵두나무 우물가에 ...... 바람났네.' 여기서 누가 바람이
    났습니까?
27. 곤충인데 알에게 막 깬 벌레를 무엇이라고 합니까?
28. 아랫사람에게 베푸는 도타운 사랑을 무엇이라고 합니까? 그런 사람을 (   )고
    말합니다.
29. 시간을 잘 맞추어 오면 (   )맞추어 잘 왔다고 합니다.
    * 아침밥은 8시, 점심밥은 12시, 저녁밥은 6시에 딱딱 시간을 맞추어 밥을 먹으
      면 (   )맞추어 밥을 먹는다고 합니다.
    ** 활명수는 어디가 아프면 먹는 약입니까?
30. 보신탕 좋아하세요? 이것은 어떤 고기로 만듭니까?
    * 집에서 키우는 동물인데 멍멍 짖습니다.
31. 항아리에 구멍이 났습니다. 모르고 물을 부었습니다. 어떻게 되겠습니까?
32. 지나간 시간을 과거라고 합니다. 지금은 무엇이라고 합니까? 그리고 앞으로 다
    가올 시간은 무엇이라고 합니까? (과거 (   ) 미래)
33. (노래를 불러준다) '아아....(   ) 슬피우니, 가을인가요.' 무엇이 슬피웁니까?

34. 노래를 아주 못 부르는 사람을 무엇이라고 합니까?

35. 일도 안하고 잠만 자는 사람을 어떻다고 합니까?

36. 한석봉은 무엇을 잘 썼습니까?

  * 하늘천 따지,.. 공자왈 맹자왈 하고 무엇을 읽습니까?

37. 베 짜는 기계를 무엇이라고 합니까?

38. 세종대왕이 만든 것이 무엇입니까?

  ** 베를 베어서 탈곡하는 기계이름을 무엇이라고 합니까?

39. 아이들은 (   )들한테 말대꾸하면 안됩니다.

  * 나이에 관계없이 모두 나가라는 말을 할 때 '아이 (   ) 할 것 없이 모두 나가
    라' 라고 합니다.

40. 겨울에 날씨가 추우면 물이 어떻게 됩니까? 물이(   ) 것을 무엇이라고 합니까?

41. 회를 좋아하십니까?(즐겨 먹습니까?) 회 중에 가자미하고 비슷하지만 가자미보
    다 더 큰 것으로 값이 아주 비싼 것은 어떤 것입니까?

42. 윷놀이 할 때 도, 개 다음에 무엇입니까? (도, 개 (   ) 윷)

43. (다리나 손의 털을 가리키면서) 이것을 무엇이라고 합니까?

  * 목도리 중에는 동물의 (   )로 만든 것들이 많다고 합니다.

44. 눈이 빨갛고 귀가 크고 쫑긋합니다. 이 동물의 (   )도 목도리를 만든다고 합니다.

45. 사람이나 생선의 쓸개를 무엇이라 합니까?

46. 사춘기 학생들 얼굴에 나는 것으로 곪기도 하는 것은 무엇입니까?

47. 할머니가 할아버지를 어떻게 부릅니까?

48. 연못에 피어있는 꽃은 어떤 꽃입니까?

  * 부처님이 특히 좋아하시는 꽃은 무엇일까요?

49. 하나 둘 수를 세어 보도록 한다. (20까지)

50. 아버지나 오빠(주로 남자)가 외출하여 식사 때가 되어도 돌아오지 않으면 밥 굶
    지 말라는 뜻에서 아랫목이나 부뚜막에 떠놓았던 밥을 무엇이라고 부릅니까?

  * 나간 사람 (   )는 있어도 자는 사람 (   )는 없다고 합니다.

51. 병원에 가면 누구에게 진찰을 받습니까?

52. 서로 서로 생각이 같으면 무엇이 일치한다고 합니까?

  * 한자를 써주고 읽혀 본다.(단 청소년층과 경우와 장년층에게만)

53. 한방 병원에 가면 침을 맞습니다. 침을 놓아주는 사람은 누구입니까?

54. 두 사람(혹은 여럿이)이 생각을 맞추는 것을 무엇이라고 합니까?

  * 요즘 부부들이 서로 성격이 맞지 않는다고 이혼을 많이 합니다. 이때 무슨 이
    혼을 한다고 말합니까?

55. (노래를 부른다.) 배를 저어가자 험한 바닷물결 --(   )에 나라로.

56. (노래를 부른다.) (   )맘보.(닐리리)맘보.

음운항목 (2)

우선 단어를 읽어보시고 그 단어가 들어가 있는 문장을 읽어 주십시오.(천천히 읽어 주십시오.)

번호	단어읽기	문장읽기	발음	기타
1	외갓집	외갓집에 언제 가니.		
2	외나무다리	원수는 외나무다리에서 만난다.		
3	참외밭	참외밭에 참외는 없고 수박만 있더라.		
4	되(升)	쌀을 말로 사지 되로 사니.		
5	쇠(金)	요즘도 쇠를 달구는 대장간이 있나?		
6	석쇠	석쇠도 대장간에서 만드니?		
7	외숙모	우리 외숙모는 참 이뻐요.		
8	웨	웬일이니? 정말 웃긴다.		
9	왜놈	왜놈이 떼놈이니? 댄놈이니?		
10	괴나리	이도령이 괴나리봇짐을 등에 지고 한양 간다.		
11	궤짝	돈 궤짝에 돈이 꽉 차 있으면 정말 좋겠다.		
12	괭이	괭이가 무엇이지? 괭이가 괭이지 뭐.		
13	위(胃)	위가 아프면 위장병이 틀림없다.		
14	윗몸	뱃살을 뺄 때는 윗몸일으키기가 최고다.		
15	트위스트	샹하이 샹하이 트위스트 추면서.		
16	귀(耳)	씨끄러워서 귀가 멍멍하다.		
17	쥐(鼠)	쥐새끼 한 마리도 얼씬하지 마라.		
18	까마귀	까마귀도 새니?		
19	기(氣)	공부 못한다고 기 죽이지 마라.		
20	귀뚜라미	귀뚜라미 봤니?		
21	에누리	에누리 없는 장사가 어딨냐?		
22	누에	누에고치도 곤충이라고 할까?		
23	떼(群)	떼거지로 몰려다니면서 소란을 떨면 곤란하다.		
24	게(바닷게)	게를 잡아 게장국을 끓여 먹자.		
25	세다	천하장사는 힘이 세다.		
26	동네	내가 예쁘다고 동네방네 소문이 났다.		

음운항목 (2-1)

번호	단어읽기	문장읽기	발음	기타
27	애벌레	벌거지 중에 벌거지는 애벌레다.		
28	자애롭다	자애로운 우리 어머니.		
29	때(時)	때때로 집을 비울 때는 문을 꼭 잠근다.		
30	개(犬)	우리집 개는 진돗개다.		
31	새다	집에서 새는 바가지 밖에서도 샌다.		
32	현재	과거 현재 미래 모두 행복한 날들.		
33	으악새	아아, 으악새 슬피우니 가을인가요.		
34	음치	노래를 못 부르면 음치라고 한다.		
35	게으르다	게으른 사람은 밥 주지 마라.		
36	글(文)	선비가 걸상에 앉아서 글을 읽고 있다.		
37	틀(機)	베틀은 무엇을 하는 기계인가요?		
38	한글	한글은 세종대왕이 만들었다.		
39	어른(老)	어른 공경을 잘하면 복 받는다.		
40	얼다	어름이 얼면 눈썰매를 타러 가자.		
41	광어회	생선회 중에서 광어회가 제일 비싸다.		
42	걸(윷놀이)	도, 개, 걸 다음에 윷이다.		
43	털(毛)	털장갑을 끼고 눈사람을 만들자.		
44	토끼털	여우털은 토끼털보다 비싸다.		
45	으르:(쓸개)	으르: 빠진 사람이 있을까?		
46	으:드름	얼굴에 으:드름은 왜 생길까?		
47	응:감	응:감은 곶감을 좋아한다.		
48	연꽃	부처님은 연꽃을 좋아한다.		
49	열(十)	연꽃이 열 개, 열 세 개, 아주 많다		
50	외	외는 무엇일까요?		
51	의사	아프면 의사한테 가서 주사를 맞는다.		
52	의견	우리 둘은 의견이 잘 맞는다.		
53	한의사	한의원에 가면 침을 맞는다.		
54	합의	우리 둘이 합의해서 해결하자.		
55	희망	아이들은 내일의 희망이다.		
56	늴리리	늴리리야, 늴리리, 늴리리 맘보.		

음운항목 3

다음 내용을 자연스럽게 읽어 주십시오. (천천히 읽어 주십시오.)

우리 외숙모는요. 쌀으 셀 때는 한 되 두 되 하구, 화쇠르 셀 때는 한 마리 두 마리 하더거 쥐르 셀 때는 꼭 한 놈 두 놈 한다니요. 왜서 그래는지 나는 모르지요 머.

그리구요. 우리 외숙모맨치루 쉬지 않구 일하는 사람도 데우 드물아요.

저울게 눈:이 눈 밑까지 싸였는데도 영세로 곶감 팔러 댕기고, 봄이 대마 귀똘이네랑 나셍이, 고들배기 뿌랭이 캐러 웬통 산 꼬드베기로 올래 댕기고, 여름에는 그 땡볕에 푸성기 팔러 장에 가구, 갈:게는 베농사 거:도 마뎅이 하구, 고뱅이 지름 마를 날 읎이 일만 해대요.

진 세월 내내 일으 해대도 그그르 옹:감이 알아주기르 하나, 자식덜이 알아주기르 하나 옹:악스럽지 몬해도 그렇지, 으르:이 빠지지 않고서는 그래 몬하지요 머. 시얀하게두 그집 아:들은 즈: 어머이 그래는 기 아문치도 않는지, 날매둥 날매둥 주머이 빈 날 읎이 남대천 갱변으로 마시똘이만 댕기잖소. 치매 저고리 변변한 것 한 벌 몬 해 입고, 따따한 밥 멕에 핵교르 마처 노:이 만고 먼 소용 있소.

엊 지냑에도 큰 아: 늦는다구 부뜨막 소두벵이 곁에 쇠르 떠놓고 지달리고 있잖소. 천치매름 사람이 우떠 그래 진생인지.

시어른 공경도 을:매나 잘하는지 몰래요. 얼굴에 으:드름이 콕콕 박힌 열 아홉에 신랑 얼굴도 몬 보고 시집으 왔는데도, 시방까정 그: 시집살이르 마카 해내잖소. 오죽하면 저 아래 모탱이 퇴끼 키우는 게으름뱅이 연꽃네 옹:감이 침이 마르도록 칭찬으 할라구요.

엊 지냑에는 돼지새끼 세 마리르 사와서 짚으로 새끼르 꽈 돼지우리르 맹글고, 돼지밥으 조야 한다고 나:르 보구 감재르 조:오라 하잖소.

내거 그 말으 듣소. 금으 준다 해도 고마 구찮은데, 문지방 앞에 금으 딱 거: 놓고 꼼짝달싹도 안 했지요 머.

우리 외할머이맨치 '아이구 우리 손지 이쁜기' 하민서 돈이라도 손에 쥐케 주면 모를까...

사회방언질문지 - 직접조사용

성   명 :

연   령 :

직   업 :

학   력 :
(학생: 학교   학년)

출 생 지 :

기 타 사 항 :

1. 다음 내용들은 정답을 확인하거나 표준말을 확인하고자 하는 것이 아닙니다. 다만 여러분의 실제 언어사용에서의 발음을 알아보고자 하는 것입니다. 예를 들어 담배를 많이 피우는 사람을 보고 '골초'라고 말한다면 본인의 경우 "저 사람은 담배 골초다"라고 말하는지, "저 사람은 담배 꼴초다"라고 하는지를 알아보려는 것입니다. 주어진 내용을 자연스럽게 읽어보시고 본인이 평상시 발음하는 것과 같은 곳에 (0) 하여 주십시오. 본인이 발음하는 것이 없으면 《   》에 그 발음을 써 주십시오.

1. 얼굴이 **곰보다**(   )　　　얼굴이 **꼼보다**(   )　　　얼굴이 《   》다
2. 담배 **골초**(   )다　　　　담배 **꼴초**(   )다　　　　담배 《   》
3. 국에 **건데기가** 없다(   )　국에 **껀데기가** 없다(   )　국에 《   》가 없다
4. 등이 **곱추다**(   )　　　　등이 **꼽추다**(   )　　　　등이 《   》다
5. 머리가 **곱슬머리다**(   )　머리가 **꼽슬머리다**(   )　머리가 《   》다
6. 국문학과 **과대표**(   )　　국문학과 **꽈대표**(   )　　국문학과 《   》
7. 자장면 **곱배기로** 주세요(   ) 자장면 **꼽빼기로** 주세요(   ) 자장면 《   》로 주세요
8. 밀가루 반죽이 **걸죽하다**(   ) 밀가루 반죽이 **껄쭉하다**(   ) 밀가루 반죽이 《   》
9. **도랑물**이 넘친다(   )　　　**또랑물**이 넘친다(   )　　　《   》물이 넘친다
10. 말이 **다발총이다**(   )　　말이 **따발총이다**(   )　　말이 《   》이다
11. 파를 **다듬어라**(   )　　　파를 **따듬어라**(   )　　　파를 《   》어라
12. 새끼줄을 **당겨라**(   )　　새끼줄을 **땅겨라**(   )　　새끼줄을 《   》
13. 이를 깨끗이 **닦아라**(   )　이를 깨끗이 **딲아라**(   )　이를 깨끗이 《   》
14. 과자 **부스러기**(   )　　　과자 **뿌스러기**(   )　　　과자/꽈자 《   》
15. **번데기**장수(   )　　　　　**뻔데기**장수(   )　　　　　《   》장수
16. 내가 **본때를** 보여주마(   ) 내가 **뽄때를** 보여주마(   )　내가 《   》를 보여주마
17. 기름에 **볶아라**(   )　　　기름에 **뽁아라**(   )　　　기름에 《   》아라
18. 물건을 마구 **부수어라**(   ) 물건을 마구 **뿌수어라**(   )　물건을 마구 《   》어라
19. **사나이** 울리는 辛라면(   ) **싸나이** 울리는 辛라면(   )　《   》울리는 辛라면
20. 성질이 **사납다**(   )　　　성질이 **싸납다**(   )　　　성질이 《   》
21. **사랑**, **사랑**, 내사랑(   )　**싸랑**, **싸랑**, 내싸랑(   )　《   》
22. **소나기**가 온다(   )　　　**쏘나기**가 온다(   )　　　《   》가 온다
23. **시어머니** 고무신(   )　　**씨어머니** 고무신(   )　　《   》 고무신
24. 천하장사는 힘이 **세다**(   ) 천하장사는 힘이 **쎄다**(   )　천하장사는 힘이 《   》
25. 분위기가 **살벌하다**(   )　분위기가 **쌀벌하다**(   )　분위기가 《   》
26. **자장면**(   ) 곱배기　　　**짜장면**(   ) 곱배기　　　《   》 곱배기
27. 지게 **작대기**(   )　　　　지게 **짝대기**(   )　　　　지게 《   》
28. 오이 **장아찌**(   )　　　　오이 **짱아찌**(   )　　　　오이 《   》
29. **족제비** 같은 놈(   )　　　**쪽제비** 같은 놈(   )　　　《   》 같은 놈

30. 털 뽑는 **족집개**(   )　　　 털 뽑는 **쪽집개**(   )　　　 털 뽑는 《   》
31. **졸병**도 군인이다(   )　　　 **쫄병**도 군인이다(   )　　　 《   》도 군인이다
32. **장돌**로 맞으면 아프다(   )　 **짱똘**로 맞으면 아프다(   )　 《   》로 맞으면 아프다
33. 다리를 **절뚝절뚝거린다**(   )　 다리를 **쩔뚝쩔뚝거린다**(   )　 다리를 《   》거린다
34. 노끈을 **자른다**(   )　　　　 노끈을 **짜른다**(   )　　　　 노끈을 《   》
35. 돈을 달라고 **조른다**(   )　　 돈을 달라고 **쪼른다**(   )　　 돈을 달라고 《   》

　　2. 다음 내용은 본인이 실제로 사용하는 말(단어)을 알아보고자 하는 것입니다. 이 지역에서는 '무릎'이라는 말을 '고뱅이'라는 말로도 사용하고 있습니다. 이 경우 본인이 실제로 사용하는 말이 '고뱅이'인지 '무릎'인지를 살펴보려는 것입니다. 또한 본인이 사용하는 말이 '고뱅이'일 경우 그 발음을 어떻게 하고 있는지도 함께 알아보고자 합니다. 예를 들어 질문 (1)과 같은 경우 '무릎이 아프다'라고 한다면 본인의 경우 '무릎이 아프다'라고 하는지 '고뱅이가 아프다'라고 하는지 '고뱅이가 아프다'라고 한다면 '고뱅이'라고 발음을 하는지 '고배~이'라고 하는지를 살피려는 것입니다. 응답 방법은 본인이 실제로 사용하고 있는 말에 0표를 하시면 됩니다. (여기서 ~표시는 콧소리를 내는 것을 표시한 것입니다.)

1. <u>무릎이</u> 아프다.　　　　 **고뱅**이가 아프다(   )　 **고배~**이가 아프다(   )　 기타(   )
2. <u>생우</u>가 맛있다.　　　　 **새~우**가 맛있다(   )　 **생우**가 맛있다(   )　　 기타(   )
3. <u>멍게</u>(우렁쉥이)도 맛있다.
　　　　　　　　　　　　 머~우도 맛있다(   )　 **멍우**도 맛있다(   )　　 기타(   )
　　　　　　　　　　　　 해우도 맛있다(   )　 **행우**도 맛있다(   )
4. <u>모기가</u> 물었다.　　　　 **모게~**이가 물었다(   )　 **모겡이**가 물었다(   )　 기타(   )
5. <u>호미</u>(농기구)로 땅 판다.
　　　　　　　　　　　　 호메~이로 땅 판다(   )　 **호멩이**로 땅 판다(   )　 기타(   )
6. 보리 **타작한다.**　　　　 **마댕이** 한다(   )　　 **마대~이** 한다(   )　　 기타(   )
7. <u>삼촌이</u> 부른다.　　　　 **삼추~이** 부른다(   )　 **삼추니** 부른다(   )　　 기타(   )
8. <u>손으로</u> 박박 긁어요.
　　　　　　　　　　　　 소~이로 박박 긁어요(   )　 **소느로** 박박 긁어요(   )　 기타(   )
9. 나는 <u>돈이</u> 많다.　　　 나는 **도~이** 만타(   )　 나는 **도니** 만타(   )　　 기타(   )
10. <u>어머니라</u> 부르고 싶어요.
　　　　　　　　　　　 어머~이라 부르고 싶어요(   )　**어머니**라 부르고 싶어요(   ) 기타(   )
11. <u>할머니도</u> 부르고 싶어요.
　　　　　　　　　　　 할머~이도 부르고 싶어요(   )　**할머니**도 부르고 싶어요(   ) 기타(   )
12. <u>바지주머니.</u>　　　　　 바지**주머~이**(   )　　 바지**주머니**(   )　　　 기타(   )

3. 다음 내용을 읽어보시고 본인이 **평상시 쓰고 있는 말**에 (0)하여 주십시오. 본 인이 쓰고 있는 말이 없다면 《   》에 그 말을 써 주십시오.

【가】

1. **겨울에는** 눈이 펑펑 내려요( )   **저울에는** 눈이 펑펑 내려요( )   기타 《   》
2. 바빠서 **경황이** 하나도 없어요( )   바빠서 **정황이** 하나도 없어요( )   기타 《   》
3. 기차는 길이가 **길다**( )   기차는 길이가 **질다**( )   기타 《   》
4. 옥수수 **기름**(油)( )   옥수수 **지름**( )   기타 《   》
5. **겨드랑이가** 가렵다( )   **저드랑이가** 가렵다( )   기타 《   》
6. 힘들어도 잘 참고 **견디자**( )   힘들어도 잘 참고 **전디자**( )   기타 《   》
7. **키를** 쓰고 소금 얻어와라( )   **치를** 쓰고 소금 얻어와라( )   기타 《   》

【나】

1. (키가)**신랑이** 더 작다.   **실래이** 더 작다( )   **실랑이** 더 작다( )   기타 《   》
2. (키가)**할멈이** 더 커요.   **할메미** 더 커요( )   **할머미** 더 커요( )   기타 《   》
3. (키가)**영감이** 더 커요.   **영개미** 더 커요 ( )   **영가미** 더 커요( )   기타 《   》
4. **법**(法)이 무섭다.   **베비** 무섭다( )   **버비** 무섭다( )   기타 《   》
5. **사람**이 많아요.   **사래미** 많아요( )   **사라미** 많아요( )   기타 《   》
6. 별이 **하나이어요**.   별이 **하내기래요**( )   별이 **하낙이어요**( )   기타 《   》
7. 밥을 **먹인다**.   밥을 **메긴다**( )   밥을 **머긴다**( )   기타 《   》
8. 도둑이 **잡혔다**.   도둑이 **재폈다**( )   도둑이 **자폈다**( )   기타 《   》
9. 거짓말로 **속인다**.   거짓말로 **쇠긴다**( )   거짓말로 **소긴다**( )   기타 《   》
10. 기분이 **죽인다**.   기분이 **쥐긴다**( )   기분이 **주긴다**( )   기타 《   》
11. **학교** 가자.   **해꾜** 가자( )   **하꾜** 가자( )   기타 《   》
12. 다홍**치마**(저고리)   다홍**치매**( )   다홍**초매**( )   다홍**치마**( )   기타 《   》
13. 홀쭉이와 **뚱뚱이**.   **뚱뗭이**( )   **뚱땡이**( )   **뚱뚜이**( )   기타 《   》
14. 다듬이**돌**.   **다디미똘**( )   **다드미똘**( )   기타 《   》
15. **토끼**(와 거북이)   **퇴끼**( )   **토깨이**( )   **토끼**( )   기타 《   》

4. 다음은 우리말의 존대어 사용에 대한 여러분의 실제 언어사용을 알아보고자 합니다. 응답 방법은 아래 주어진 내용들을 천천히 읽어보고 (   ) 속에 있는 여러 개의 응답 가능한 표현 중에서 가장 바람직하다고 생각되는 표현을 선택하여, 그 해당되는 것에 (0 나 ∨)표시를 하시면 됩니다. (여기서 말하는 사람을 본인으로 가정하시면 됩니다.)

번호	말하는 사람	말 듣는 사람	대화 내용	본인이 다르게 쓰고 있다 면 그 말을 써 주십시오
1	할머니	손자	알코 조:도 나는 몬 (할끼야, 하겠어, 한다)	
			어른들이 잘 몬 (했는기야, 한 거다)	
			아이구 (이쁜기, 이뻐, 이쁘다)	
2	이모	조카	니 동상이 (이쁘나?, 이쁘니?, 이쁘냐?)	
			영수 어데 (인?, 있니?, 있나?, 있냐?)	
			여:가 (어대재? 어대지?, 어디니? 어디냐?)	
3	이모	조카	밥으 마이 (먹아, 먹어, 먹어라)	
			새 돈으로 (바꼬라, 바꾸어라, 바꿔라)	
4	삼촌	조카	공으 같이 (차자야, 차자)	
5	장모 (60세)	사위 (40세)	우리 싸우 똑똑하게 잘 (생겼네, 생겼네야, 생겼다, 생겼소)	
	시어머니	친정여동생 (30세)	사돈 츠녀 이그르 나:르 주니 정말 (고맙과, 고맙네, 고맙네야, 고맙소)	
6	장모 (60세)	사위 (40세)	자네 밥으 하마 다 (먹었는가?, 먹었나?)	
			밭으 다 (매었는가?, 매었나?, 맸:가?)	
7	장모 (60세)	사위 (40세)	우리 딸으 많이 이뻐 해 (주개, 주오, 줘요)	
8	장모 (60세)	사위 (40세)	여보게 우리 여: (앉새, 앉지)	
9	여동생 (40세)	오빠 (45세)	여가 즈: (집이래요, 집이어요, 집입니다)	
			즈: 집이 너머 (좁어요, 좁아요, 좁습니다)	
10	여동생 (40세)	오빠 (45세)	이 집에 여:태까정 (살았소? 살았어요?, 살았습니까?)	
11	남동생 (40세)	누나 (45세)	날 저문데 잘 살펴(가시우, 가세요)	
12	손자	할아버지	숙제르 마커 (했읍닌다, 했습니다, 했어요)	
13	조카	큰아버지	언제 (오셨습닝꺄?, 오셨습니까?, 오셨어요? 오셨니껴, 오셨어유)	
14	조카	큰아버지	안으로(드시지오니꺄, 드십시오, 들어오세요,드시지유)	
15	조카	큰아버지	저와 같이(가시지오니갸, 가십시다, 가세요, 가시지유)	

5. 다음 글을 읽고 (   ) 속에 있는 말 중에서 평상시 본인이 사용하는 말에 (0 나 ∨)
   표시를 하여 주십시오.

번호	내용	옆 내용과 다르게 쓰고 있다면 그 말을 써 주십시오
1	왜서 (개거, 개가) 그래 짓나?	
	(등때이가, 등이, 등이가) 가려우면 이래 손으로 긁지요 머.	
	(모이, 모가) 딱 지는 기. 【모=각(角)】	
	(코이, 코가) 크구 아주 이빠. 【예쁘다】	
2	(밭으, 밭을) 다 맨가?	
	우습다고 (배르, 배를) 잡고 둥굴지요 머.	
	그그르 (할머이르, 할머니를, 할머니에게) 드레.	
	그 (돈으, 돈을) 나르 줄라구.	
3	(남의, 남에, 남어, 남으) 집 고추밭으 다 밟고.	
	오! (나의 사랑, 나에 사랑, 나어 사랑, 나으사랑) 영자씨!	
	니거 (영철어, 영철이의, 영철으) 동상이재?	
4	(밭애더거, 밭에다가, 밭에) 콩을 싱궜더니.	
	그냥 (손에더거, 손에다가, 손에) 적어요.	
	(거:더, 거기에, 거기에다가) 놔요. 【놓아요】	

6. 다음 단어를 여러분이 사용하고 있는지를 알아보고자 합니다. 해당 ( )칸에 0표를
하여 주십시오.

1. 〈새:째〉란 말은
1) 무슨 말인지 모르겠다( )
2) 나는 쓰지 않지만 무슨 뜻인지 안다( )
3) 나도 쓴다( )
4) 표준어로는(   )이다

2. 〈건추〉란 말은
1) 무슨 말인지 모르겠다( )
2) 나는 쓰지 않지만 무슨 뜻인지 안다( )
3) 나도 쓴다( )
4) 표준어로는〈   〉이다.

3. 〈뺌짱우〉란 말은
1) 무슨 말인지 모르겠다( )
2) 나는 쓰지 않지만 들은 적이 있다( )
3) 나도 쓴다( )
4) 표준어로는〈   〉이다

4. 〈꽤〉란 말은 【꽤(자두)=과일】
1) 무슨 말인지 모르겠다( )
2) 나는 쓰지 않지만 무엇인지는 안다 ( )
3) 나도 쓴다( )
4) 표준어로는〈   〉이다

5. 〈웅굴〉란 말은
1) 무슨 말인지 모르겠다( )
2) 나는 쓰지 않지만 들은 적이 있다 ( )
3) 나도 쓴다( )
4) 표준어로는〈   〉이다

6. 〈소금쟁이〉이란 말은
1) 무슨 말인지 모르겠다( )
2) 나는 쓰지 않지만 들은 적이 있다( )
3) 나도 쓴다( )
4) 표준어로는〈   〉이다

7. 〈춘천이여〉란 말은
   1) 무슨 말인지 모르겠다(　)
   2) 나는 쓰지 않지만 들은 적이 있다(　)
   3) 나도 쓴다(　)
   4) 표준어로는〈　　　〉이다

8. 〈불기〉란 말은
   1) 무슨 말인지 모르겠다(　)
   2) 나는 쓰지 않지만 무슨 뜻인지 안다(　)
   3) 나도 쓴다(　)
   4) 표준어로는 〈　　　〉이다

9. 〈또바리〉란 말은?
   1) 무슨 말인지 모르겠다(　)
   2) 나는 쓰지 않지만 들은 적이 있다(　)
   3) 나도 쓴다(　)
   4) 표준어로는〈　　　〉이다

10. 〈풀미풀미〉란 말은?
   1) 무슨 말인지 모르겠다(　)
   2) 나는 쓰지 않지만 들은 적이 있다(　)
   3) 나도 쓴다(　)
   4) 표준어로는〈　　　〉이다

11. 〈사마구〉란 말은?
   1) 무슨 말인지 모르겠다(　)
   2) 나는 쓰지 않지만 들은 적이 있다(　)
   3) 나도 쓴다(　)
   4) 표준어로는〈　　　〉이다

12. 〈아재〉란 말은?
   1) 무슨 말인지 모르겠다(　)
   2) 나는 쓰지 않지만 들은 적이 있다(　)
   3) 나도 쓴다(　)
   4) 쓰고 있는 말을 써 주세요(　)

6-1. 다음 말들은 이곳 사투리로 무엇이라고 합니까?
　　(맞춤법은 생각지 마시고 소리나는 대로 적어주시기 바랍니다.)

1. 누룽지
2. 우렁쉥이(멍게)
3. 간장
4. 성냥
5. 덫
6. 노루
7. 까치
8. 모기
9. 솔가리
10. 관솔
11. 청미래덩굴
12. 진달래 꽃
13. 수수
14. 사과
15. 복숭아
16. 오디
17. 도토리
18. 냉이
19. 기와집
20. 초가집
21. 옆마당
22. 뒷마당
23. 안방
24. 사랑방
25. 화장실
26. 부엌
27. 선반
28. 낙수물

6-2. 본인이 알고 있는 고향 사투리 두세 개만 써 주십시오.

7. 다음은 고향말(사투리)에 대해 여러분의 생각(의견)을 알아보고자 합니다. 평상시
   고향말(사투리)에 대해 본인이 느꼈던 대로 해당하는 칸에 (0)표를 해 주십시오.

1. 고향말(사투리)에 대해 어떻게 생각하십니까?

   〈1〉. 무뚝뚝하다고 생각한다.
     1) 매우 그렇다( ) 2) 그렇다( ) 3) 그저 그렇다( )

   〈2〉. 촌스럽다고 생각한다
     1) 매우 그렇다( ) 2) 그렇다( ) 3) 그저 그렇다( )

   〈3〉. 부드럽고 세련됐다고 생각한다
     1) 매우 그렇다( ) 2) 그렇다( ) 3) 그저 그렇다( )

2. 고향말(사투리)과 서울말(표준말) 가운데 어느 것이 더 듣기 좋습니까?
   1)고향말( )   2) 서울말(표준말)(   )   3) 둘 다 비슷하다( )

2-1. 고향말(사투리) 또는 서울말(표준말)이 듣기 좋다면 무엇 때문에 듣기가 좋습니까?
     1)친근감이 있어서( )   2)세련되어서( )   3)상냥해서( )
     4)점잖아서( )   5)기타(   )

2-2. 사투리 또는 표준말 가운데 본인이 듣기 싫다고 생각하는 말은 무엇 때문에 그렇
    습니까?
     1)무뚝뚝해서( ) 2)투박해서( )   3)간사해서( )
     4)너무 가벼워서( ) 5)사투리여서( ) 6)기타 (   )

3. 본인은 평상시 고향 사투리를 쓰고 있습니까?
   1) 전혀 안 쓴다( ) 2) 별로 안 쓴다 3) 조금 쓴다( )
   4) 쓴다( )   5) 많이 쓴다( )   5) 기타(   )

3-1. 본인이 고향 사투리를 쓰고 있다면 왜 그렇습니까?
  1)본래부터 써 왔기 때문에( ) 2)표준말을 몰라서( )
  3)고향말(사투리)이 친근감이 있어서( )
  4)서울말(표준말)이 싫어서( ) 5)기타 (   )

3-2. 본인이 고향 사투리를 쓰지 않는다면 왜 그렇습니까?
  1)표준말을 배워서( )
  2)고향말(사투리)이 무뚝뚝하고 촌스러워서( )
  3)사투리여서 ( )
  4)다른 사람들이 쓰지 않기 때문에( )

4. 다른 사람들과 대화할 때 어떤 말을 쓰는지를 알아보고자 합니다. 해당란에(O)표 해
 주십시오.

4-1. 시내에서 표준어를 사용하는 서울 사람을 만났습니다. 우체국 가는 길을 물어보
 면서 이곳에서 하루 관광할 만한 곳을 물어 봅니다. 이 때 고향말(사투리)로 대
 답합니까? 표준말로 합니까?
 1)고향말(사투리)로 한다( ) 2)표준말로 한다( )
 3)고향말(사투리)도 하고 표준말도 한다( )

4-2. 우체국에 편지를 붙이러 갔습니다. 앞집에 사는 친구가 서울에서 온 듯한 젊은
 여자와 대화를 하고 있습니다. 친구에게 '누구냐'고 물어보려고 합니다. 이때 고
 향 사투리로 말합니까? 표준말로 합니까?
 1)고향말(사투리)로 한다( ) 2)표준말로 한다( )
 3)고향말(사투리)도 하고 표준말도 한다( )

4-3. 월드컵 축구 경기를 보려고 서울로 갔습니다. 강남 고속터미널에 내렸는데 축구
 장까지 어떻게 가야할 지 알 수가 없습니다. 마침 옆에 젊은 여자가 있어서 가는
 길을 물어 보려고 합니다. 고향말(사투리)로 하겠습니까? 표준말로 하겠습니까?
 1)고향말(사투리)로 한다 ( ) 2)표준말로 한다( )
 3)고향말(사투리)도 하고 표준말도 한다( )

4-4. 축구장에 가려고 시내 버스를 탔다가 우연히 1년 전에 서울로 이사온 친구를 만
 났습니다. 그동안 어떻게 지냈는지 안부인사를 주고받습니다. 이때 고향말(사투
 리)로 합니까? 표준말로 합니까?
 1)고향말(사투리)로 한다( ) 2)표준말로 한다( )

3)고향말(사투리)도 하고 표준말도 한다( )

5. 다음은 공공기관에서의 사투리 사용에 대한 여러분의 생각을 알아보고자 합니다. 본인의 생각과 같은 곳에 (O)표 해 주십시오.

5-1 TV에서 9시 뉴스 시간에 아나운서가 자신의 고향 사투리로 보도 진행을 한다면 어떻겠습니까?
1) 매우 좋다 ( )   2) 약간 좋다 ( )   3) 좋다 ( )
4) 좋지 않다 ( )   5) 매우 나쁘다 ( )

5-2. 학교 교육에 사투리를 가르치는 시간을 배정하면 어떻겠습니까?
1)매우 찬성한다( )   2)찬성하는 편이다( )
3)찬성한다( )   4)반대하는 편이다( )
4)매우 반대한다( )

5-3. TV나 라디오 등 지방 채널에서 고향말(사투리)을 사용한다면 어떻겠습니까?
1)매우 찬성한다( )   2)찬성하는 편이다( )
3)찬성한다( )   4)반대하는 편이다( )   5)매우 반대한다( )

6. 본인이 생각하기에 (   ) 사투리는 어느 지점에서 어느 지점까지를 말합니까?

지금까지 바쁘신 시간에도 불구하고 설문지에 응답해 주셔서 대단히 고맙습니다.

부록2.   방언의 기록

영동방언 사투리대회 출연 작품의 음성 전사 예

강릉편

함규식, 이상현(3회)

거: 머이 남새시러워서[1].

강릉에는 살기가 엄청 좋잖소. 산도 많고 매련읍:싸요[2]. 고거하고 그 다음에 뽈으 좋아하잖소. 강릉에서 뽈으 차는 내용 좀 하고, 고 다음에 또 머이 우리가 왔으니 다른 얘기 할기 있소. 불끄고 사람 구하고 우리가 모두 엮어봤습니다.

내 살다보니 별 데 다 나와보잖소. 자꾸 나가라해서. 내 청심환으 하나 먹었는데. 그기 효과가 있는지 오줌이 안 매렵네야. 하여튼 박수르 힘껏 쳐주슈.

전국에서 텔레비와 라디오를 청취하고 계시는 청취자 여러분 안녕하십니까. 산 좋고 물 맑아 살기 좋은 문화의 도시 강릉에서, 단오장에서 개최되는 사투리 경연대회에서 영예의 대상은 강릉소방서에서 차지하였습니다.

전국에서 텔레비와 라듸오를 청취하고 계시는 청취자 여러분 안녕하십니까. 온 사방데서 진생이[3] 통으 드리다보며 그 고래심줄 같은 끄네기를 귀방멩이다 디리 꽂고 라조르 방송으 듣고 있는 해깐이[4], 아재[5], 조캐들, 마카[6] 잘 있었는가.

산좋고 물맑아 산등생이와 질가에는 버드낭그 잎파리가 어엽고 좋기르 매련읍:싸

---

1) 여기서는 '부끄럽다'는 뜻으로 쓰였다.(남우세스럽다의 뜻)
2) 보통 정신없다는 뜻으로 많이 쓴다.
3) 천치, 바보.(바보라는 뜻으로 '여버리'라는 말이 별도로 쓰이고 천치라는 말로 '으:젱이, 판대, 판치'라는 말들이 쓰인다)
4) 여자아이.
5) 고모(강릉에서는 '아재'를 여자에 한정한다).
6) 모두(마커라고도 한다).

요. 쇠낭그 꼬쟁이로 팔랑개비르 돌리면 엄청 좋잖소. 대관령 꼬댕이와 말라~[7]에서 내려오는 물이 글세 저 양강소 꼬댕이에 꼬부치면요, 방구리가 나오잖소. 색깔이가 총천연색, 색깔이 참 좋아요.

살기 좋은 문화의 도시 강릉에서, 강릉에서는 살기가 참 좋잖소 때꺼리가 걱정이 되는 사람도 없고 살매[8]가 들린 사람도 엄싸요. 때꺼리가 읍을 때는 감재르 쩌 먹든지 옥시끼로 광밥을 티게 먹으믄 되요.

강릉 사람들은 참 빡세요. 운정동 절에 가면 동사무소가 있어요. 동회 젙에 배통천댁도 있고 강릉은 귀경이 게락이래요. 동 서기가 내 동세 친구잖소. 가:가 출세했어요.

경포해시욕작에서는 십리 땀바우가 있는데, 따이빙 대가 찌:다한 기 고바우가 졌어요. 쇠꼽으로 만들었잖쏘. 배치기를 하믄 배지가 엄청절래요. 잘못하믄 쎄가 빠질수도 있잖쏘[9]. 쎄가 빠지게 되요.

촌에서 1년 농새가 잘되라고 마카 모예서 꽹쇄를 치고, 지다한 모재 끝탱이에 다 지다한 끄네끼르 달고 돌리든 기, 시방에는 버덩에다 말광대로 채리고 쇠때하고 난닝구, 아이스께끼도 팔잖소.

저 복장에는[10] 할매가 녹매가 많은 감재적을 파는데, 한소대이 4천원이나 받잖쏘. 먼 촌에서 건추하고 짠지하고 팔아 돈으 만원으 맨들어 와도 씰게 하나도 음싸요. 돈이 맥쌔가리가 없어요. 나참 애가말라 죽겠네야. 또 뭐이 사투리 대회르 하는데 동세가 거푸거푸[11] 나가라고 해서 이래 남세스럽지만 나 온기 심판으 보는 선상님들이 이래 보이 잭기장에 백점으로 적잖소. 1등은 따논 당상이래요[12]. 째배기는 하나도 엄었싸요.

아 시방까지 상릉사투리 연구위원님으로 계시는 함규식 위원님의 해설을, 좋은 말씀 들었습니다

5월은 단오의 계절 처녀 총각들이 시집 장개를 가거든. 그런데 잔치집과 잔채집과는 뭐이 틀리우. 고기 이제 보문 단오 때도 되고 오월이 되면 잔치도하고 신랑신부가 결혼도 하는데, 잔치 집에서는 국수를 먹고 잔채집에서는 국시를 먹잖소. 그럼 국수하고 국시하고는 머이 또 틀리우. 국수는 밀가루로 만들고요. 국시는 밀갈기로 만들잔쏘. 아이고 죽겠네. 그럼 또 밀가루하고 말갈그하고 뭐이요. 밀가루는 봉지에 넣어 팔구 밀갈그는 봉다리에 넣어서 팔잖쏘. 봉지하고 봉다리하고는 또 틀린기 있수. 봉

7) 마루(산마루).
8) 煞魔.
9) 죽다.
10) 가운데.
11) 계속.
12) 확실하다 틀림없다.

지는 침을 발라 만들고요. 봉다리는 츰으 발라 만들잖쏘. 아니 그러면 침하고 춤은 머이 틀리우. 침은 혀에서 나오고 춤은 세빠닥에서 나오잖소. 야 그게 빠졌어 빨리 낑고. 그럼 혀하고 새빠닥하고 틀린기 또 뭐이요. 헤는요 눈밑에 있고 세빠닥은 눈까리 밑에 있잖소. 그럼 눈하고 눈까리하고 뭐가 틀리우. 눈은 머리 밑에 있고 눈까리는 대가빠리 밑에 있잖소. 머리는 머고 대가빠리는 머이요. 머리는 땀뚜가 쫙 깔려있는 마당이 엄청 넓은 포남 종합 운동장에서 뽈으찰 때 헤딩으 하는 기고, 대가빠리는 단오장 맨땅에 먼데기가 엄청나는 거기서 뽈으 차민 해띵으 하는 것이잖소.

그럼 농교하고 상교하고 뽈으 차믄 누가 이기겠소. 그거는 요서 말을 잘 못하믄 빽따귀가 뿌러져요. 빽따귀가. 그건 그날까지 가봐야 되요. 그전에 보믄 뽈으찬 뒤에 쌈으하는데 막치기는 상교가 빡시고 뚝심은 농교가 빡세요. 그래도 쌈으 해야 재미와요.

2002년 월드컵은 축구에 고장 강릉에서 유치하도록 다 함께 노력합시다.

뽈으 차믄 코쟁이도 오고 깜댕이도 오는데 블이 나믄 안 되잖쏘. 차 사고같은 교통사고도 나도 안되겠지요. 저 오다 보니 질까 짚으집에 불이나고 질가 차찌리 디리 박았든데 신고는 제대로 했습니까?

화재, 구급, 구조 신고는 침착하게 119에 신고합시다.

'여보서요, 거기 소방서래요? 저이 어림이 조케가 뒷 뗀에서 깨보새이를 뽁드가 정낭으로 불이 붙었어요. 지금 똥장군 지게 작대기하고 바수가리가[13] 타는데 정낭에[14] 불이 붙고 지랄이 발광이래요. 쿤내가 엄청나요. 지금 구들[15] 배름싹으로[16] 재붙잔소. 매련엄싸요. 얼푼와요[17].'

'아! 그러세요. 아주머이요. 그런데 거기 어이래요.'

'아이고 남은 창지나서 죽겠는데[18] 그런 거 왜 물어요. 어머이야! 내가 살매가 들렸나 어느 모탱이인지 얘기를 안 했아. 여는요 질가로 죽 오드가 보믄 큰 신작로가 보여요. 거서 성산 버당[19]으로 쭉 내걷다 보면요. 든들배기에[20] 강쟁이 밭하고 배차밭이 있어요. 거서 짚으 집으한 점빵이래요. 불차르 거다 대나요.'

'예 데뜨방[21] 갈께요.'

아이 그래구요 지금 질가에 보니 도라꾸하고 마르보시 차하고 박치기르 했잖소.

---

13) 발채.
14) 화장실.
15) 방바닥.
16) 벽.
17) 빨리 오세요.
18) 신경질나다. 화가나다.
19) 벌(野)
20) 언덕.
21) 금방.

지랄이 났아요.

　화재 및 구급출동

　화재출동 장소는 성산면 금산 버덩 점방화재

　구조출동은 성산 버덩 질가 교통사고

　전차량 마카 게 나가

　코리아 불자동차 싸이렌 소리. 에엥~

　이태리 불자동차 싸이렌 소리. 이에,이에

　헬리콥터 소리 출발소리.

　화재현장, 여기는 본부 현장상황

　'어터댔아?'

　'와 보니요. 점빵 안에는 삐까하고, 개눈까리하고, 과재들이 타고요. 배깥에 집 안에 보니요. 배름빡하고, 이블 보애22)가 좀탔싸요. 그리고요 배깟에는 정낭이 좀 탔는데 햇간이가 똥두간 안에 똥으 싸다가 놀래가 정기르 했짠쏘. 그래 또 궁뎅이르 이래 보니 빼둘가지가 났습디. 빼둘가지가 터진 거 밖에 엄싸요.'

　'그래믄 구조현장은 어떠댔아?'

　'여는 그래요. 와 보니요 도라꾸 운전수는 발구락이 박꾸에 끼겠잖소. 지랄이 났어요. 복상씨에 멍장구가 들었짢소. 이기 귀경이라고 사람들이 나래비를 섰잖소. 나:세라고 물래라고23) 회각으 불어도 안 나세잔쏘. 발꼬락으 얼픈 빼라고 데우 아가리 질으 하데요.'

　'아이 그만 씨부렁거리고 게 들어와.'

　'또 할기 있는데. 그래 나도 창지가 나가지고 자박세이르 확 잡고 싶었어요. 세가 빠질뻔 했잖소. 맨땅이라서 몬데비가24) 얼만 나는지 달부25) 어여웠싸요26). 달부 쪼이 쪼이래요. 그레루구, 마르 보시차 조수는요. 쇠꼽에 찡겠는데요. 피가 매련없어서 보해로 딱았거든요. 그레고 꽤매러 보냈는데요. 내가 가만히 생각해보니 밥숫가락으 놔야될 것 같애요.'

　'야 그만 씨브리고 빨리 게 들어와.'

　'알았아요. 천천히 너무 그러지 마래요. 나도 고생 죽사리 한 사람이래요. 시느메27) 해서 갈께요. 근대요 아께 먹든 뭉쇠이하고 소디끼하고 복쌍은 꼭 냉겨 놔야되요. 그래구요, 꺼멍이 많이 무더 목깡으 해이되니 목깡물으 좀 뎁패나요.'

────────────────

22) 천.
23) 비키라고 물러나라고
24) 먼지.
25) 온통.
26) 엄청나다.
27) 천천히.

'알았어 시느매니 기 들어와.'

귀경으 온 양반들요. 불이 나는 데는 방송이 필요 음싸요. 마커 조심으 해야 되요. 점빵문으 잠근 담에 순사가 야경으 돌아도 믿을 수 음싸요. 그래구요. 보강지[28]에 불을 땐 다음에는 불이 꺼졌는지 부직깨이로 꼭 쒸셔봐야 돼요. 햇은나들은 잭패를 못하도록 굴밤을 좀 주구요. 끝까지 쫓아가서 혼내줘야 해요. 장쟁이[29]들은 봉담배르 말아 피운 다음 꽁초를 해딴데[30] 버리믄 안 돼요. 불조심을 조석을 때우듯이 해야 되요.

우리 다같이 불조심을 생활화합시다. 감사합니다

이유진(8회)

안녕하시우야. 지는 강릉초등학교 일학년에 당기는 이유진이래요. 지가 보기에는 이렇게 이쁘장해도요. 창지머리가 못됐고, 숭악스럽다고 그래요. 알고 보이 이게 마카 다 우리 어머~이 때문이래요. 전번 우리반에서 조 반장을 뽑았댔어요. 거:서 우리반 아:들이 16표는 제가 좋댔는데, 거서 머스마들이 14표고요 나머지 2표만 지즈바들이 뽑아 조땠어요. 왠지 아시우야. 그 머스마들이 지한테 팔씨름으 해서 진 아:들이에요. 그래니 나:르 안찍고 베게요. 근데 내가 오늘 외할머~이한테 어머~이 얘기르 들어보이 달부어렵잔테요.

우리 어머~이가 꼭 나만 할 적에 동네 아:들 노다지[31]패고 댕갰데요. 운제 적에는 동네 머스마들이 코딱지만한 지즈바한테 맞고 댕기니 당최 남세시러워 못 살겠다고 뭉쳤데요. 우리가 마커 다 뭉치면 저거하나 못 당해내나 해서 한 떼가리로 몰래 들어댐뱄데요. 우리 어머~이가 아무리 빡쎄도 한 떼가리르 맞게 됐는데 만고 당해내나. 얼른 집에 쪼깨 들어가 지 성질을 못 이겨 오두방정을 떨어대더이 잽싸게 정라로 내쫓대요. 가서는 싸리꼬쟁이 비짤구에 똥으 진탕 무채 들고는 나갔대요. 질:까로 나가 마커 짱똘까지 가진 아:들한테 살마이[32] 들가사 똥비짤구로 내달구었데요. 그러이 아:들이 소래기르 내지르며 내빼드라[33] 정화~이[34] 업드래요.

그 날 우리 어머~이는 우리 외할머~이가 박살내는 통에 대지게 쪼맞아 신당구가 퍼렇게 들었대요. 아 똥 베락맞은 아:들이 지네 집에 가 다 알코 주이 그 어머~이들

---

28) 아궁이.
29) 장정(청년).
30) 밖에. 다른 곳.
31) 전부. 모두, 매일.
32) 살그머니.
33) 도망가느라.
34) 정신.

이 몰려와 한바탕 난리를 쳐대니 우리 외할머~이가 을매나 뿔따구가 났겠소. 그 똥벼락 맞은 아들은 똥독이 올라 음청 혼이났드래요. 그러니 지가 머스마처럼 별나게 나대는 기 머 지 탓이래요. 마카 다 우리 어머~이 닮아 그렇지.

　　여러분 안 그래요.

　　우리 어머~이가 지금은 음천해도³⁵⁾ 생긴 게 부잣집 맏며느리 같지만 그거이 다 부러 그렇게 보이는 거래요. 본래부터 창지머리가 을매나 못 됐다구요. 완전히 땡삐래요. 하지만 지가 우리 어머~이 숭본다고 뭐라 글지 마시우. 암만 그래도 지는 우리 어머~이가 이 세상에서 제일로 좋아요. 이상이래요. 감사합니다.

삼척편

이윤희 외 2명(6회)

　　여1: 방굽소!³⁶⁾
　　여2: 방굽소!
　　여3: 방구와요. 이래 만나니 또 방굽네. 오부뎅이³⁷⁾ 환선굴 가와?
　　여1: 야아. 저테 살면서도 환선굴에 못 가 봤잖소. 그래가꼬 이번참에 가 볼라고요.
　　여2: 맞드래요. 테레비에서 왠 아주마이가 나와 가꼬요. '환상적이에요' 하면서 선전도 나오 더래요. 가찹게 살면서 여적지 구들에만 뒹굴었잖소.
　　여3: 나도 그래요. 고뱅이가 아파가꼬 드러눕기 전에 이렇게 관광이나 댕기올라고요. 야:를 데리고 가잖소. '일동아. 인사해야지' 아코! 야:가 일찍 깨실콨더니³⁸⁾ 자부루운가³⁹⁾ 봐요.
　　여1: 깨우지 마요. 언나구마는.
　　여2: 몇 살이래요?
　　여3: 야:는 이자 5살이고, 야 형님아는 11살이래요.
　　여1: 우리 언나보다 크네요. 우리 언나는 이자 8살이래요.
　　여3: 야아. 거:도 야:가 있대요?
　　여2: 야아. 우리집에는 언나들이 박시들거리잖소. 10명이나 되더래요. 남사스라 죽갔잖소.
　　여1: 헤엑. 그래 많소?

---

35) 음전하다. 얌전하고 점잖다.
36) 반갑소.
37) 모두.
38) 깨웠더니.
39) 졸립다.

여2: 야아. 말도 말아요. 쪼끄만 것들이요. 지네들끼리 갈구고 개살40)을 떨고 오
     두방정을 떨고 저지레를 하고. 헤유 말도마와. 아주 매련없어요.

여3: 언나들이 기래 많으면요. 뿌대41)가 못 살갔소.

여2: 야아. 천상 민구스러와요. 저테 사는 사람들한테요.

여3: 언나덜이 그라는데… 뭐를요. 다 비슷하잖소. 괜찮아요.

여2: 앵간히 시꾸룹기만 하면 덜 민구스럽잖소. 얼마나 지랄발광을 하는지요. 노박
     날리래요.
     맥사가리가 엄친 세가꼬요. 동네 골목대장질을 하잖소. 얼찐하면 동네 아들
     을 패 한키가 싸우면 오부뎅이 10명이 다 가 가꼬 뚜드라 패고요. 난리도 아
     이래요.

여3: 아이고 우리 언나들도 유난을 떨잖소. 삽작거리에 나가가꼬는요. 서덜캥이에
     넹게 배겠잖소. 이마가 깨져가고 질질 짜면서 와 가고 아푸다고 아푸다고 지
     잘이 났댔잖소. 얼마나 저황이 없는지요.

여1: 우태했소.

여3: 그래가꼬요 몇 대 패주고요. 된장 발라주고 구들에 진종일 둔노펴 놨잖소. 담
     날에 말짱하드라고요.

여1: 다행이네. 우리 언나도 마찬가지래요. 고바이를 지나가다가요. 고라댕이에 미
     꾸라졌잖소. 얼마나 나댔으면 거기에 미꾸라지갔소. 옷이 너분지리 해가꼬
     눈까리는 밤탱이고 코는 삐뚤렁하고 입수구리가 터져가꼬 삭신이 행팬도 없
     이 구신같이 해가꼬 왔드래요.

여2: 쯧쯧쯧 우태하나.

여1: 얼마나 사무루운지요. 내빠달굴라 그러다가요. 그래요 우태 그러하갔소. 데리
     고 오 가꼬 딸갱이랑 딱쮜기랑 쥐구랭이를 멕이고 죽을 맨탱이로 끼래먹였잖
     소. 그래가꼬 제우 낫잖소.

여3: 천만다행이래요.

여1: 야아 저황이 없어 죽는 줄 알았잖소.

여3: 그래 언나덜이 별나도요. 얼마나 이뿐지 몰라요. 우리 큰아가 얼마나 똘똘시
     루운지요. 반에서 반장도 하고요. 공부도 곧잘해요.

여2: 야아 지랄을 해도 공부할 때 보믄 이뿌잖소.

여1: 맞드래요. 요즘 언나들은 영언지 뭔지 코쟁이 놈들이 하는 쏼라쏼라도 곧잘
     하드래요.

여3: 야아 우리 을동이도요. 콩알만 한게요. 영어를 배워가꼬요. 하루는 정지에서

---

40) 샘(시샘을 내다).
41) 부대끼다.

밥을 하고 있는데요. 나는 임내도 못 내갔소. '국머니'(good morning)그러잖소. 나는 그 말이 뭔 소린지 몰라 가꼬 '국' 머니? 그렇게 들었잖소. 그래가꼬요. '오늘은 콩나물 국이다' 그랬잖소.

여2: 그래가꼬 우태했소.

여3: 아, 이노마가 계속 국머니, 묵머니 그러잖소. 그래가꼬마 애가 달아가지고요. 어른한테 말장난한다고 박죽으로 조팼잖소. 근데 야 어마이가 와 가꼬요. '좋은아침' 이카믄서 인사한거라고 그러잖소.

여1: 아이고 민구스러왔갔소[42].

여3: 야아. 민구스럽고 남새스럽잖소. 그래가지고요. 어른한테 반말했다고 눈을 흘기고요. 기냥 휙 나와부렸잖소.

여1: 아이고 우습소.

여2: 아무 잘못 없는 언나만 혼났네요.

여3: 야. 그래도 별 수 없어. 그케도 언나가 할매라면 얼마나 좋아하고 알랑방구를 끼는지요.

여1: 야아 언나덜이 말썽을 피워도요. 눈에 쑤셔넣어 놔도요. 안 아픈 강새이 들이 아이겠소.

여2: 야아 우리집에 개떼 같은 우리 언나들도요. 그래 지랄을 떨어도 이쁘잖소.

여3: 맞드래요. 다 그렇잖소.

여1: 아이고야. 하마 도착했네요.

여2: 햐, 저가 입구잖소.

여3: 을동아. 인나래이. 다 도착했어.

여1: 우리 오부뎅이 가 봅시다.

여2,3: 예 이기 환선굴이래요.

이명재(7회)

나는요 삼척에 사는 이간데요. 우리집에서 사자거름에 개금발로 세 번 뛰면 신기가 나와요. 오십천을 새 두고 있어요. 모텡이르 돌아가면 꼬지 꼽아 났어요. 꼬지 옆에는 환선천이라는 거랑을 따라 올라 맨 끄트마리 닿는 데가 항구굴이래요.

차 대는 데 내려 질을 따라 가다 보이요. 낭그를 패서 지붕카 맨들아 났어요. 그 옆에는요. 참 낭그 구피를 빼게 가지고 집으 제 났어요. 구피집도 히얀하다와. 한 오리를 걸어가야 하는데 달구리가 무척 아파서 질가에 쉬다 보이요. 옆에서는 감재를 갈아서 소두뱅이 우에 꼬 노은 적한 쪼가리를 안주해 조껍데기나 강냉이 막걸리를

---

42) 면구스럽다(면괴하다).

한잔 쭉해 보와 기가 막해요. 앞산에 곤드레를 뜯어다가 쌔미를 싸서 먹어 보와 둘이 먹다 일동이 마빠구에 소까지 패도 모르잖소. 얼좌 된 김에 걸어 가다 보이요. 할머니가 유행가를 한번 불러 본데요.

　　사랑은 마커 못하와
　　사랑은 마커 못 하와 눈이래도 봐야 하웨이
　　볼적에 기쁜 그도 떼놀 때 우는 그도 신기로 맨드는기와.
　　운제 있다가 자와 내하고 모예 점을 고마 찌그까
　　사랑은 마카 못 하웨이 누가 이래 해 볼끼읍다했소.

부록3. 방언 지도

◎ 강원도 언어지도 예

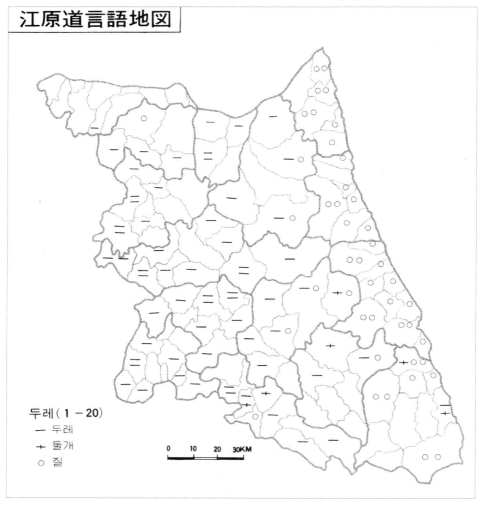

(이익섭 1981: 212)

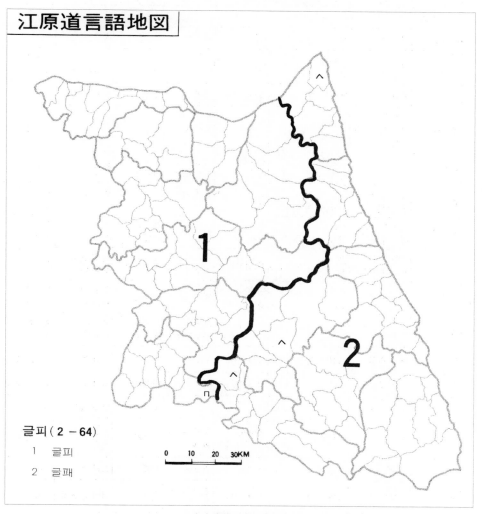

江原道言語地図

글피 (2 − 64)

　1　글피

　2　글패

（이익섭 1981: 221）

부록4. 지역별 어휘 대비 일람표

(『한국방언조사질문지』 항목순임)

지역 어휘	고성 농촌	양양 농촌	강릉 농촌	삼척 농촌	평창 농촌	정선 농촌	영월 농촌
1. 농사							
벼(禾)	베	베:	베:	베:, 비:	베:	베:	베:
뉘	뉘	베쭉쩨~이 뉘:	뉘	뉘:	뉘	베이삭 쌀이삭	뉘쟁이 뉘:
볍씨	베씨	베씨앗, 볍씨	베씨, 볍씨	베씨	베씨	볏씨, 볍씨	베씨
못자리	모자리판 모자리터, 모자리	모자리 모짜리	모자리	모자리	모자리	모판 모자리	모자리
김매다	짐매다	짐맨다 논(밭)맨다	짐:/기심/논맨다	지심매다 기심매다	짐대다 김매다	짐매다	짐매다
놉	일꾼, 품꾼 품팔이꾼	일꾼 품팔(앗)이	품팔이	품팔이, 품꾼	일꾼	품팔이 일꾼	품팔이꾼 일꾼
곁두리	젠노리 젠누리	잿노리 처참, 참	젠노리 새참	참	젠노리 새참	젠노리 참	전누리 새:참
호미씻이	호무씻이 호미씨시미	질:레 질:먹는다	질, 질먹는다	호무씨침 호무씨스미	호무씨세	질 먹는다 호무씨세	호무씨게
꽹과리	꼥가리, 꽹수	깽가리 꽹가리	꽹새 깽가리	꽹새	깽가리	상수재비 꽹쇠, 꽹가리	꽹네기 꽹가리
쟁기	옌장	보구레	보구레	보구래 양보구래	보구래 호리버섭	보구래 보고래	보구레 보습기
보습	보섶, 버섶	보섭, 보섯	보섭	보섭	보섶	보섭, 버섭	보섶, 버섭
쇠	쇠, 쇠꼿, 소꼿	쇠꼽, 쇠	쇠, 쇠꼽	쇠	쇠꼽, 쐬	쇠, 쇠꼽	쇠꼬지, 쇠꼿
볏	벳	볏	벳		벳	벳, 보습피	벳
극쟁이	후치	흑쩨이	흑쟁이, 흑재~이, 훌치	훅제~이, 훅찌~이	보구래	보구래	보구래
써레	스:래	쓰레, 스:래	스:래	써그래	쓰레	쓰래, 서그래	쓰레
번지	번지	밀개, 번지	밀개, 번지	번지, 늘:번지	번지	괴미개, 번지	번지
호미	호무, 호미	호메~이 호무, 호미	호메~이 호메	호메~이, 호무	호무 호무~이	호멩이 호무, 광이	호메~이 호무
자루	잘기	모메잘기 나짜루(호미짜루)	잘기, 자루	자르, 잘:	자루	자루, 잘기	자루, 잘기

지역 어휘	고성	양양	강릉	삼척	평창	정선	영월
	농촌	농촌	농촌	농촌	농촌	농촌	농촌
괭이	곡갱이, 광이	곡꽹이, 광이 곡꽹이, 꽹이	쾌~이, 과~이 곡깽이	모깨~이 과~이, 가~이	자루	모꽹이 곡갱이	모꽹이
쇠스랑	쇠시랑 소시랑	소시랑 소스랑	소시랑	쇠시랑 소시랑	자루	소시랑 쇠시랑	쇠시랑 쇠스랑
삽	삽까래, 새까래	삽	삽	삽	꽹이	삽	삽
농기구	농쟁이	연장, 쟁기	농쟁기 농쟁이	쟁기, 농쟁기	보섭 농기구	쟁기, 농쟁기 옌장	쟁기 농기구
벼훑이	살기계 베찌께, 쩌페 베꺼메, 저페	벼찍개 벼흘는 찌께 쇠쩍개	찌개, 살기계 훑개	찍개, 베찍개	찍게	베훌개 혼끼개 살쿠리	찌개
개상	탯돌	태돌, 탯상 때똘, 태상	탯상	탯돌	태, 챗돌	태쌍, 찍개	챗돌매 챗상
짚	짚, 북대기	벼짚, 집단	베짚, 짚	짚, 볏짚	볏짚, 볏짚 짚새끼	집, 짚	짚
새꽤기	베꼬갱이 고갱이	대고~이 짚(벼)꼬꽤~이	짚꼬개~이	해~미, 꼬개~이 속꼬개~이	꽤기	베꼬갱이 짚꼬갱이	꼬갱이
새끼	새꼬래기	새끼, 쇠꾸락지	새끼	새끼	새끼	새끼	새끼
노끈	녹빠, 노끈	노내끈, 노:	노: 노끄내기	노꾸~	노끈	노:내끈, 바	끄나푸리 노끈
도리깨	도루깨 도리깨	도리깨장치 도리깨열채 도리깨	도리깨	도루깨 도리깨놀:이 꼭두마리, 장치	도루깨	도리깨 도리깨노리	도리깨
멍석	멍석 멍섹	멍석	멍석	멍슥	멍석	멍석, 짚멍석 섬맷기	멍석
(짚)방석	방석	멧방석, 멧빵석	멧방석	방슥	방석	맷방석, 귀멍석 장석자리	맷방석
광주리	광지리	대광지리 산광지리 광지리	광지리	둘게~이 광지리	광지리	둥구매~이 두루갱이 광지리	두루꽹이
바구니	바구미 보귀미	둥지레 채반, 바구니	바구미	바개미 바기미	바구미	바구미, 조롱 대봉생이	두멍 보굼치
멱둥구미	쌀딩귀미	싸리삼태기 봉티기, 망태	*멱떼기 둥구매~이	둥구미 봉셰이 다리끼	둥구미 봉생이	봉생이 대봉생이 싸리봉생이	봉생이
삼태기	삼태미	삼태미 산테미 지프삼태기	삼태미	산대(태)미 짚산대(태)미 쌀:산태미 (싸리삼태기) 대산대미	삼태미	삼태미 대삼태미 소쿠리, 쏘구리	삼태미
절구	절구	절구	절구통, 절구	절구	절구	절구, 두지	절구통

어휘＼지역	고성	양양	강릉	삼척	평창	정선	영월
	농촌	농촌	농촌	농촌	농촌	농촌	농촌
절구공이	절구꽁이 절구꿩이	절구꼬~이 절구고~이 절구공이	절구궤~이 절구고~이 절구공이	절구고~이 절구방매~이 절구통	절굿공이	절구공이 방아공이 절구방맹이	나무고~이 절구고~이
디딜방아	발방아	발방아, 발바~아 드들방아 들개방아	디딤바~아 발바~아 방아	디딜바:~ 가래~이	방아	디딜방아 방아	디빌바~아 방애
방앗공이	발방꽁이 발방꿩이	방고~이 방아고~이	방꼬~이 바~고~이	바:고~이	방아공이	방꼬~이 돌공이, 공이 방아공이	방꼬~이 방앗공이
확	방아확	바~아~확 호박, 확	바~아~확	호박	방:확 확	호박 방호박, 확	학: 방학:
맷돌	망	망, 매똘, 맷똘	매똘, 망	자매, 맷돌	맷둘	맷둘, 맷돌	맷둘, 맷돌
쐐기	쐐기	가락지 쐐:기	쐐:기	쐐기, 쐐기질 쐐기박는다	쐐기	쐐기	쐐기
빔	보침	보침	보첩	보침	보첩	보족, 보충	-
겨	제, 게, 겨	쭉째, 지울 등개, 새째	새째, 게	제:, 게:	게:	제:, 버무리	지울, 게:
키	치	치	치	치:	치	치:	치
어레미	얼개미	얼개미(大) 도두미(小)	얼개미 어렝이	얼개미 얼캐미	얼개미, 체	얼개미 어레미, 채	얼개미
보리	버리, 보리	보리	보리	보리	보리	보리	버리
깜부기	꺼끄름 깜부기	깜바기 깜부기	깜부기	깜부기	깜부기	깜부기 깜보기	깜뷔기
밭	밭	밭	밭	밭(바치)	밭	밭(바치)	밭
팥	팥	팟, 이팟(小)	팥	팥(파치)	팥	팥(파치)	팥
조	조이	조이, 조	조이	스:속, 조이	조이	조이	스숙, 조이
수수	쉬시	수쉬대 수수	쉬 끼지, 수 수	대끼지 수기지	수꾸, 수수	수꾸, 시끼 수석, 수수	수꾸
깨	깨	깨	깨	깨	깨	깨	깨
(곡식)사다	팔다	팔다	팔다	팔다	판다	팔다	팔다
(곡식)팔다	사온다	사온다, 산다	사온다	산다	사온다	사온다	사온다
옥수수	옥시기 옥세기	옥쎄기, 옥수끼 옥수쉬, 옥수수	강내~이	강내~이 옥수수	강내~이	옥쑤수 강냉이	옥씨기
무우	무우	무꾸, 무:, 무우	무꾸	무스, 무꾸	무수, 무꾸	무수, 무꾸	무수, 무꾸
시래기	건추	건추 건추타래	건추	건추	건추, 시래기	씨래기 씨레기타랭이 건추, 시래기	씨레기
채소	채수, 푸성구채 마, 채소	푸성구, 채소	푸성구, 채 소	채수	푸성구	채수	채수
고갱이	꼬갱이	꼬기, 속고배~이 꼬개~이	꼬개~이 꼬갱이	속꼬기~이 속꼬지~이	고갱이, 꼬기	속꼬갱이 속쩽이, 꼬기	고갱이 꼬갱이
파	파	파, 오파	파:	파	파이, 파	파	파

지역\어휘	고성	양양	강릉	삼척	평창	정선	영월
	농촌	농촌	농촌	농촌	농촌	농촌	농촌
고구마	고구마	고구마	고구마	고구마	고구마	고구마	고구마
감자	감재,감자	감재,감자	감재	감재	감재,감자	감재,감자	감재
가지	가지	가:지	가지	가:지	가지	가지	가지

2. 음식

어휘	고성	양양	강릉	삼척	평창	정선	영월
김치	짐치,짠지	짐치,짠지(大) 조간(小)	짠지,짐치	짐치	짠지,김치	짐치,짠지	짐치,김치
깍두기	깍뚜기	깍두기 깍뜨기	깍뛰기	깍띠기	깍뚜기	깍뚜기,뚜기	깍뛰기 깍두기
간장	지렁,간장	간장	지렁,지렁장 간장	장물,간장 장물탕개(大) 눈알종지	간장	간장	장물
두부	두부	두부	두부	드:부	두부	두부	두부
콩나물	콩나물	콩나물	콩질금	질금,콩질금	콩질금	콩질금	콩질금
상추	생추	상초,불기	불기	불기	불기	부루,상추	부루
오이	물외	물외,오이	물외	외:	외,오이	외:, 물외	물외
부추	분추	분추	분:추	분추,정거지	부추	분추,부추 전구지	분추
김	짐,김	짐:	짐:	짐:	짐	짐,김	김
반찬	간,반찬	반찬	간	건:,반찬	간	간: 반찬	간
국물	국물,국국물	국꿍물	궁물	궁물,국꾸~물	국물	궁물,국꿍물	궁물,국꿍물
솥	솥 소치(주격)	솥(소치)	솥(소치)	소동지,솥 소치(주격)	솥(소치)	솥 소치(주격)	솥 소치(주격)
이남박	남박 반탱이	쌀름박,남박 쌀람박	쌀룸박 쌀이박,쌀람박	싸름박,싸르박 쌀:박,쌀람박	쌀름박	쌀리박,쌀루박 고지바가지	쌀름박
조리	죄리	대조래~이 조리	조리,*종오리	쪼구리,쪼굴: 조오:,조오:루	조랭이,조리	졸뱅이,조리 철조리	졸뱅이 대조리(竹)
주걱	밥죽,주걱	박죽,주벅	박죽,주벅	박쭉,죽,주게~	주벅	박쭉	밥죽
누룽지	소쩽이 누룽지	소디끼,소쩽이 누룽지	소데끼 소꼴기	소데끼 소디끼	쇠꼴기 누렁지,누룽기	누룽기 무룽겡이	누룽기
숭늉	숭늉	숭늉,숭농	숭늉	숭늉	숭늉	숭닁,숭님	숭님, 숭늉
가루	갈기,까리	갈기,갈구 까루	갈기	가르,갈기 밀깔:(밀가루)	갈기,가루	갈루,카루 가루,갈기	까루,갈기
흰떡	흰떡	절편	절편,절떡	노치*뭉세~이	인절미	절떡,인절미	절핀
백설기	시루떡	백썰기	백설기	백실기	백설기	백설기	백설기
밀기울	지울,밀찌울	지울,기:울	밀끼울,미지울 무거리	지울,밀지울	지울,밀지울 밀기울	밀찌울 밀지울	밀찌울
국수	국시	국수	국시	국시	국시	국시,국수 가쉬개이	국시

지역 어휘	고성	양양	강릉	삼척	평창	정선	영월
	농촌	농촌	농촌	농촌	농촌	농촌	농촌
고명	맨채,꾀미 조채,조치,고명	고명,조채	꾀미	꾀:미	꾀미	꾀미	꾸미
새알심	옹생이	옹시미	옹시미	새알	옹심이	옹:시미	옹:심,옹:시미
수제비	뚜데기,수제비	뜨데기,수제비	수제비,뜨데기	수제비	뜨데기,수지비	수지비	수지비국
과즐	과질(입산,박산)	과질	과질	꽈질,과상	과질	꽈질,과질	과질,과잘
튀밥	깜박,쌀광밥 쌀깜박	광밥	쌀박산,박산 박상,광박	박산,쌀박산 포데기,투배기 강넹이포데기	쌀광,튀밥	박상 쌀박상이	박상,광쟁이 쌀광쟁이
엿기름	질금	질금	질금,엿질금	엿찔금,엿찌름	질금	질금,엿질금	질금,엿질금
식혜	감주,식혜	감주	감주	감주	감주	감주,단술	감주
감주	감주	감주	감주	감주	물감주	감주	감주
식해	식해	식해	식해	식해,밥식해	식해	시케	시케
그릇	식기, 그릇	그륵	그륵	그륵/그르	그릇	그릇	그륵
시루	실루,실기	실기	실기,시르	시르 실기(주격)	싥(시르,실기)	실기,실게 시루	실기,시루
시루밑	시루밑	시르밑	시르밑	시르꾸므 시르구녕(영)	시루밑	시루망 시루밑	망그대
시루번	시루뻔 시리허리	시르뻔	시르뻔,시루뻔	시르뻔,실뿐	시루뻔	시루뻔 시루뿐	시루뻒
뚜껑	뚜껭,뚜껑	뚜껑	따까리,뚜깨~이	뚜껑,뚜껭 뚜꺼~	뚜껭	뚜껑,따가리	뚜껑
뚝배기	질두가리 뚝배기	뚝빼기	장뚜꺼(거)리	장사구니 장사게~이 옹가지,버가지	뚜가리	뚜가리 장뚜가리	뚜가리
바가지	박바가지 발꼬지 바가지	바가지 박바가지	바가지 고지바가지	고지바가지	바가지	고지바가지 고지바겡이 방퉁이	바가지
부엌	벅,정지,부엌	정지,벡	정지,벡	정지,벡	정지,벡	정지, 벅	벅(버키)
아궁이	보강지 붸강지 아궁이	아궁지	버강지 벅아궁지	아궁지,붸강지 버강지	버강지	버강지,보강지 아궁지 벡아구리	붸강지 버강지
부뚜막	정지막 부뚜막	부뚜막	부뚜막	부뚜막	부뚜막	부뚜막 보뚜막	부뚜막
부지깽이	비지갱~(깽~)이 솔가지 뷔지깨~이	부지깽이	부지깨~이 부지깨	부지깨~(이)	부지깽이	부지깨~이 불꼬쟁이 부지까리	부지깨~이
고무래	불곰배 부깍대기	고물게	곰배,불곰배	곰배	곰배	곰배,불곰배	곰배
부삽	비뎅이 불깍대기	불비대~이	비대~이 불비뎅이	불삽,부삽	불뻐딩이	불비댕이 불비대이 불대래비	비뎅이 불삽
숯	숯껌뎅이 숫거망,숯	숯	숯꺼멩,숯	수껑,수꾸	숯	쑤꺼멍,숯	숯

지역 어휘	고성 농촌	양양 농촌	강릉 농촌	삼척 농촌	평창 농촌	정선 영월	영월 농촌
숯+이		수치	수치			수치	수치
화로	화리,화루	화리	화:리	화리,활:	화리	화:리 하리,화:루	화:리
부젓가락	불찝게 부절까지 부젓가지	부절까지	부절까락	부절 부절까리	부적가지	부절까지 부절,부저리 부광쟁이	부절깔 부절까지
다리쇠	적쇠,아르쇠	적쇠	화롯발 아리쇠 *둥그래~이	아르쇠	곰몽쇠 다리쇠	아리쇠 적쇠,구문쇠	굼봉쇠
석쇠	모태,석쇠	모태	모태,적쇠 *적쇠딸,적 수따리	모태 고기모태	적쇠	모태 고기모태	모태
담뱃대	담붓대,담봇대 담뱃대	담뱃대	담뱃대 *담벗때	담뱃대	담붓대	담붓대,담뱃대 담배설대	담뱃대
성냥	당황,승냥,성냥	성냥	다황	다화~	다황,성냥	다황,성냥	성냥
부시	부수,부쇠 부시	부시	부시	부쇠	부시,부수	부수	부수,부시
굴뚝	굴뚝	굴뚝	굴뚝	꿀뚝	굴뚝	귀백,귀배기굴뚝	굴뚝
그을음	거메~이 거맹이,거무	끄:림	끄으름,끄름 *껌젱이	그시멍,거멍	끄으림	끄:름,끄리미 끄스래미	끄:림,검젱이
냅다	시겁다 시급다	시겁다	시그럽다 내굽다	시겁다	시급다 시그룹다	시굽다 시그룹다 시그럽다	시굽다 시구와

3. 家屋

지역 어휘	고성 농촌	양양 농촌	강릉 농촌	삼척 농촌	평창 농촌	정선 영월	영월 농촌
살강	실경,선반	실경	실경,선반 자싯판	실광	실공	실광,시루광	실광
시렁	실경	실경	실경,선반	실광,선반	실공	실광,등상	실경,등상
선반	실경,선반	선반	선반,실경	실광,선반	선반	선반,등반	선반
서랍	빼다지,서랍 빼닫이	빼랍	빼다지	빼다지	빼닫이	빼다지	서랍
궤	귀	궤	궤	궤	궤,궤짝	궤,궤짝 빼다장농이	궤
자물쇠	쇳돼,쇠통	문쇠,자물 쇠	자물통	문쇠,문통	자물통	자물통 자물쇄	자물통
열쇠	쇳대,열쇠	열쇠	으르:때 으르:쇠,쇳때	쇳대	쇳대	으르:쇠 쇠때,쇳대	쇠때
베개	비개,배게	비게	비개,베게	비개	비게	비개,베개	비개
목침	몽치매기 목침	목침	몽치미 목치미	몽칭개,새침	몽치미	몽치미 목칭개,목침	몽치미
누비이불	뉘비이불 누비이불	뉘비이불	뉘비이불	누비이불 한이불(大)	뉘비이불	뉘비이불	뉘비이불
마루	늘마루,마루	마루	퇴원,마롱	말:이,툇마리	마룽	마룽,마루	마루

지역 어휘	고성 농촌	양양 농촌	강릉 농촌	삼척 농촌	평창 농촌	정선 영월	영월 농촌
미닫이	올창문 쌍바라지문 미닫이(미다지)	밀창, 미 다지	밀창	밀창, 미창문	장다지 밀창 미다지	밀창, 밀장 미닫이	미닫이 미다지문
돌쩌귀	돌쩌구 문꼬리	돌쪼구	돌쩌구 돌꼬지, 쪽	돌쩍, 돌쩌구 문돌쩍	돌쪽	돌쩌구 문선두리	돌쩌구, 걸쇠 돌쇠
벽	바람싹 베름싹, 벡	벽	벡, 벽	벡:	바람뻑	베름빡, 벡 베름싹	벼름빡
굽도리	굽또리	굽또리	굽찌, 즌도리	굽뚜지	굽뚜지	이네기, 굽찌	굽뚜지
흙손	흑칼, 흑손	흑칼, 흑손	흑칼, 흑손	베:칼, 흘:손	흑칼	노대끼, 흑칼흑 손	흑칼
귀얄	풀솔, 솔비 풀비	풀솔	풀솔, 풀비	솔:, 풀솔	풀비	풀솔	귀알
종이	종우, 종이	종이	조˜우, 조˜이	조˜, 조˜이	조이	조:˜, 조:˜이 조:˜으, 조:오	조˜이, 조˜우
구겨지다	쑤세지다 꾸겨진다 쉬세진다	뀌겨지다	꾸게지다	꾸개진다	꾸겨진다	꾸게진다 꿍지켜지다 꾸겨진다	꾸게진다
지붕	용말기, 지붕	지붕	지붕	집우˜, 지부˜캉	지붕	지붕ㄱ	디붕, 지붕
지붕에	지붕게	지붕에다	지붕에(+다)		지붕에다	지붕게	지붕에
사닥다리	새닥다리 사다리	새다리	새다리 *사다리	새다리, 새달:	새다리	새다리 사다리	새다리
기와집	재집, 기와집	기와집	재:집, 기와집	기와집	기왜집	기와집	기와집
초가집	집풀집 초개집, 초가집	초가집	초가집	초가집	초개집	초개집 초가집	초가집
이엉/영개	이영	이엉	이엉	용마람 *영개	영개	웅:, 웅:개 영개	영개
엮다	뱃는다, 역다 얼그다	영는다	뱃는다 영는다	영는다	엮는다	엮다	뱃는다 배져야 한다
이다	올린다, 해인다 잇다	인다	인다, 잇다	인다	이다	잇는다	잇다, 이:다
용마루	곱새, 꼽쌔 곱쌔	곱새	용마람, 용고 새, 용말기	욤마람, 말:암	용고새	용마람, 용구 새 용마름	용마루 용구새
기둥	지둥, 기둥	기둥	지둥	지둥	지둥	지둥	지둥
주춧돌	지둥석 석 박 다 주춧똘	추춧똘	쥐치똘	지칫똘	쥐칫똘	주춧똘	주춧돌, 받침 똘
서까래	서까래	서까래	셰(세)까래	세까래	세까래	세까래, 서까래	서까래
처마	초마끝 처매끝 도리	처마	처마	처마˜ 처마˜끄륵 (처마끝)	중이, 충이 처마	지시랑, 지실끝 세까래끝 지실물끝	처매

지역 어휘	고성 농촌	양양 농촌	강릉 농촌	삼척 농촌	평창 농촌	정선 영월	영월 농촌
추녀	추녀	추에끝 추녀	추에세까래 추에 추네	추네	추여서까래	까치구영 층에서까래 추미서까래 층에,추녀	추녀
낙숫물	지시랑물 낙순물 낙수물	낙순물	지시랑물 낙숫물	지시랑물	지시랑물 지싯물 낙숫물	지시랑물 지실물,층에물 낙싯물,낙숫물	낙숫물
고드름	고드래미 곤드래미	고드래미	고두래미	고드름,고디림	고드래미 고드름	꼬드래미 고드래미	고두래미
울타리	울타리	울타리	울타리,울	울딸:,집울딸: 집우딸:,*바재	울타리	울타리	울타리,바 재기
담	담	담	담장,담	담	담	담장	담
뜰	마당	뜰팡,뜨락,뜰	뜨럭	마당	뜨럭	마당,뜨럭,삽짝	–
뒤꼍	뒤란,댄	된뜰,댄,*두란	댄,뒷뜨럭	댄:,댄뜨럭	댄:	댄:,뒤안	댄:
장독대	장뚜거리, 장똑	장똑거리,장 똑대	장뚝(똑)거리	장뚜가리,장 또까	장독대	장꽝,장똑,장뚝	장똑깐,장뚝
변소	정낭깐,젯간 뒤깐,벤솟간	정:낭,정난깐	정낭,칙간 변소깐	정낭,똥정낭 퉁시,퉁시깐	정낭,뒤깐 변솟간	정낭,뒤깐 잿간,똥깐,칙간	변소깐
샘	샘물	샘,*땅샘	샘,샘물	샘물,새:물	샘	샘:,새:미 샘:물	새:물
우물	움굴,웅굴	움물,우물	웅굴	웅굴,물웅굴	웅굴 뜨랫물	뜨랫물 움물,뜨래물	뜨랫물 뜨림물
두레박	드레박 뒤레박	드레박	드레박	뜨레,뜨레박 타레박	드르박 뜨래바가지 두레박	뜨레박,두리박 뜨르박	타래박 뜨레박
또아리	또바리,따 바리	또(따)바리	또바리	따바리,따비	또바리	또바리	또바리
도랑	샘도랑 도랑	물도랑,도랑	도랑	거랑,물도랑	도랑	또랑,물또랑,도 랑,냇물	도랑물,도 랑
봇도랑	쪽도랑,봇 도랑	봇또랑	봇또랑,#부구 도랑	*보	봇또랑	봇또랑	봇도랑
개울	개울	개울	개굴가	개굴,개굴깨 *개천	개울	개울ㄱ,강물 냇가	개울
수렁	수럭	수레기 수럭	수레기,짐커리 시구창	새고지	수럭	시우창,곤죽 짐푸렁,짐커리 짐퍼리,수렁	도랑물

지역 어휘	고성 농촌	양양 농촌	강릉 농촌	삼척 농촌	평창 농촌	정선 농촌	영월 농촌
거품	거품	거품	거품	거품	거품	거품	거품
수채	개시기또랑 수채	도랑창 *귀에	수채	수채	수채	퇴수궁기 수채구녕 퇴수장, 수재	숫채, 수통
구멍	구멍	구쇠, 구멍	수채꾸녕 구멍	굼ㄱ, 구녕	구녕, *술통	궁ㄱ, 구녕, 구멍 *개시기또랑	구녕, *술통

4. 의복

지역 어휘	고성 농촌	양양 농촌	강릉 농촌	삼척 농촌	평창 농촌	정선 농촌	영월 농촌
빨래	빨래	빨래	빨래	빨래	빨래	빨래	빨래
다듬잇돌	다디밋돌 다듬잇돌	다드미똘	방치돌 다드미똘	빨랫돌	다듬잇돌	따드미, 따드미똘 따대미	서답돌
다리미	대리미	대리미	대리미	대리미, 다레 미	대리미	대래비 대리미	다리미
인두	인두	인두	인두	윤두	윤두, 인두	인두	인두
허리띠	허릿바 허리띠	허리띠	허리띠(男) 장둥띠(女)	허루뚜	장둥띠 허리띠	허리뚜 각띠허리띠	허리끈
두루마기	두루매기 후루매기	두루막	두루막 두루매기	두루막 둘매기	두루매기 두루막 후루매	두루막 후루매(夏) 두루마기	두루매기
염낭	주머니	염낭	양낭	염낭	주머˜이	두리주머니 양낭주머니 주머니	주머이
주머니	개와, 주머니	주머니	개와, 주머˜이	주머˜이	주머˜이		주머이
고쟁이	한씨봉 사루미다 고쟁이	단주˜우	꼬(고)재˜이	고재˜이	고재˜이	단속곳 고쟁이 따개속옷	고재이 속곳
잠방이	중적삼 곰방중우	잠배˜이	곰방주˜우	홑바지, 중외		중우, 단주 구북바지	곰방중우 진중우적상
두렁이	두렝이	두렝이	앞가리, 두렝이	두래이	* 두렁저고리	두렝이 압가리	두렁초매
누더기	누데기 투데기 누더기	두데기 누데기	두데기 누데기	투데기, 누데 기	누데기	투더기, 투덕 투덕바지 새털바지	누덕옷
버선	보선, 버선	버선	버선	보선	보선, 버선	버선	보선
대님	대임, 댓님 대염차다 대임쳤다	댓님	댓님	바땡이 바땡이치다	댓님, 대님	댐님, 단님 대님	댓님
짚신	집쎄기, 집신	짚씬, *짚썩	집쎄기	초신, 짚신 풀초재	집씨기	짚쎄기, 짚신	집씨기
나막신	꺽뛰기 나막신 깟시미(女)	나막신	나막신	나막신	나박신 나막신	나박신 나무기다	나막신

지역 어휘	고성 농촌	양양 농촌	강릉 농촌	삼척 농촌	평창 농촌	정선 농촌	영월 농촌
옷감	츤, 천, 옷감	옷감	보회, *보화	츤, 옷감, *가시미	옷감	옷감, 헝겊	옷깜
헝겊	흥겁 흥겁쩌배기 흥겁쪼가리	흥겁	흔겊, 천	헝겊, *가시미	흥겊	흥겊 흥겊패기 흥겁쪼가리	흥겊
깁다	찍어맨다 곤친다	고맨다	꼬맨다	꼬매다, 꿰매다	집다 짓넌다	짐는다 꼬맨다	짓는다
재봉틀	자방 재봉틀	재봉	자봉, 자봉틀	자방, 자방틀	자봉틀	자봉, 바봉기 자방, 자봉틀	자방
골무	골미, 손골미	골미	골미	골미	골미	골미	골미
가위	가세	가새, 가위	가(까)세, 가외	까새, 까꼐, 가우	가세, 가왜	가새, 까새	가재, 가새
반짇고리	반지그릇 반땅지기	반짓그릇	반지그릇	바늘글시	반지끄릇 반지꼬리	반질그릇 둥구매이 반짓그릇	도방구리
호다	시친다	혼다	혼다, 환다	호문다	시치다, 호다	혼:다, 환:다	지:다, 짓는다
베	베	베	베	베	베	베	삼베
솜	솜	솜	소케, 솜	소콰, 솜:	소캐, 솜	솜:	소캐
목화	모카, 미영	모콰	모캐	모캐	모카	모카	모캐, 모카
씨아	쐬기, 씨에	씨에	쐬기	쎄기, 세기틀	쎄, 자새	쐬기	쐬기
누에	능에	누에	누에	누에	농에, 누에	누~에	누~에 누에꼬치
번데기	본더기 번데기	번디기	본도지 뻔데기	뽄데기	번데기	뻔디기, 번디기 본도지	번데기 번디기
뽕나무	뽕낭그 뽕나무	뽕나무	뻥(뺑)낭기 뻥나무	뽕, 뽕	뻥나무	뽕나무	뽕, 뽕낭기
오디	오두, 뽕오두 뽕나무호도	뽕호도	뻥오두, 오두	오두	오도 뽕오도	오두, 오디	오두, 오두애
5. 인체							
머리	머리	머리	대가리, 머리	머리통, 머리	머리	머리, 대가리	머리
머리카락	머리깽이 머리칼 머리카락	머리카락	머리깽이 머리카락	머:리끄대~이	머리깽이 머리칼	머리끄뎅이 머리깽이 머리카락	머리끄뎅이
가마	가매, 살짜기	수가매	숫가매, 가매	가매	가:매	가:매, 수가매	가매
가르마	가름뱅이 가르매	가름배	가름배	가름배, 가름매	가르매	가름배	가름배
비듬	찍눌, 비듬	비듬	비늘(눌), 비듬	비름, 비듬, 비늘	비듬	비눌, 비듬	비듬

어휘＼지역	고성	양양	강릉	삼척	평창	정선	영월
	농촌	농촌	농촌	농촌	농촌	농촌	농촌
턱	택, 택수가리	택	택	택, 주걱	택	택	택수가리, 택
수염	쒜미, 쉬엄	쉠, 수염	쉐미, 쌔미	쐐미, 쏌:	쐬미, 수염	쐐미	쉬염
목	모가지, 목	목	목	모~, 모가~지	목	모가지, 목	목
얼굴	얼구리, 얼굴	낯, 얼굴	낯, 얼굴	낯	낯, 얼굴	얼구리, 얼굴	얼구리
뺨	귀때기, 뺨	뺨	볼태기, 뺨	볼때기, 볼태기	뽈태기	뺨	뺨
볼	볼태기	뺨	볼태기	볼:	뽈태기	볼태기 볼때기	볼태기
보조개	보조기, 보조개	보재기	볼움물	보지기		보재기	보재기
볼거리	택거리, 볼거리 보글데기	볼거리	태단	*단	태단	태단	보라지 볼거리
주름살	이망줄, 쭈름살	눈쭈름	쌀름박, 주름쌀	쌀르박, 싸르박	주름살	주름쌀(살)	쭈그럼살
눈(眼)	눈까리, 눈	눈	눈, 눈깔	눈	눈	눈	눈
눈두덩	눈텡이 눈두덩	눈텡이	눈텡이 눈두배~이	눈뚜베~이	눈둥이 눈탱이	눈뚜벵이 눈뚜덩, 눈뚱	눈두덩 눈텡이
눈썹	눈썹	눈썹	눈썹	눈썹	눈썹	눈썹	눈썹
다래끼	눈종지 다래끼	다래끼	다리끼	다리끼	눈대래끼 눈다래끼	다래끼 다라끼, 다리끼	눈대래끼
소경	쇠공, 세공 장님	소경, 장님	소갱이, 봉사 쇠경	봉사, 장님 맹인	쇠경	쇠경, 눈불구 소경	봉사, 장님
애꾸	외눈까리	외눈배기	애꾸 *외눈배기	눈까지비	애꾸	외통쟁이 외눈배기, 짝눈	외통배기
코	못구녕, 코	코	콧대이, 코	코	콧구녕(녕)	코	콧구녕
입술	입술기	입술	입술기	입술	입슗, 입술	입술	입술기(주격)
혀	햇바닥	세, 셋빠닥, 혀	세, 셋(햇)바닥	세	세	세, 셋바닥	세
벙어리	버버리 벙어리	벙어리	버~어리	버버리	버~어리	버버리 온버버리 벙어리	버~어리

어휘＼지역	고성	양양	강릉	삼척	평창	정선	영월
	농촌	농촌	농촌	농촌	농촌	농촌	농촌
귀	귀,귀밧우	귀	귀	귀	귀	귀	귀:
귀볼	귓뿌리 귀알기	귀부랄	귓밥	귓뱌울	귓밥	귀부발 귓밥	귀부랄 귓밥
귀지	귀창,귀청	*귀창	귀쳉이,*귀창 귀체~이	귀치,귀체~이 *귀청이	귀쳉이	귀쳉이 귀젓,귀밥	귀쳉이
귀머거리	귀머거리	귀머거리	귀머거리 *귀먹쟁이	귀머거리	귀머거리	먹초,귀머거리	귀머거리
세수대야	쇠숫대 시숫대	세숫때	쇠숫대 세숫대야	세숫대	세숫대	쇠숫대 시숫대 세수대야	쇠숫대 쇄싯대
비누	비누	비누	비눌,비누	비누	비눌	비눌,비누	비눌
목욕	목깡,목욕	모깡	목깐	모깡,모욕	목깐	모욕	목욕
거울	쇠경,민경	세경	세경	새경,겡대	쇠경,민경	쇠경,색경 명경,맹경 거울	쇠경
빗	빗	빗	얼,빗	얼개	빗	빗	빗
다리	달비 카달머리	달비	달비	달비	다리	달비,다리 기떡머리	달비
손	손	손	손	손	손	손	손
왼손	왼손	왼손	왼손	왼손	왼손	왼손	왼손
손바닥	손바닥,손빠닥	손빠닥	손빠닥	손빠닥	손바닥	손빠닥	손빠닥
손가락	손꼬락 손꾸락	손까락	손꾸락	손가락	손까락	손꾸락 손꼬락 손까락	손꾸락
마디	매디	손매두	마두,손마디 매디	매두	매두,매디	매두,손매두	매디
겨드랑	저드랭이 저드랑이	저드랑	저드랑이	잗달,자드랑 자트러~이	저드래~이	저드랑이 겨드랭이 젇틀밑,젓덜미	저드랭이 저타리
젖	젖	젖	젖	젖	젓	젖,젖통	젖
배꼽	배꼽	배꼽	배꼬지,배꼽	배꾸녕	배꼽	배꿉,배꼽	배꿉,배꼽
허리	허리	허리	장둥이,허리	장디~,허리	장대~이 허리잔등 허리	옆구리,허리	허리

어휘＼지역	고성	양양	강릉	삼척	평창	정선	영월
	농촌	농촌	농촌	농촌	농촌	농촌	농촌
다리(脚)	다리	다리	달구지, 다리	다리	다리	다리	다리
가부좌	올방지	올방지	올방개	펭가리, 팽개다리 남근다리 펭가리치다	올방구	팽개치구 앉다 올방개, 책상다리 틀개앉는다	책상다리 팽개다리
엉덩이	응뎅이	응데~이	궁뎅이	볼기짝	궁대~이	궁뎅이 궁디, 엉뎅이	볼기짝
넓적다리	힌다리 신다리	신넙적다리	신다리 넙쩍다리	신다리, 장따리 장딸	신다리	넙죽다리 접쩍다리	넉뚝다리
무릎	무릅데기 종지꼽 다리고뱅이	무릅, 무럽	고배~이	고베~이 무꼬배~이	고배~이	고뱅이 무릅꼬뱅이 물:꼬뱅이, 무릅	고베~이
오금	오금 오금밑	오굼 오굼팽이	오금패~이	오금밑	오금팽이	오금팽이 오그미 오금밑, 오금	오금팽이 오굼
저리다	제리다	제룹따, 저리다	제리다	제리다	제리다	제리다 쥐내린다	제리다
정강이	장갱이 정강이 장딴지	앞장개~이	장개~이	장강이	장갱이 정갱이	장갱이 종갱이	장개~이
뼈	뻬	뼈	뻬	뻬	뻬, 뻬다구, 뼈	뻬	뻬
복사뼈	복상뻬	복상씨	복상씨, 복상뼈	복상씨	복쌍씨 복쌍뻬	복상씨	복상씨
부스럼	흔디 흔디딱지 부시레미	헌데, 흔디	흔데, 부시르미 *부시럼	헌데, 딱지	흔데, 흔디 버짐	흔디, 헌디 흔:데 따댕이, 버짐	흔디 부시레미
고름	고룸	고름	고룸, 고름	고롬	고름	진물, 고룸	고름
사마귀	사마구	사마귀	사마구	사마구	사마구	사마구	사매귀
두드러기	두드레기	두드레기	두드레기 두디레기	두드레기 두드리기	두드레기	두드래기	물끼, 물찝비 두드레기
땀띠	땀떼	땀떼	땀떼, *땀뛰	땀떼	땀떼	땀때	땀떼
버짐	버지미	버짐	버지미, 버짐	버짐	갈강버짐	히뜨기 버짐, 버즘	버짐

지역 어휘	고성 농촌	양양 농촌	강릉 농촌	삼척 농촌	평창 농촌	정선 농촌	영월 농촌
주근깨	주궁깨	주궁깨	깨백이,주근깨	주근깨	주근깨	주근깨	주궁깨
기미	지미 금버섭	기미	지미	짐: 짐:씰른다	지미	지미, 김 기미	지미 김씰었다
여드름	여드레미	으다름 으드름	으:드름 으:드르미	여:드름	으:드르미	으:드름 으:드르미 이드름 여드레미	으드레미
언청이	헤쳉이	헤쳉이	헤체~이	해체~이	헤쳉이,째보 언체~이	해쳉이 언쳉이,째보	허칭이 째보
곰보	얼금뱅이	얼금뱅이,꼼 보	얼금뱅이 꼼보	꼼보	얼금뱅이 꼼보	얼금뱅이 꼼보	얼금뱅이 손님터
천연두	별상,마마 손님,큰님	별성, 천연두	손님	큰손님	큰님,우두	큰손님,별상 손님,마마, 큰님	손님,마마
학질	고금	고금	초짐 일학(每日) 초학(隔日)	날걸이	초짐	초짐	초짐
홍역	호역,홍진 호혁	호역	호역	호역	호역,홍역	호역 *홍진	호역,홍녁 *홍진
감기	고뿔,강기	고뿔	고뿔	고뿔,감기	고뿔	고뿔,천추 강기,감기	강기(어른 개조뿔(아이
딸꾹질	깔때기	깔떼기	깔떼기,껄떼 기	깔띠기,패대 기	깔떼기	패때기,패 띠기깔때 기,깔띠기	껄뚜기 껄꿰데기,딸 꿎지
사레	사리,싸레	사리	싸레,싸레기 사레	싸레기	싸레 싸레기	싸레,싸리 싸레기	싸레
트림	트름,트림 트레미	트리미	트르미,트레 미 껄때미	껄트름,끌트 름 끄트름	트림,트름	크트래미 키트리미 거트림,드 트름	트르미
재채기	재치기	재치기	채채기	재치~이	재채기	재치기 재채기	재채기
하품	하품	하품	하품	하품	하품	하품	하품
기지개	지지개	기지개	지지개	지지개	지지개	지지개	지지개
졸음	자오름,조룸 자부름	자오름	자부름,자운 다	자부름,졸음	자운다	자부름	자부름 조부름
방귀	방구	방구,*방기	방구	방구	방구	방구,빵구	방구
구린내	쿤내	쿤내	쿠린내,쿤내	쿤내	쿤내	쿤내,쿠린 내	쿤내
고린내	발내,땀내 발똥내	쿤내	꼬랑내,발쿤 내,쿤내	발쿤내,꼬린내 꼬랑내	발쿤내	발똥내 발쿤내	발꾼내

지역\어휘	고성	양양	강릉	삼척	평창	정선	영월
	농촌	농촌	농촌	농촌	농촌	농촌	농촌
6. 육아							
갓난아이	간난애기 간난애기	해다, 간난애기	햇아, 해다 간난애기	해다	언나 간난애기	햇애기 깐난애기	간난아이
돌	돌, 도라지	돌	돌	돌:	돌, 첫돌	돌	돌
어린애	애기, 어린내 젖떠러지기	애기	언나	언나	언나	언나, 애기 큰애	언나
기저귀	지저보 지저구	기저기	기저구 지저구	지저구	지저구	기저구 기저기	지저구
똥	똥	똥	똥	똥	똥	똥	똥
마렵다	매렵다	매릅다, 매렵다	매릅(릅)다	매렵다	매럽다	매렵다	매렵다
누다	누다, 눈다	–	눈다, 누다	누다	눈다	눈:다, 누:다	눈:다
싸다	싸다	싼다	싸다	싸다	쌌다, 싸다	쌌다, 싸다 싸버리다	싸다
지리다	지리다, 제리다	지린다	재리다	지린다	제린다	찌리다	지리다
포대기	퍼대기	퍼대기	퍼대기	(띠) 퍼대기	퍼대기	퍼대기 포대기	퍼대기
재롱	재롱	재롱(부린다)	재룽(떤다)	재롱(떤다)	재롱(떤다)	아롱, 재롱	재롱
죄암죄암	쳄쳄	쥠쥠	쥐엠쥐엠, 잼잼	쨈쨈	쥐엠쥐엠	죄앰죄앰 죄미죄미 잼잼	쥠쥠
곤지곤지	송고송고 곤지곤지	쟁기쟁기 송구송구	장개장개	장개장개 송고송고	장개장개 곤지곤지	장개장개	장개장개 징개징개
도리도리	도리도리 도래도래	도리도리	도리도리	도리도리	도리도리	도리도리	도리도리
짝짜꿍	짝짱구, 짝쟁이 재장구, 재장 재장	짜짱구	짜장구, 짝짜꿍	진나라기 짝짜꿍	짝짜궁	짜짱구 짝짜꿍	짝짜꿍
따로따로	따루따루	따루따루 따루:마	걸음마걸음마 따루따루	따리따리 따로따로	따로따로	따루따루 걸음발걸음발	따루따루
아장아장	지축지축 지척지척	*자작자작	아장아장 *자작자작	따부따부 아장아장	아장아장	다박다박	아장아장
부라부라	풀미풀미 둥기둥기	풀미풀미	파래분다 풀미풀미	*풀:풀: *풀미야	부러라부 러라	자장자장	풀미풀미
안다(애기)	안다	안는다	꺼안다, 안다 꺼난다	끄안다	꺼난는다	끄난는다 끄난다	안다
버릇	버릇	버르장머리	버르쟁이	벖, 벌시(주격)	버르장머리	버릇	버릇
엄살	엄살	엄살	엉구락	엉구락	엄살	엉구락쓴다 엉구락, 꾀병	엄살

지역 어휘	고성	양양	강릉	삼척	평창	정선	영월
	농촌	농촌	농촌	농촌	농촌	농촌	농촌
새암	샘, 야시미	샘	심술부린다, 샘	불바	샘:	샘:, 새미	샘:
공기	공기, 공깃돌	공기	공기받기, 꽁구	공구	공기	공기	공기
고누	고누, 꼰주	*꼰지리	꼬누, 고누	진도리, 꽁이 무꽁, 참꽁	고누	꼬누, 고누	누치는거 고누
사금파리	사금파리	사금파리	사금파리	사금패이	사금파리	유리쫑 사금파리	사금파리
소꿉질	쪼꿈놀이 밥종지노릇 소꿉장난	동굽질 소꿉장난	종갑질 종굽재~이 종곱질	도삽질	소꿉노리	종갑질, 종굽질 도삭꺼리, 도삿 걸, 종갑사리	종갑질
숨바꼭질	숨박꼭질	숨박꼭질	숨바꼭질	숨바꼬질	숨바꼭질	숨박꼭질	숨바꼬질
목말	어깨말 무등	몽말	동고리(받는다 몽말	둔데~이 둔데~이태우다	목말	용말, 목말	무등, 목 말
자치기	메띠기 메떼기	자치기	메뚜기, 자춰기	매떼기, 미띠기 미뚜기, 메뚜기	자치기	메뭐기친다 차치기, 자치기	자치기
제기	제기	제(재)기	제기	제기	제기	제기	제기
망월	달맞이 망월	달마지	망월이, 망우리	망얼	망월	쥐불놀이 달맞이	달마중
쥐불놀이	쥐불놀이 망월볼돌린다	햇뿔노리	쥐불놀이	쥐불 쥐불논다	쥐불논다	쥐불놀이 불놀이	쥐불놀이
윷	융, 윷	윷	윷	윷	윷	넉동배기 윷	윷
그네	근네, 그네, 늘	그네	그늘, 춘천	그늘, 춘천	그네	그네	그네
밑싣개	찍개, 쩌패	바침때	안질깨, 춘천발 *지저백기	그늘신	발찍개	찟깨, 찟개 받침대	안질깨 찍개
썰매	빙구, 빙고 뻥구	빙고	안질뺴이	씨게또	안질뱅이	스께(케)또 설매	쓰께또
팽이	팽이	팽이	패이	패이	팽이	패이	패이
얼레	연자새	연자새	연자새	자새	연자새	자새, 연줄 연자새	자새
굴렁쇠	와:굴리기 와:굴린다 동척바꾸	*굴리미	동채, 동차 *똥구랭이	동태	굴렁쇠	궁굴패기 궁굴 때 굴레, 궁렁쇠	굴레바쿠 굴렁쇠
7. 인류							
어머니	어머이, 어무니	어머이	어머~이	어머~이	어머~이	어머~이	어머이

어휘 \ 지역	고성 농촌	양양 농촌	강릉 농촌	삼척 농촌	평창 농촌	정선 농촌	영월 농촌
아버지	아 버 이 , 아 부지	아버지	아버지	아버지	아버지	아버이(지)	아버지
할머니	할 머 니 , 할 머이	할머니	할머~이	할머~이	할머~이	할머~이	할머이
할아버지	할아버니 할아버이	할아버지	할아버이	할아버~이	할아버지 하르벙	할아버이 할아버지	할아버지
형	성, 형	형	흐이(야), 히	성	성	성, 형	성님, 성
언니	성, 언니	언니	언니	서~, 언니	언니	언니	성님, 언니
누나	누우, 누나	누:, 누나	누우, 누:	누:	누우, 누나	누나	누우, 누나
오빠	오라버님 오빠	오빠	오래비 오라버니	오라버~이	오래비	오빠	오라버니 오빠
아우	동상	아우	동상	아우	동상, 아우	동상, 아우	동상
결혼	결온, 혼례	*성녜, 겨론	잔치, 잔차	잔체	잔치	잔치, 행례 결혼	잔체
며느리	메누리	메누리, 자부	메누리	메누리, 자부	메누리	메누리 자부	메누리 자부
처녀	색씨	처네	츠녀, 처녀	체:네, 처녀	체네, 처녀	색씨, 처녀	색씨, 처녀
새색시	새각시 새닥	새닥, 새댁	새새닥, 새닥	새악시	새닥	새댁(닥) 새각시	새닥 새색시
사위	싸우, 싸위	사우	싸우	싸우	싸우	사우, 싸우	사우
올캐	올캐	올캐	오라부댁	오라버댁 오랍댁, 오캐	오라부댁	오라부댁 올캐 올캐서이	오라부택 올캐
시누이	시누: 애기씨	시누	시누	시누:	시누	시누:	애기씨 아가씨
매형	매헹	매형	매형	매형	매형	매히~, 매형	매향
시숙	시아주버님 시아주버니 시숙	시숙	시숙	시숙	시숙	아 주 버 이 (니) 시아주버이 시숙	아주버니
홀아비	호래비	호래비	호래비	호부래비 호래비	홀애비	호래비	호래비
홀어미	과부	호래미, 과부	과부	호부래미, 과부 호래미, 과태기	과부, 홀에미	과 부 , 호 레 미	과부, 과택
환갑	항갑	회갑, 항갑	회갑, 항갑	항갑, 환갑	한갑	항갑	항갑
효자	효도자식	효자	효자	효자	효자	효자	소자
백부	큰아부지 큰아버님	큰아버지	큰아버지	백부 큰아버지	큰아부지 백붓님	큰아버니 큰아부지 백부	큰아버지 백붓님
중부	작은아부지 작은아버님	둘째 큰아버지	두째큰아버지	중백부	중부	작은아부지 작은아버이	작은아부지 중백부

지역 어휘	고성 농촌	양양 농촌	강릉 농촌	삼척 농촌	평창 농촌	정선 농촌	영월 농촌
숙부	작은아부지 작은아버이	삼춘	작은아버지	작은아버지	숙부	작은아버이 작은아부지	작은아부지
이모	이모	이모	이모	이모	이모	이모	이모
고모	고모	고모	고모, 고무	고모	고모	고모, 고무	고모
8. 경제							
이웃	이웃	이웃	이웃	이웃	이웃	이웃	이웃집
마을	동네, 마을	마실	마실, 마을	마실	말:, 마을	마실, 마을	말:
가게	가게, 가겟방	가게	가겟집	점빵	가겟집	가겟집	가겟집
얼마	얼마	얼마	얼매	얼매	얼매	얼매, 얼마	얼매
잔돈	낱돈, 잰전	잔돈	잔전, 잰돈	잔전	잰돈, 철돈	거슬음돈 푼똔	거스름돈
우수리	우수리	우사리	우사리	오수리	우사리 우수리	우수리똔	우수리
에누리	에누리	에누리	에누리		에누리	들:해달라	에누리
덤	더바지, 덤:	덤	더움, 더음	덤, 우엣것		덤:	덤
대장간	승냥깐 베림질깐 대장깐	대장깐	베름깐 대장깐	배렁깐	베름깐 승냥깐	대장깐	베름깐
풀무	풍구	풍구	풍구	풍구	풍구, 풀미	풍구	물미독 물무독, 풍구
모루	모루	*몰기	몰기, 모루	모리	모루쇠	모루	모루
바퀴	바쿠, 바꾸	바꾸	바꾸, 바쿠	바쿠	바쿠	바꾸, 바쿠	바꾸
마지기	마지기, 베미	마지기	마지기	마지기	마지기	마지기	마지기
마리	바리, 마리	마리	마리, *바리	바리, 발:	마리	마리	바리
쌍	쌍	쌍	쌍	쌍	쌍	쟈우, 쌍	쌍
켤레	커리	컬레	커리	커리, 컬레	컬레	커리, 컬레	커리
그루	대, 그루, 주	대	개, *대, 그루	그루	그루	그루	구루
포기	포기	*개	포기	페기	포기	퓌기, 포기	폭, 떼기
뼘	뽐, 뺌, 자움	뺌	뺌	뺌	뺌	뺌	뺌
자루	개	자루	자루	잘:, 자루	자루	자루	–
두름	타래미, 두럼 단, 재기	두럼	타래, 두르미	드림, *타래	드름	드림, 드르미 드름	두름
축	권	축	권, 뭉치	권	축	권, 축	뭉치

지역 어휘	고성 농촌	양양 농촌	강릉 농촌	삼척 농촌	평창 농촌	정선 농촌	영월 농촌
뭇	무데기	무데기	무데기	무깨이, 뭇	뭇, 육지	갓	가닥
꾸러미	줄, 꾸레미	꾸레미	꾸레미	끄름	꾸레미	줄, 끄레미	끄르미 끄름
접	접	접	접	접	접	접	접
필	필, 자, 통	필	필	필	필	필	필
병	병	병	벵, 병	벵	병	병, 뼹	빙, 병
하나	하나	하나	하나	하나, 항개	하나	하나	하나
둘	둘	둘	둘	둘	둘	둘	둘
셋	서이	셋	서이	스이, 셋	셋	서이, 셋	서이
넷	너이	넷	느이	너이, 느이, 넷	넷	너이, 느이 넷	느이, 너이
다섯	다서, 다섯	다섯	다서	다서, 다섯	다섯	다섯	다섯
여섯	여서, 여섯	여서, 여섯	여서	여서, 여섯	여서	여서, 여섯	여서, 여섯
일곱	일구	일고, 일곱	일곱	일고, 일곱	일곱	일굽, 일곱	일고, 일곱
여덟	여덜	*여들	여덜	여덜	여덜	여덜	여덜
아홉	아홉	아홉	아홉	아홉	아홉	아홉	아홉
열	열	열:	열:	열	열	열	열
세다	시다	센다	센다	세다	세다	시다, 세다	시다, 세다
스물	스물, 수물	스물	스물	시물, 수물	스물	스믈	스물
마흔	마흔	마흔	마흔	마흔	마흔	마흔	마흔
쉰	쉰:	쉰	쉰	오십	쉰	쉰	쉰
예순	예순	예순	육십, 예순	육십	예순	예순	육십
일흔	일흔, 일은	일흔	칠십, 이른	칠십	일흔	일흔	칠십
여든	여든	여든, 팔십	팔십, 여든	팔십	여든	여든	팔십
아흔	아흔	아흔	구십, 아흔	구십	아흔	아흔	구십
스무살	수무살	수무살	스(수)무살	시무살, 수무살	스무살	스무살	스무살
마흔 살	마흔살	마흔살	마흔살	사십살	마흔 살	마흔살	마흔 살
곱하다	승하다, 곱 하다	곱하다	고하다	곱하다	곱하다	곱하다	곱하다

지역\어휘	고성	양양	강릉	삼척	평창	정선	영월
	농촌	농촌	농촌	농촌	농촌	농촌	농촌
하루	하루	하루,*할리	하루	하리	하루	하루	하루
이틀	이틀	이틀	이틀	이틀	이틀	이틀	이틀
사흘	사할,사알 사흘	사흘	사흘	사알,사흘	사흘	사할,사흘	사흘
나흘	나할,나알 나흘	나흘	나흘	나알,나흘	나흘	나할,나흘	나흘
닷새	닷새	닷새	닷새	닷새	닷새	닷새	닷세
엿새	엿새	엿새	엿새	엿새	엿새	엿새	엿새
여드레	여드레	여드레	여드레	여드레	여드레	여드레	여드레
아흐레	아:레	아흐레	아흐레	아아레	아흐레	아흐레	아흐레
열흘	열흘	열흘	열를	여르,열흘	열흘	열흘	열흘

9. 동물

지역\어휘	고성	양양	강릉	삼척	평창	정선	영월
고기(魚)	고기	고기	고기	고기	고기	괴기,고기	괴기,고기
미끼	미끼	미끼	메끼,미끼	꼬내기,메끼	미끼	매끼,미끼 꼬내기,고니끼	미끼
지느러미	고기날개	날개미	나래미 지느래미	나래,지늘미	지느러미	지르래미 고기날개	진드러미
아가미	아금지	아게미	아금지 아개미	써개비,아괴미	서거리 아꿈치	서가리,서거리 아그미,아가미	아가미
창자	밸:,창지	배지	창지	창지	밸:,창지	창지	창지
미꾸라지	미꾸락지	미꾸라지	미꾸라지	미꼬라지	미꾸라지	미꾸라지 밀꾸라지	미꾸리
송사리	버들기	송사리	송사리 *눈발뛰기	바느서리	눈발떼기 송사리	챔피리 피라미	–
중고기	용고지,옹고지	버들개이	용곡지(찌)	버들내기	중사리	뚜구리,얼음치	중사리
피라미	중사리 눈용고찌	피래미	피래미	피래미	피라미	뺀대,개리 피래미	피래미
올챙이	올챙이	올채~이	올체~이	올체~이,올치~이	올체~이	올채~이	올챙이
개구리	깨구락지	개구리	깨구리 개구리	깨구리	깨구리	깨구리 깨고리	깨구리
두꺼비	두께비 뚜께비	두께비	두께비 두꺼비	뚜께비	두께비	두깨비 껌머구리	두께비
멸치	메치	메르치 멸치	며르치 메르치	메르치,멜치	메르치	메르치,메리치 며르치	매근치 메루치
젓	젓	젓	젓	예미	젓	젓/젖	젓/젖
갈치	칼치	칼치	칼치	칼치	칼치	칼치	칼치

지역 어휘	고성	양양	강릉	삼척	평창	정선	영월
	농촌	농촌	농촌	농촌	농촌	농촌	농촌
가오리	가오리 가우리	가우리 가오리	가오리	가오리	가오리	가우리 까오리	가우리
게	기:, 게:	기:, 게:	기:	게:	게	게	기
새우	새우	새우	생우	섀오	섀오, 새우	새우	짐기미 새우
다슬기	꼴뱅이	골뱅이	골배~이	골배~이	골뱅이	민물공뱅이	골뱅이
우렁기	논꼴뱅이	논꼴배~이	논골배~이	논꼴배~이 우래이	논꼴뱅이 우렁이	들랭이 들뱅이 골뱅이	논골뱅이
달팽이	달팽이	달팽이	틀팽이 달패~이	떨팽이 뜰팽이	달팽이	탈팽이 틀팽이, 달팽이	탈팽이
서캐	써개	써캐	써께 써게~이	쎄깨~이, 씨개~이	써캐, 써개 쎄캐	쐐캐	세가리
벼룩	벼룩, 베룩	베루기	베뢰기 베루기	베룩, 베레기	베룩이 벼룩이	베리기(끼) 베렉	베리기 베룩
모기	모구	모기	모갱이, 모게~이 깔다구	모구, 모게~이	모구, 모겡이	모구 모겡이, 모기	모구
파리	파리, 쇠파리	파리	파리, 파래이	파리	파리	파리	쉬파리
쉬	쉬	쉬, 파리알	쉬	쉬:, 쐬:	쉬	쉬	쉬
가시	구데기	가쉬	가쉬(시)	까시	까시, 까생이 장까지	구디기, 가시 가시구디기	구디기 귀디기
구더기	똥구데기	구데기	구데기	구디기 구데기	구디기 구데기	귀(구)디기 구데기	귀더기 귀디기
지렁이	지렝이	지레~이	지레~이	지레~이	찌렝이	지렝이 지렁이	지렝이
회충	거시	거시	거우, 거이	거시	거우이, 거이	거시	거시 총충이
거머리	그마리	거마리	거마리	거마리	그마리	그머리 그마리	그머리
벌레	벌거지	벌거지	벌거지	벌거지, 벌기	벌거지	벌기, 벌거지 벌레	벌거지
바구미	보구미 바기미	바귐	바게(개)미	바개미	바구미	바그미	바귀미
굼벵이	굼벵이	굼베~이	굼베~이	굼비~이	굼베~이	굼벵이	굼베이
그리마	돈벌거지 돈쟁이	돈벌레	돈벌거지	기리메 *돈꺼무	그르마(매)	돈벌기 돈지매비 돈거미, 가르매	거르매
노래기	노내기	노네기	노네기	노에기, 노이기	노내기	노내기 노느제~이	노네기 손각시

지역 / 어휘	고성 농촌	양양 농촌	강릉 농촌	삼척 농촌	평창 농촌	정선 농촌	영월 농촌
진딧물	띠미	*띠미	뜸물	뜬물	뜨미,뜸	뜸,진딧물	뜸물 진드기
하루살이	하루살이	하루살이	하루살이	하루살이	하루살이	하루살이	하루살이
거미	거무	거무,거미	거무	거무	거무,거미	거무,거미	거무
메뚜기	뫼뛰기 메뛰기	메뛰기	메뛰기	미떼기,메뚜기	미띠기	메뛰기	미띠기 메뛰기
방아깨비	방애 방어다리 방아찍개 방아메뛰기	방아메뛰기	메뛰기	뱌아메띠기 보구래미떼기	방아깨비 *방애다리	방아메뛰기	방애다리 땅개비
여치	여치	여치	이치	예치	이치,여치	지루레미 여치기,이치	여치,이치
버마재비	사마구	사마귀	사마구	사마구	사마구	사마구(기) 항개미	오줌싸개
소금쟁이	엿장수 엿장사	엿짱사	엿장사,엿장수	엿장새,물할미	소금쟁이	엿장사	물거무
방개	물강아지 방기	물방기	방개	물방개	방개	물방개 방개	방개
반딧불	개똥벌거지 개똥벌레	반딧불	개똥불 개똥벌레	개똥벌거지 개똥벌기	개똥벌레	개똥벌레,개똥불 개똥벌기	소똥벌겡이개똥불
벌	벌:,버:리	벌:	벌:	벌:	벌:	벌	벌:
진드기	으넹이	*으녜이	진두,소등개 *으네~이(小)	가부재~이 찐두	찐데기	등개 으네이	뜸물 진드기
소	쇠,소	소	쇠,소	쇠	쇠	소	쇠,소
고삐	괴삐 코뚜래미	고삐	쇠고삐	고삐	고삐이,고삐	군드레 군들래,고삐	고삐~이 고타리
멍에	멍에	멍에	머~에	머~에	멍에	머~에	멍에
소입막이	멍지 멍거래기	멍	멍	멍:	멍	멍,쇠멍,소멍	쇠멍
외양간	마구 마구깐	마구깐	마구	마:구,마:구깐 마우개	마구	마구 마구깐	마구 마우간
두엄	걸금	두엄	걸금,거름	거름,토비	거름 뒤엠	거름 쇠똥거름 *퇴비	거름
발채	소고리	소고리	바소가리 바수가리	소꾸래	*소구리	소고(쿠)리 쏘구리 주거버리 바두거리	소고리
구유	구슝,구융	*귀융	구영,구~이	구~이	구융	쇠통,소통 쇠구영,구영	쇠통

지역 어휘	고성 농촌	양양 농촌	강릉 농촌	삼척 농촌	평창 농촌	정선 농촌	영월 농촌
여물	여물	마른먹이	깍지	꼬질,쇠꼴	여물	여물	쇠죽
쇠죽	여물	여물	여물	쇠물	쇠물 여물	쇠물,쇠죽 여물까매	쇠죽
염소	염소	염쇠	염소	염쇠	염쇠	염소	염쇠
말(馬)	말	말	말	말	말	말	말
개(犬)	개	개	개	개	개	개	개
고양이	고냥이	고냥이	고냥이,고내~이	고얘~이	고넹이	고넹이	고녜~이
닭	닥(다기)	닥(다기)	닭(달기)	닭,달기(주격)	닥(달기)	닭(달기)	달ㄱ, 달그
병아리	병아리	병아리	벵아리 비~아리	빙아리	뻬아리	벵아리	벵아리 뻬아리
벼슬	베실,수슬	*면두,멘도	베(배)실	베실	베실,벼실	베슬,비슬 베실,비실	베실
모이	뫼:뫼이	모이	메이	몌이	뫼이	모이	모이
달걀	달겡이,닥알 달걀	달갈	달겡이 달갤이	달갈,게란	달계알 달겡이	게란,알,달 걀	알,달갈
거위	거시,겨우 게우	*게우	거우	게우	거위	게우,거위	게우
돼지	돼지	돼지	돼지	도치,돼지	돼지,데지	돼지	돼지
산돼지	산돼지	산돼지	산돼지	밋돼지	산돼지	산돼지	산돼지
여우	영우,여~우	여우	영깨~이	여시,여~우 여깨~이,여끼~이	백여우 여우	여깽이,여우	여깨~이
노루	놀기	놀기,노루	놀게~이	놀게~이	놀갱이,놀그	놀갱이,노 루	노루
토끼	퇴끼	토끼	퇴끼	투게~이,퇴께~ 이	퇴끼	토끼	토끼
덫	짝게,째깨틀 창에틀,쬐기	덫,*쬐기	쪼기,창	덫,더트(대격)	쬐기,창애	쬐기,덧,창 애	덧
올가미	옹노	옹노	옹노	홀롱,호롱,홀 가미	옹노	옹누,옹노	옹누,옹노
삵괭이	살기	살기	살갱이	살괘이,살캐이	살괭이	살괭이	살갱이
쥐	쥐	쥐	쥐	쥐	쥐	쥐	쥐
박쥐	빡쥐	박쥐	빨쥐,박쥐	빨쥐	박쥐	빨쥐,빠쥐	빨주

지역 어휘	고성	양양	강릉	삼척	평창	정선	영월
	농촌	농촌	농촌	농촌	농촌	농촌	농촌
다람쥐	다람쥐	다람쥐	다래미, 다람쥐	다람주, 다람쥐 *다래미	다람쥐	다람쥐 *다래미	다람쥐
두더지	두더지 땅두더지	두더지	땅두더쥐 *뒤지기 두데지	뒤지기	두제기 쥐제기 두더지	두제기 두저기	두제기 뒤지기
새	새	새	새	새:	새	새	새
깃	깃	짓	꼬레이, 깃털 짓	짓	깃	장꼬리 장꾸리, 깃	깃
매(鷹)	메	매	매	매:	매	매	매
솔개	솔개미, 수리 수리매	솔개미	소리개 수리개	수리, 솔개미	솔개	수리, 솔개미 바람불이 독수리	소리개 수리
까치	까치	까치	까체~이	까체~이, 까치	까체~이, 까치	까치	까치
뻐꾸기	뻐꾸기	뻐꾸기	뻐꾹새	뿌꾸지	뻐꾸기	뻐꾸기 보락비둘기	뻐꾹새
뜸부기	뜸북새, 물닭 물새, 뜸부기	물딱	뜸북새 *물닭	꼴빼미, *물꽁 뜸부기	물오리, *무닥 뜸부기	뜸북새 뜸부기	무닥 뜸부기
딱다구리	딱따구리	딱따구리 *딱짜구리	딱따구 *딱짜구리	딱따구리	딱따구리	딱따구리	딱따구리
꿩	꿩, 꽁	꿩, 꽁	꿩, 꽁	꿩, 꽁	꽁	꽁	꿩
10. 식물							
꽃	꼿	꼿	꼿	꽃	꼿	꽃	꼿
꽃봉오리	꼿방우리	꼿몽우리	꼿망우리	꼿망우리	꼿봉우리 *꼿망우리	꼰망오리 꼰망우리	꼿빵울 *꼿망우리
봉선화	봉숭아	봉숭아	봉숭아	봉숭아	봉숭아	봉숭아 봉숭애, 봉송화	봉숭아
해바라기	해자우리 해자구리	해자우리	해자우래기	해바래기	해자우리 해바라기	해바래기 해바리지 해자우래기	해바래기
꽈리	꽤리	꽤리	꽤리	꾀아리, 꽤리	꽤리	꽤리, 꽤아리	꽈리, 꽤리
진달래	창꼿	창꼿	창꼿, 참꼿	창꽃	참꼿	창꼿, 진달래	참꼿
도깨비바늘	개바늘	찐덕풀 *개바눌	진데풀	귀사리(長) 도꾸마리(短)	귀사리	귀사리	바늘귀사리 진디기풀
칡	칙	칙기, 칙	칙기	칙기	칙게~이 칙기	칙, 칙갱이 칙구랭이	칙 칙구레~이
덩굴	덩구리	*덤불	덤불	덩굴	덤불	덤불, 바리 덩굴	덩굴

어휘 \ 지역	고성 농촌	양양 농촌	강릉 농촌	삼척 농촌	평창 농촌	정선 농촌	영월 농촌
냉이	나생이	나생이	나세이	나세이	나생이	나새이 나생이	나새이
질경이	뺍짱구	뺍짱우	뺌짱우	뺌짱구	뺌짱우	뺌짱우	질겡이
달래	달래, 달루	*달룩, 달래	달루	달기, 달루	달루	달루, 달공	달롱
씀바귀	씀바구 씀바구니	*심방우	씨꽹이 개꼬들빼기	씸바구	씀바구	씀바구	씨꽹이 씀바구
고들빼기	꼬들빼기	꼬들빼기	꼬들빼기	꼬들빠우 개시타래	고들빼기	꼬들빼기 도꾸마리	고들빼기
고비	괴비	괴비	괴비	괴비	괴비	쾌비 고뱅이	괴비
삘기	뽐	*뽐	뽐	멍우리, 사바고	삘기	삐띠기	–
딸기	딸구, 딸개미	딸기	딸구	딸:	딸구	딸:, 따리 딸기	딸:
개암	개금, 깨금 개얌	개금	깨금, 개얌	깨금, 귀암	깨금	깨금	깨금
머루	멀구	멀구	멀구	멀구	멀구	멀구	멀구
다래	다래	다래	다래	다래	다래	달래, 달롱 달룽, 다래	다래
고욤	꾐:, 고얌	꾐	고얌	쾌미, 고얌	고얌	고염	꾐:, 고애
청미래덩쿨	퉁가리낭그	퉁갈나무	깜바구	깜바구	퉁갈나무	–	퉁갈나무
마름	–	–	–	–	–	#골무	
사과	사괘, 사과	사과	사괴, 사괘	사괘	사괘	사과	사과
배	배	배	배	배	배	배, 참배	배
껍질	껍주리, 송깝지	껍찔	껍지, 껍때기	껍지, 껍질	껍데기	껍데기, 껍질	껍질
복숭아	복상	복상	복상	복상	복상	복송아 복쑹아	복숭아
홍시	홍실	홍시	홍실	홍실	홍시	홍시, 홍실	홍시
과일	과일	과일	과일	과일	과일	과일	과일
자두	자두	꽤	꽤	꽤	꽤, 자두	꽤, 자두	자두
호두	당투재, 당투새 당추재, 당추새	*당추지	치주, 호도	추지	호두	추지, 취주 취지	추자, 추지 호도
가래	가래	가래	가래	가래	가래	가래	가래 가래추지
도토리	굴밤	*구람, 도토리	구람	딱갈밤(小) 물밤(大), 도토리	굴밤	꿀밤, 도토리	꿀밤
상수리	참굴밤	–	쏙소리	쏙수리	도토리	귀밤, 꿀밤 귀저투리밤 귀지투리밤	꿀밤, 보춤

지역 어휘	고성 농촌	양양 농촌	강릉 농촌	삼척 농촌	평창 농촌	정선 농촌	영월 농촌
뿌리	뿌레기 뿌럭지	뿌리	뿌레기	뿌레기	뿌레기 뿌렁지	뿌레기,뿌리	뿌레기
그루터기	방뎅이 그르터기 그르테기	*나무그루	밑둥,그루 *뜨꺼지	글기,끌테기	그르테기	그루턱 그루티기 그루	끄르트기
줄기	등거리 등거지	*원등거지	쫄거리	대구니,줄기	줄기	대궁,대구리 원대궁 원등거지	원등거지 원줄기
가지	가지 아차구	가지	가지	가지,가제이	가지	가지	아지,가지 아장구
삭정이	삭다리 싹다리	*싹땅가지	삭다리,앙당구	죽안가지	석정가치	사까리,숙대	삭다리
솔가리	검불	검불	갈비,소갈비	깔비	소갈비	갈비 소(솔)갈비	갈비
갈퀴	꽉지,깍지 깍젱이	깍쟁이,*가쥐	깍쩽이	깍지	깍젱이	깍젱이 깍지	깍젱이 갈구리
도끼	도꾸	도끼	도꾸	도:꾸	도꾸	도꾸	도꾸

11. 자연

지역 어휘	고성 농촌	양양 농촌	강릉 농촌	삼척 농촌	평창 농촌	정선 농촌	영월 농촌
산마루	산봉오리	산뽕오리,산 뜽	산등가,꼭대기 *산말기	산말:이 산뵤오루	꼭대기 *산봉오리	산말개 산등,산봉	산말기
기슭	지슥,지실	산허리	골짜기,#진커리 기슭	중허리,중턱	중허리	산중허리 산중턱	지실카리 지실가리 지실가랑지
묘	뫼꾸뎅이	묘	뫼	뫼:	뫼	뫼,묘	묘:,봉군
묏자리	산자리	멧자리	멧자리	뫼자리	묏자리	못자리 멧자리,못 자리	밋자리
언덕	여가리,언 덕 언덕박이	언덕(야산)	던더배기	짜들뻬기 쩨들뻬기	언덕	언덕	산꼬뎅이 언덕
비탈	비타리,비 탈	*비얄	비탈,*비얄	고비~이,산빈탈 *비얄	비얄	비알,비아리	비탈,*비얄
벼랑	베랑 낭떠러지 기	베랑	*어낭	절박,빵창	*낭떠러지	베랑,절박 낭떠러지 짜들베기 절백	베랑

지역 어휘	고성 농촌	양양 농촌	강릉 농촌	삼척 농촌	평창 농촌	정선 농촌	영월 농촌
메아리	산울림	산울림	산울림	맞소리,메아리	산울림 메아리	산울림 메아리	미아리
바위	바우,바우돌 돌빠우,된바우	바우	바우	바우	바우	바우,바오 **뺑떼**	방구
돌	돌멩이,잰돌	돌메이,돌	돌멩이	돌	돌매이	작은**뺑떼** 돌,돌멩이	돌멩이
자갈	재갈,자가리	차돌,재갈 *자계	재갈	자갈,*자개	자갈	차돌,자갈 *당계	재 갈 , * 자 개
모래	몰개	몰개	몰개,*모새	모리개,몰개	모래,*모새	몰개,모새	모새
흙	흑 흙+도(흑 도)	흑 흙+도(흑도)	흑,#보맹개 흙 + 도 (흘 도)	흑 흙+도(흘도)	흑 흙+도(흑도)	흑 흙 + 도 (흑 도)	흑 흙+도(흑 도)
이끼	바우옷 물 니 끼 , 이 끼	바우옷	바우옷 물청태	바우옷	바우옷	바우옷	청태
아침	아츰	아침	아츰	아츰	아칙,아침	아침	아츰
새벽	새벽	새벽	새벽	새복	새복	새복,새백	새벽
낮	낮(나제)	낮(나제)	낮(나제)	낮(나제)	낮(나제),증심	낮(나제)	정슴(나제)
저녁	지약	저녁	지냑(녁)	즈녁,지녁,지역	저냑	지녁,지냑	지녁,저녁
저녁밥	지약	저녁빱	지냑	즈(지)녁밥	제녁	지냑밥	지녁
노을	노리	놀:	놀:(노올)	노리,노르,놀:	노리,노을	놀:	노리
해거름	해지럼 해질물	저녁때	저문다 해진다	지역나부리	저녁때	어 두 깨 , 서 경 저녁때	해질어름 땅거미
별	벨	별	벨	벨	별	벨,빌:,별:	별:,빌:
달무리	달물 달무레	달무리	달머리	달머리	달무리	달머리	달물: 말무지개
내일	낼:,내일	내일	낼:	낼:	낼:,내일	낼:내일	낼:
글피	글패	글패	글패	글패	글패	글패	글패
어제	어제	어제	어제	어제	어제	어제	어제
요즈음	요새,요즘	요새	근자에,요새	요지간	요짐	요새,요즘	요즘
섣달그믐날	슫달그믐날	슫달그믐날	슫달그믐날	슫달그믐날	슫달그믐	그믐날 낭종날,제석	그믐날 슫달그믐날

지역 어휘	고성	양양	강릉	삼척	평창	정선	영월
	농촌	농촌	농촌	농촌	농촌	농촌	농촌
는개	능개,우내비 안개오름	*재비,흑비	능개비 *우내	능개,우내	능개비	능개,능개비 가랑비	안개비
이슬비	갈강비 부슬비,이슬비	*갈강비 *구진비	부슬비 이실비	이실비	진갈비	가는비 이슬비	이실비
가랑비	갈강비,문지비	*갈강비	갈강비,가는비 실비	갈강비,깔강비	갈강비	갈강비	가랑비
소나기	소내기 소낙비	쏘낙비	쏘내기	소낙비 쏘내기	쏘내기	소내기 소낙비	소낙비 소내기
번개	번개	번개	번개	번개	번개	번개	번개
벼락	베락	베락	베락	베락	베락	베락,비락	베락
우박	느리,우박비	느리	느리	유리	느리	누리	유리
홍수	개락,포락 큰물	또락,포락	개락,큰물	개락	호락,홍수	개룩,홍수	큰물
가을	가을,*갈	갈	가실,가실기 (갈게:처격)	갈:	가슭 가실기/갈기 (주격)	갉,가을	갈:게(처격)
겨울	저울,겨울	겨울	저울 겨울에(저울게)	겨울 겨울게(처격)	저울	겨울	겨울
진눈깨비	눈개삐 진개비,진눈	진개비 징갈비	눈갈비 진갈피	진갈피	진갈비	진갈매	징강비
회오리바람	돌개바람	돌개바람	돌개바람	돌개바람	돌개바람	돌개바람	돌개바람
먼지	문데기,문지	문지	몬지,문지 문데비,내구 리	문지,문주	문데비	문주,문지	문주
아지랭이	아지랑이	*땅짐	아지랑이 아지래~이	아지래~이	아지랑이	아지랭이	아지랑이
구석	구석빼기 구석	구석	구석	구슥 구서케(처격)	구석	구슥,구석	귀팅이
위	우	우	우	우	우	우:	우
아래	알:,알루	알루	알루,아리	내리,아래	아래	아:,아래	아루
앞	앞	앞	앞	앞	앞	앞	앞
뒤	뒤	뒤	뒤,두:	뒤	뒤	뒤	뒤
곁	젙,옆	옆	젙,옆	젙,옆	젙,옆	젙	젙,곁
모퉁이	모텡이	*모퉁이	모퉁이,모텡이 모렝이	모테~이	모랑가지 모텡이,모 퉁이	모름가지 모퉁이	모텡이
몫	몫(목씨)	몫(목씨)	목,#모거치	몫(목씨)	몫(목씨)	몫(목씨)	목(목씨)
어디	어두	어들,어데	어두,어데	어대	어대,어디	어두,어데	어데

찾아보기

저자 박성종

약력 ◦ 문학박사
◦ 서울대학교 대학원 졸업
◦ 관동대학교 사범대학 국어교육과 교수
◦ 한국고문서학회장
◦ 구결학회 및 국어사학회 부회장

저서 『조선전기고문서집성』(공저, 국사편찬위원회, 1997)
『동해시 지명지』(동해문화원, 2000)
『16세기 한국 고문서 연구』(공저, 대우학술총서 571, 아카넷, 2004)
『조선초기 고문서 이두문 역주』(서울대학교 출판부, 2006, 대한민국학술원 우수도서 선정)

강원도 영동지역의 방언

초판인쇄 2008년 9월 26일
초판발행 2008년 10월 7일

저 자 박성종
발 행 처 제이앤씨
등 록 제7-220호

주 소 132-040 서울시 도봉구 창동 624-1 현대홈시티 102-1206
전 화 (02) 992-3253(代)
팩 스 (02) 991-1285
전자우편 jncbook@hanmail.net
홈페이지 http://www.jncbook.co.kr
책임편집 김진화

ISBN 978-89-5668-648-6 03810   정가 12,000원